非洲兄弟

杨天庆 —— 著

陕西新华出版传媒集团
太白文艺出版社

图书在版编目（CIP）数据

非洲兄弟 / 杨天庆著. — 西安：太白文艺出版社，2018.1（2018.8重印）
ISBN 978-7-5513-1419-0

Ⅰ. ①非… Ⅱ. ①杨… Ⅲ. ①纪实文学—中国—当代 Ⅳ. ①I25

中国版本图书馆CIP数据核字（2018）第006444号

非洲兄弟
FEIZHOU XIONGDI

作　　者　杨天庆
责任编辑　李　玫
封面设计　王　洋
出版发行　陕西新华出版传媒集团
　　　　　太白文艺出版社（西安北大街147号 710003）
　　　　　太白文艺出版社发行：029-87277748
经　　销　新华书店
印　　刷　虎彩印艺股份有限公司
开　　本　787mm×1092mm　1/16
字　　数　200千字
印　　张　16.75
版　　次　2018年8月第1版 第2次印刷
书　　号　ISBN 978-7-5513-1419-0
定　　价　49.50元

- -

序一

给祖国的医疗援外事业树碑立传

青年作家，中国第 31 批援苏丹医疗队专职队长杨天庆，深入苏丹、南苏丹、埃及等非洲国家近两年，创作了我国第一部医疗援外题材的长篇纪实小说《大爱漫苏丹》，引起社会各界关注，已被国家卫计委和陕西省列为"讲好中国故事和陕西故事"的优秀作品。在取得这些成绩之后，杨天庆挥笔不停，又用一年时间精心打造了第二部长篇纪实小说《非洲兄弟》。作者以其高尚的国际主义精神、爱国主义情怀，融合中国传统文化特色与浓厚的非洲人文特色、伊斯兰风俗，写成了独具特色的长篇小说《非洲兄弟》，这又是一部生动展现中非、中苏人民友谊的佳作。

一、弘扬中国医疗援外精神

人们可能对中国援外医疗工作，特别是医疗援助非洲工作不是十分熟悉，但是，对 1974 年非洲国家把中国"抬进"联合国，将台湾派驻联合国的代表赶出联合国大会的事实是不会忘记的。那么多非洲国家为什么愿意"抬"着中国进联合国呢？这与中国援非洲医疗队的功劳是分不开的。小说告诉我们，20 世纪 60 年代初，我国正处在内外交困之际，非洲国家阿尔及利亚向中国政府提出了向他们派遣医疗队的请求。从那时起，中国政府、中国人民高举国际主义、人道主义旗帜，克服自身的重重困难，先后向非洲的 66 个国家和地区派出医疗队，共计 2.3 万人次。迄今，50 多年来，中国政府的医疗援外工作赢得了受援国，特别是广大非洲国家政府和人民的信赖与支持，增进了中国人民与非洲人民之间的传统友谊。苏丹前总统迈达尼等非洲国家元首对外界公开说，是非洲等第三世界国家自愿地、主动地把中国"抬进"了联合国。

关于中国援非医疗队对促进中非人民友谊的贡献，国家领导人和有关部门已给予了充分的肯定。习近平主席2008年6月25日在也门看望中国援也门医疗队队员时说，中国对外派遣医疗队，是中国同发展中国家开展友好合作的重要内容，也是国际人道主义精神的具体体现。医疗队员远离祖国和亲人，在艰苦的条件下奉献爱心，勤奋工作，架起了中国与其他国家人民之间友谊的桥梁。习近平主席还说，党中央、国务院十分牵挂医疗队员，正在积极采取措施改善大家的工作和生活条件。医疗援外工作对每一位医疗队员来讲都很宝贵，很有人生价值。援非医疗队员不仅是白衣天使，也是友谊使者。他们每看一个病人，每做一台手术，每举办一次讲座，都在中也、中非友谊史上树立了一座丰碑。

习近平主席在看望中国援刚果医疗队时又一次对医疗队员深情地说，50年来，中国援外医疗队员们用行动造就了一种崇高的中国医疗队精神，这就是"不畏艰苦、甘于奉献、救死扶伤、大爱无疆"。这种精神不仅是激励一代又一代医疗队员不懈奋斗的强大精神动力，也是中华民族精神的生动写照。他希望医疗队员继续发扬国际主义和人道主义精神，为帮助非洲改善医疗条件做出新的更大贡献。习主席的关怀，不仅极大地鼓舞了广大医疗队员，也使他们牢记着国家的重托，增强了不忘初心、出色完成祖国赋予的光荣使命的责任感，也坚定了作家用笔弘扬医疗队员大爱无疆的精神，为祖国医疗援外事业树碑立传的决心。

二、讲好中国白衣天使的援非故事

参加中国医疗援外工作的白衣天使很多，每个人都有各自不平凡的经历和故事。如何把看似平常的工作生活艺术地展现出来，这对作家来说是一个很大的考验。一是特色难找。比如说，医生给非洲病人看病治疗、护士护理、中医诊治手法的工作性质、方式和在国内也没有什么差别，如何在这些平常的工作中找到特色、写出故事，而且不雷同，就不容易。

二是写作的对象单一。参加援非医疗工作的人员，不是医生就是护士，他们从接到通知、参加培训到告别家人，再来到受援国，都有"告别小家为国家，离开亲人为病人"的角色转换、情感波动，他们的职业和经历大都一样，如何才能从中提炼出感人的敬业奉献精神，写出大爱无疆的生动故事来？三是各受援国情况大致相同。非洲的受援国，每一个国家的地域状况、人文风情、病人病情，包括疫情等都大同小异，如何让这些人文风情和医疗队的援外工作撞出故事的火花，从中拔出感人细节、升华主题？再就是作家本人也不是医疗专业出身，要把医疗救援工作活生生地、形象真实地展现出来，而且不说一句外行话也不容易。以上诸多因素，对作家来说都是一道道坎，一个难以越过的鸿沟。

面对诸多困难，小说《非洲兄弟》的作者去繁就简，去伪存真，从小处入手，从关键人物开笔，巧妙地选取了医疗队队长秦军川为主线，以队委章宝峰、柳小刚为辅线，通过主线与辅线的交错推进，亲情友情与爱国情的相互交织，体现了医疗队员、家人、朋友在国家利益面前，始终讲大局、讲服从、讲奉献、讲风格的高风亮节。例如，秦军川在医疗队原队长陈峰牺牲后，第一时间赴苏丹接任，擎起医疗队工作的大旗，为国为民争了光。队委柳小刚在苏丹患者面前，克服困难，勇救生命于险境的壮举，赢得当地群众的信赖和赞誉，生动真实。

小说《非洲兄弟》的另一个可取之处就是以点带面，点面相承。援外医疗队有60多个，医疗人员上万，来自全国30多个省、市、自治区，分散在四五十个非洲国家，涉及面很大。作家以小见大，点面结合，选取了自己熟悉的中国援苏丹医疗队、援南苏丹医疗队、中国赴南苏丹维和部队医疗所等援外医疗队（所），深入一线抓素材，沉在手术台和病案室整素材和资料，小说中涉及上百个病例，无一失误，没有一句外行话。而且故事与案例融合得当，真实感人，连一些医学专家都把作家当成医疗专家了，这一点为小说添色不少。

小说《非洲兄弟》中中国白衣天使很多，他们都有一颗热爱非洲大地、热爱非洲人民的心。在南苏丹牧民急需输血救命的时候，他们人人要求捐献。在苏丹人民遭遇水灾的时候，他们既赶赴灾区救灾，还拿出生活费捐给苏丹灾民。他们都把非洲当成第二故乡，把非洲人民和病人当亲人。中国白衣天使身上这些闪耀着爱心光辉的壮举使小说充满了正能量。

三、传播非洲风俗文化

作家以医疗队队长的身份去过非洲的苏丹、南苏丹等国家地区，和当地各族群众亲密相处，对非洲国家的宗教、风俗、文化等方方面面情况有所了解。他在小说中对这些不惜笔墨做了较为详细的叙述。世界四大古代文明之一的埃及文明也可以说是尼罗河文明，与尼罗河沿岸的十几个国家密不可分。苏丹在南苏丹未分治之前作为非洲土地面积最大的国家，是尼罗河沿岸的重要国家，它的文明是埃及文明的重要组成部分。作家借助小说中南苏丹牧民奥斯曼、苏丹总统助理贾兹先生、恩图曼中苏友谊医院院长阿明、护士艾玛、阿布欧舍中苏医院老院长穆罕默德·丁等人物形象，将他们身上反映出的伊斯兰风俗、生活习惯，以及他们母国的文明、文化、历史等我们所不熟悉的东西，尽最大可能地展示出来，让读者了解一个文明的非洲，善良的伊斯兰和天主教信众，使神秘的非洲展现出阳光而进步的一面。

在中国文化和非洲文化交流方面，小说也做了一些精心的安排。在中国医疗队员用针灸和理疗方法治疗好贾兹先生的腰疼后，作家不失时机地安排了一场中国中医的对话。大家都知道中医是中国传统文化的精华，它的神奇疗效成为非洲友人乃至世界人们心中的一个谜。作家利用小说把中国中医知识传播给以贾兹为代表的非洲兄弟，展示给广大读者，是很成功的一笔。小说的另一个特色是把繁复真实冗长的异国生活细节写进小说，成为国人了解非洲国家民俗风情和人文方面知识的机缘。作家将以苏丹人为代表的伊斯兰友人和南苏丹基督教教友吃什么、穿什么、喝什么、跳什么舞蹈等衣食住行情况，尽量详细地写进故事里，让人看了既不多余，又增进了对非洲国家的了解，为小说增色不少。

通读小说还有一个感觉，那就是作家为了满足中非读者，努力做到三个回避。一是回避高大上。作为一部记录援外医疗史的作品，尽量去掉讲大道理、摆大姿态、长篇大论，而是小故事、小人物，短而小的述说故事，不拖拉。二是回避面面俱到。讲述中国援外医疗史，资料多、人物杂、跨度大，作家选取了三四个中国援外医疗工作者和四五位非洲兄弟，精写细书。三是回避了太艺术化的写作手法。人常说，艺术离不开生活，但描写生活太艺术了就会不真实。作家以白描手法为主写故事，以通俗的方式讲故事，让人看得有趣味，有亲切感。我相信这是一部中非朋友都喜爱的课本式读物。

陕西省卫生和计划生育委员会主任　刘宝琴

2017 年 4 月 12 日

序二

侠骨柔情著新篇

天庆去年刚出版了长篇纪实小说《大爱漫苏丹》，引发了许多读者的强烈共鸣，现在他的又一部反映我国援外医疗事业的长篇纪实小说《非洲兄弟》再一次摆到我的案头。读着书卷，50多年来我国援外医疗队员的脸庞就在眼前跳跃，那一幅幅画面就是一座座丰碑，全景展现了一段不可磨灭的历史，也揭示了中华民族国际人道主义精神的精髓。《非洲兄弟》为这种精神留下了浓彩重墨的一笔，作为少有的记录中国援外医疗事业的文学作品，也必将载入史册。

我国的援外医疗事业伟大而辉煌，天庆同志能有幸成为第31批中国援苏丹医疗队队长，亲眼见证了身处异域他乡医疗队员的工作、学习和生活，感受了在局势动荡、战火纷飞的环境下医疗队员舍生忘死、救死扶伤的国际主义精神。医护人员的丝丝柔情触动了他的灵魂，流淌在笔端的是医疗队员平凡而又伟大的壮举。

天庆同志早年在军营摸爬滚打的十几年里，就不断有佳作问世，成为一名优秀的新闻干部。他转业到地方工作后，成为我们卫生大军中的一员，从事过卫生应急工作，2008年汶川大地震的救援现场，有过他的身影；当过主抓扶贫的副县长，铜川的沟沟坎坎有过他的足迹；之后又从事结核病控制工作，经历了医疗援外的风风雨雨。军营生活锻造了他的侠肝义胆，救死扶伤又无处不体现他对患者的丝丝柔情，《非洲兄弟》一书中也处处流露出他的这种情怀。

根据国家部署,我国从1963年开始,在自身还非常困难的情况下,向刚刚宣布独立的阿尔及利亚派出了第一支医疗队,开启了中国医疗援外事业的序幕。陕西省1971年向苏丹派出第一支医疗队,46年来累计向苏丹派遣医疗队32支、897人次,累计免费接诊病人808.8万人次,住院病人29.6万人次,完成手术20.1万台,为苏丹培养了大量医护人员,医疗队所在医院被当地群众亲切地称呼为"中国医院",为促进中苏两国的传统友谊和提高苏丹医疗卫生水平做出巨大的贡献,得到了苏丹政府高层和群众的尊敬和拥戴。长篇纪实小说《非洲兄弟》以亲历者的笔触,以世界多极化为背景,以战火未熄、疾病肆虐的苏丹和南苏丹为典型环境,见证了中国援助苏丹医疗队和队员的英雄事迹。书中展现的是事件发生的第一现场,每一章节的开头都是事实的出处,如"人民网喀土穆电""新华社喀土穆电""据苏丹南方人民军发言人宣布"等等,更增添了纪实小说的可读性和事件的可信度,也使读者在阅读的同时了解了当时的历史背景、风土人情、风俗习惯多方面的知识。作品中的每一个事件、每一个故事,都是一串串晶莹剔透的珍珠,串起了援非医疗队的历史和今天,连接起了中非友谊的今天和明天。

50多年的风云变幻,50多年世界格局的变革,如何在如此庞大的背景下展现中国援外医疗事业的辉煌成就和与非洲人民结下的深厚友谊,不得不独辟蹊径。大道通幽,天庆同志通过自身的深刻体会,从大处着眼、小处着手,一所非洲医院,一支援外医疗队,架起了中非几十年绵延不断的兄弟般的友情。

《非洲兄弟》是一部充满正能量的纪实小说,故事从2011年南苏丹的独立这个切入点拉开帷幕,而牧民奥斯曼的命运也同这个多灾多难的民族一样,随着苏丹、南苏丹的动荡裂变而成了无依无靠的流浪汉。2013

年，中国援苏丹第31批医疗队在这个历史转折时刻来到苏丹，执行医疗援外任务。小说通过叙事、写人、追忆、插叙，全景式地展现了中国援外医疗事业经历的风风雨雨。书中塑造的每一个人物都能追寻到他们的原型，通过医疗队长秦军川和南苏丹牧民奥斯曼、苏丹恩图曼中苏医院院长阿明、护士艾玛、中苏阿布欧舍医院老院长穆罕默德·丁老人等友人的故事，颂扬了源远流长的中非友谊。

　　文学作品是历史的见证者和传承者，从《非洲兄弟》这部作品中，我们不难看出中国医疗援外事业的脉络，也是一曲不畏艰辛、勇于奉献的颂歌。从援外的那一刻起，许多医疗队员在苏丹、在非洲大地留下了可歌可泣的感人故事。有的队员连续在非洲工作十余年，有的队员临危不惧把一腔热血献给了苏丹人民，就像故事伊始的队长陈锋、接替工作的秦军川队长，以及维和部队的官兵们，为了非洲、为了苏丹的和平与稳定，为了苏丹人民的健康，他们不惜以生命践行国际主义精神。还有的队员在苏丹人民最困难的时候无私奉献，有的把毕生所学毫无保留地传授给苏丹医务工作者，他们与苏丹医务工作者在工作中建立了深厚的感情，构建起了两国之间牢固的友好关系，他们的名字和功绩镌刻在了中苏友谊的丰碑上。同时也用生命诠释了伟大的国际主义精神、英雄主义精神、集体主义精神和团结友爱精神，谱写了一曲撼人心魄、气壮山河的英雄史诗。几十批医疗队员前赴后继，几十年如一日在贫瘠的非洲大地上，用自己精湛的医术、以高尚的职业道德全心全意为非洲和苏丹人民的健康服务，忠实地履行"民间大使"的职责，不仅展示的是中国医生的形象，同时也展示了一个伟大民族的国家形象。

　　读罢《非洲兄弟》一书，掩卷而思，心里久久不能平静，作为一个在医疗战线工作了几十年的老兵，我为我们的援外医疗队员而歌唱，毛泽东主席写在《纪念白求恩》一文中的话语又浮现在眼前："一个外国人，毫无利己的动机,把中国人民的解放事业当作他自己的事业,这是什么精神?这是国际主义的精神,这是共产主义的精神,每一个中国共产党员都要学习这种精神……我们大家要学习他毫无自私自利之心的精神。从这点出发,就可以变为大有利于人民的人。一个人能力有大小,但只要有这点精神,就是一个高尚的人,一个纯粹的人,一个有道德的人,一个脱离了低级趣味的人,一个有益于人民的人。"医者仁心,同样是一群外国人,中国医疗队队员们将非洲和苏丹人民的事业当作自己的事业,他们在广袤的非洲大地上,用自己的汗水乃至生命谱写的国际主义颂歌将地久天长。

陕西省中医药管理局局长　马光辉

2017 年 10 月 30 日

序三

为新时代而歌

一缕阳光,掠过初冬的原野,轻轻地洒落在我们身边的每一个角落。数不清的憧憬还在枝头上酝酿,数不尽的梦想还在风中飘扬,说不完的故事还在耳畔萦绕。

一阵秋风,裹着小雨敲打着窗户,在玻璃上留下了噼里啪啦的撞击声。在这个风雨交加的夜晚,我拧亮台灯,从书桌上取出杨天庆的《非洲兄弟》样书,信手翻阅。本是无意闲阅,没想到打开以后,被其牵引,整个晚上沉溺于书中的人物、情节,读得不知疲倦。

这本纪实小说,是杨天庆对自己援苏丹医疗队生活的提炼。作者通过秦军川、南苏丹牧民奥斯曼、苏丹恩图曼、中苏医院院长阿明、护士艾玛等人物之间的故事,弘扬了中国人民、中国政府大爱无疆,医疗队员舍小家为国家、舍亲人为病人的人道主义精神。

全书共分为43章,布局精巧完整。开篇用南苏丹在炮火中独立点明了故事发生的地点——非洲东北部、红海西岸的苏丹。再用临危受命拉近观察距离——陕西卫生系统医务人员火速抽组援非医疗队,然后是队员们克服重重困难,飞赴受援国,把爱洒向苏丹大地,徐徐拉开帷幕。作者的视野是开阔的,宛如一部电影镜头,将第31批中国(陕西)援助苏丹医疗队在苏丹的那段岁月,立体再现给读者。随着镜头的伸展,我们可以看到战火未熄的非洲东北部、疾病肆虐的红海西岸，一群优秀的三秦儿女，用自己精湛的医术和高尚的医德，在异国他乡树立起了陕西医生形象，为陕西增添了光彩，为祖国赢得了荣誉。作者的文字是丰满的、真诚的。笔下的人物众多，有名有姓的就有40多个，这些人物特别是秦军川、柳小刚，栩栩如生，有血有肉。他们的爱与恨、情与仇、苦与忧，他们的拼搏、奉献，读者都可以感受和触摸到，在这群人身上读者可以感受到人性的善良与温暖。作者的文字是有厚度、有深度的。他以自己特有的精到与成熟，对援外医疗队生活进行了真实书写，热情、坦白、实诚，读了荡气回肠，写出了三秦儿女胸怀大爱的情怀，写活了三秦儿女医者仁心这个群像。

《非洲兄弟》是一曲救死扶伤的国际主义赞歌。杨天庆用真诚的心、亲身的经历倾吐了自己对援苏丹的医疗队深沉的爱，用热情的笔描绘出了一个个鲜活的援非医疗队队员的形象，为践行国际人道主义的英雄们树了碑立了传，让世人知道在异国他乡的三秦儿女不忘初心、牢记使命、敬业奉献、敢于担当、救死扶伤的感人事迹。这是一本关于援非医疗队队员真实生活与心灵的书，值得一读。

"不畏艰苦、甘于奉献、救死扶伤、大爱无疆。"46年来，陕西省向苏丹派出了33批医疗队、近1000名队员冒着感染埃博拉、疟疾、伤寒的风险战斗在传染病疫情的最前沿，在战火未熄、疾病肆虐的非洲东北部、红海西岸，努力践行中国援非医疗队精神，奏响了一曲曲"大爱情愫、仁心仁本"的凯歌。

世界浮躁，我们该怎样活？在这个物欲横流极度喧嚣极度功利的世界中，我们许多人迷失了自己，追逐的脚步太快，以至于丢失了自己的灵魂。我们每个人都应该在每一个晨曦微露的清晨和初月升起的夜晚，扪心自问：我该怎样而活？

也许，你能从《非洲兄弟》中找到答案。

如今，互联网发达，进入自媒体时代，写博客、发帖子、转微博、评新闻、聊 QQ……文字泛滥，写作还能恪守古老的文以载道，启人心智，娱人娱己？

掩卷而思，绕开故事中绕不开的亲情、爱情、友情的牵绊与纠葛，我看到的天庆的作品，能净化人，有一股使人恢复健全人格、生活得充实自信的精神力量。就像《圣经》中所说"只有通过灵魂的自救与救赎，才能解脱原生之罪的苦难，最终开启天国之门"，进入灵魂的花园，享受平安喜乐和宁静。我觉得，阅读天庆的作品就像一次旅行，随着作者叙述铺展走进故事遇见风景。非常美妙的是，在别人的故事和风景中看到了过去的自己，那个走在路上的自己，看风景的自己，修行中的自己……

我一直认为，人生要么活成一个故事，要么写好一个故事。

活成故事的人比较少，莎士比亚是一个很会写故事的人，然而，他的一生却难凑成一个精彩的故事。比如，获得奥斯卡奖的电影《恋爱中的莎翁》，尽管编剧动用了一切有关莎翁的材料，一切有关那个时代的细节，然而，莎翁恋爱这个故事还是失败了。失败的标志就是：它没有像莎翁笔下的《罗密欧和朱丽叶》一样，成为一种爱情故事模式。

在我的印象里，杨天庆是一个既能把自己活成一个故事，同时又能写好一个故事的人。我与杨天庆是南京政治学院新闻系的学友。作为学弟的他，在新闻上成就斐然。天庆有着军人的胸怀，有着文人的情怀，也是一个有故事的人。他祖国在胸剑在手，文韬武略走在前，用心歌唱大爱，用笔歌颂和平，深刻表达自己的情感。他 18 岁入伍，当过班长、组织股长、副处长，写过不少时效性强、反映部队建设和发展的好新闻，荣立二等功一次、三等功五次。他激情如火，始终不忘初心，军人的赤子之心、生活的真情实感、写作的情怀，笔墨相随，情愫相同，使之视野和胸襟为之打开，创作更是上了一层楼。他正直、正气、正派，直率为文，有灵气而不失原则，怀理想而不失沉毅，显真情而不失练达，其文字和生活总是黏合在一起，可以说其文字就是生活的记录。革命军人应有革命军人的情怀，军事记者自有军事记者的情愫。所以，天庆的作品给人的印象就是很好读，人爱读，读之会使你有种酣畅淋漓之感，有种多姿多彩，让人品味再三的真实和打动心灵的美感。他的作品，看上去是一本小说，实际上是一个团队的编年史，是他在津津乐道讲故事，讲他的故事，讲他看见的别人的故事。我从他的作品中，不仅读到他这个人，而且读到他这个人对生活的理解、对工作醉心专注的在乎；读到他这个军事记者出身的人可能拥有的惯常而又别具一格的生活经验和独具慧心的发现；读到他在担任队长这个特定角色里的沉湎、奔突与年龄性格息息相关的命运展示；读到他拥有的军人本色、军队情结及其深刻的军旅烙印。在他的作品里，虽然没有对自己军旅生涯的种种回忆和感悟，但在其对援外医疗队生活的描述中，却流溢出他内心的诗意和对军旅的眷恋，流溢出回望岁月的快乐和怅然，有着阳光般的透亮，真可谓：半生军旅，万里江山归笔底；满腔热血，一片真情报家国。

记得南京政治学院的老师给我们讲授中国现代文学史的第一课时讲道，新文化运动有两大旗手，一是以鲁迅为代表的革命现实主义，一是以郭沫若为代表的革命浪漫主义。当时的我，比较喜欢鲁迅的现实主义风格。明末清初画家石涛在《大涤子题画诗跋·跋画》中云："笔墨当随时代"，提倡书画创作的作品，要反映时代精神，换言之，不能体现或反映时代精神的作品，就无法代表作者所处时代的艺术所达到的高度。新时代的文学作品应当大力倡导突出时代主旋律，讴歌人民群众，反映现实生活，体现时代精神。杜甫《偶题》中有"文章千古事，得失寸心知"，其含义是，文章为传之千古的事业，其中甘苦得失只有作者自己心里清楚。白居易也在《与元九书》中响亮提出了"文章合为时而著,歌诗合为事而作"。党的十九大报告指出"发展社会主义先进文化,不忘本来、吸收外来、面向未来,更好构筑中国精神、中国价值、中国力量"。著名作家贾平凹说:"作家就应该用最大的真诚,用最大的热情来表现中国社会,能在宽度广度高度上有所突破。"新时代呼唤新作品,我衷心希望杨天庆要"为时而著",倾听时代的声音、呼吸时代的空气、把握时代的脉搏,让自己的心合着时代的节奏一起跳动,感悟新时代,体验新时代,为新时代而歌,创作出无愧于新时代的优秀作品来。

习主席在党的十九大报告中指出,要托起共产党人的精神脊梁。这个精神脊梁就是坚定的理想信念宗旨锻造而成。《非洲兄弟》中所展现的秦军川、柳小刚等人物形象就是我们三秦儿女的脊梁!

阅读杨天庆,难舍的是冬意,让人享受的是温馨静穆、天地高远。

是为序。

第四军医大学大校　王　坤

2017 年 11 月 27 日

目　　录

楔　子／1

第一章　　贵人相救／3

第二章　　临危受命／6

第三章　　勇救恩人／10

第四章　　中企帮工／13

第五章　　买粮遭绑／17

第六章　　幸福的家／20

第七章　　关怀备至／23

第八章　　相遇艾玛／28

第九章　　厨房会谈／31

第十章　　月下思妻／34

第十一章　芒果传情／38

第十二章　院长说史／42

第十三章　夜游首都／49

第十四章　前往瓦乌／53

第十五章　使馆授勋／59

第十六章　香烟炖肉／63

第十七章　苏丹风俗／69

第十八章　尼罗美味／75

第十九章　苏丹咖啡／79

第二十章　　　送礼大袍／87

第二十一章　中国中医／94

第二十二章　村长思友／102

第二十三章　卡利救灾／107

第二十四章　酋长等客／112

第二十五章　尼罗夜晚／118

第二十六章　光明行动／124

第二十七章　院长说父／132

第二十八章　替父探友／140

第二十九章　第三分队／145

第三十章　　　中国菜香／150

第三十一章　研究协定／157

第三十二章　苏丹友人／165

第三十三章　选定婚房／169

第三十四章　结婚邀客／177

第三十五章　众人帮忙／181

第三十六章　三八义诊／187

第三十七章　村长受伤／192

第三十八章　火场救援／197

第三十九章　有苦难言／201

第四十章　　　清晨送别／205

第四十一章　探讨援非／211

第四十二章　队长走了／220

第四十三章　北望英魂／227

附录:陕西省援外医疗队队员名单／232

后　记　　　　　　／237

楔　子
南苏丹在枪炮声中宣布独立

据苏丹南方人民军发言人菲利浦·埃格维尔 2011 年 2 月 11 日宣布,南方自治政府军队人民军过去一周来在与叛军的冲突中已造成 180 多人死伤。这个上周刚刚宣布公投结果并将在 7 月宣布独立的"南苏丹共和国"即将在与叛军的战斗中诞生。就在 2 月 7 日苏丹南部公投委员会正式公布南部 1 月 7 日至 15 日举行的公投最终结果的第三天,苏丹南方自治政府军就与叛军在南方最大州琼莱州的凡加克市发生激烈战斗,几天来的军事冲突造成了 180 多人伤亡。联合国发言人马尔廷·尼斯尔吉对苏丹人民解放军与乔治·阿图尔军队之间激烈冲突并造成大量平民死伤表示担忧,宣称联合国维和部队正密切关注局势的发展,希望双方回到谈判桌议和。

第一章　贵人相救

牛羊离不开草原，雄鹰离不开蓝天。可怜的奥斯曼为什么要离开生他养他的南苏丹？！

2011 年，广袤无垠的非洲大陆有了第 54 个国家，这就是南苏丹。就在这场暴风骤雨般的大变革中，奥斯曼的族长基尔当上南苏丹共和国的总统，许多权贵成了政府的大小官员，军人们也得到了荣耀和金钱，而作为同在一个天底下的牧民，他却什么也没有得到，还失去了亲人和家园。

南苏丹东接埃塞俄比亚，南接肯尼亚、乌干达、刚果民主共和国，西接中非共和国，北面接苏丹。人口约 1190 万，以黑人为主，第一大民族为丁卡族，其次为努埃尔族。1966 年出生在南苏丹首都朱巴郊外的奥斯曼是第一大族丁卡族人，世代以放牧和屠宰牛羊为生。

按说南苏丹独立了，应该有了更大的自主发展权，包括奥斯曼在内的第一大民族丁卡族应该得到更多实惠，人民生活水平有大的提升。然而，奥斯曼做梦也没有想到，在他以公民身份于 2011 年 1 月投下脱离苏丹的赞成票后不久，一场南苏丹总统与副总统军队的内战，让他的父母、3 个妻子、8 个子女失去生命，已经快 50 岁的他成了无依无靠的流浪汉。

奥斯曼清楚地记得发生在他家的悲惨的一幕。那是 2011 年 7 月 23

日的早上,奥斯曼应族人的约请去帮忙修缮房子,从朱巴大街上走过时,他听到大街小巷的广播反复播放着政府的公告,内容大致是:"南苏丹总统解散政府,解除副总统马沙尔的职务……"对于这个反复广播的公告奥斯曼没太在意,急着往朋友家里赶,感觉告诉他今天的军车比以往多得多,血腥的气味越来越浓烈了。

在朋友家干活时,奥斯曼的心老觉惶恐不安,他有一种要出什么事的感觉。活一干完,朋友送他半只羊他都等不及拿,急忙骑上自己半旧的摩托车往家里赶。这个时候,公路上已有烧焦的汽车轮胎在冒浓烟,还时不时地有枪炮声传来。奥斯曼加大了摩托车的油门,距家越近枪炮声越大,他看到被打死的动物、家禽丢在路旁,甚至还有死人和受伤濒死的人倒在路边的草地上。

奥斯曼的家住在联合国划定的三号难民区附近,这里是南苏丹总统基尔领导的政府军和第一副总统马沙尔领导的武装力量发生交战的主要区域。奥斯曼一家人是在中午聚餐时,被几发炮弹连人带房子炸飞的。他赶回来时,昔日的家园变成了一个个大坑,亲人们的躯体、衣服和肠子挂在树枝上,一摊摊血迹渗湿了干旱的黑土。奥斯曼目睹这一惨状,"啊、啊"叫了几声后,便昏死了过去。奥斯曼醒来时,发现自己躺在朋友莫塔村村长杜鲁布拉的家里。他不知道自己怎么从家里来到这里的,好友杜鲁布拉村长看出奥斯曼的疑惑,按住挣扎起身的他说:"真神保佑,你可醒了。要不是中国维和部队的李堂林副营长救了你,你这会儿可能正在真神那儿排队领饭呢。""这到底是怎么一回事?看在真神的面子上,杜鲁布拉赶快张开你的百灵鸟般的巧嘴,快快地说给我听。"奥斯曼眼里流露出急切的神情。

"别着急,我的兄弟!你现在不是只强健的骆驼,是只受惊吓的病羊。你先躺好,喝点羊奶,我再给你唱歌,好吗?"杜鲁布拉村长说着,从儿子手中接过一壶羊奶,用右手递给奥斯曼。奥斯曼那雄鹰般结实的身体真的被风暴吹伤了，他接羊奶时手都在抖动。杜鲁布拉看着奥斯曼咕噜咕噜地喝下了半壶羊奶，微笑着说："我的奥斯曼兄弟，你喝奶就像在肠子里跑火车，响动很大。看来，你这只非洲雄狮，一会儿就有力气捕猎了。告诉你吧，你昏死在你家院子里，被中国驻南苏丹维和部队的李营长发现了，抬到中国医疗队救治时，我刚好去那儿给家里拉吃的水，认出了你。李营长他们又有任务，我就把你拉到我家里来了。好家伙，你这只受伤的非洲雄狮已经昏睡了两天。你家的事，我都听中国维和部队的李营长他们讲了，你就暂时在我这儿住着吧，等养好了身体再打猎。"

奥斯曼已经好几次听好友杜鲁布拉村长说中国维和部队和李营长了，这是他有生以来第一次知道了世界上有个中国，有个中国维和部队，还有个李营长。从那一刻起，在他的心里，把中国和李营长像自己信仰的真神一样敬重膜拜。

在奥斯曼养伤恢复身体的十多天里，南苏丹的安全形势也出现了好转。从非盟总部埃塞俄比亚首都亚的斯亚贝巴传出消息，南苏丹冲突双方谈判代表在东非政府间发展组织（伊加特）调节团和有关国家及国际组织代表的见证下，签署了停火协议以及解决有关"政治犯"的民族和解协议。这场造成上万人死亡、50多万人流离失所的悲剧暂时停止了，人们似乎看到了和平的新曙光。

奥斯曼的心情也和由阴转晴的天气一样，慢慢地变好了。他告别了好友杜鲁布拉村长，找到中国驻南苏丹维和部队的驻地，希望找到李营长他们。留守营区的印度维和士兵告诉他："中国维和部队换防了，好像是去了一二百公里外的瓦乌。中国医疗队撤到了苏丹首都喀土穆。你要找他们，看见五星红旗就找到了。"听到这个消息，奥斯曼刚刚轻松了一些的心情，又变得沉重起来。

第二章　临危受命

　　2011 年 8 月 29 日，由陕西卫生系统 42 名医务人员组成的中国（陕西）援助苏丹医疗队，结束了在国内半年多的业务培训，肩负着祖国和人民赋予的神圣使命，从西安出发，经北京和阿联酋名城迪拜，飞往受援国苏丹。

　　就在奥斯曼寻找中国维和部队和中国医疗队无果的时候，中国援苏丹医疗队发生了一起十分不幸的事件。

　　南苏丹宣布独立后，按照国际惯例，一个新的国家建立之后，原来中国派遣到苏丹共和国的医疗队就必须按要求撤出已经独立的南苏丹，归建到苏丹首都喀土穆恩图曼友谊医院的中国援苏丹医疗队总队，然后由中国政府与南苏丹协商，重新派遣新的医疗队到南苏丹。因此，中国援苏丹医疗队把撤离南苏丹首都朱巴的时间定在了南苏丹总统基尔登上总统宝座半年后的一个早晨，也就是这年中国的大年初三。这天早晨，中国援苏丹医疗队队长陈峰，按计划带着 8 名队员沿着朱巴通往苏丹上尼罗州首府达马津的公路撤离。途中陈峰队长亲自驾驶的指挥车，为了躲避南苏丹牧民驾驶的刹车失灵车辆，翻到公路旁边的戈壁滩上，陈峰队长被甩出车外，经抢救无效当场牺牲了。

　　消息传到国内，作为医疗队主管部门的西北某省卫生厅的领导们，马上停止休假,连夜召开厅党组会,研究处置办法。核心内容是派谁立即赶到苏丹去接手陈峰队长的工作,并妥善处理陈峰队长的后事,尽快控制住事态发展,稳定住队伍,继续开展好医疗援外工作。

到会的厅领导坐定后,卫生厅党组书记、厅长张中伟神色凝重,严肃地对大家说:"今天是大年初三,本不该打扰大家过年,可是,我们派往苏丹的医疗队出大事了,队长陈峰为挽救南苏丹牧民的生命,因公殉职了……"说到这儿,张中伟厅长难抑热泪、声音沙哑,连忙掏出手绢捂在了脸上。在座领导的心情也从春节的愉悦变得沉痛哀伤,满脸的吃惊和悲痛,整个会议室一下子寂静下来。沉默,还是沉默……十分钟过去了,张中伟厅长从悲痛中缓过气来,他喝了一口秘书递上的水,清了清嗓子,扫视了一眼气氛悲戚的会场说:"医疗援助苏丹工作是党和国家赋予咱们卫生厅的一项政治任务,容不得半点闪失和失误。如今队长陈峰同志牺牲了,工作不能停,必须尽快从厅管的处级干部中挑选出一位同志,担任医疗队的队长,前往苏丹主持和开展工作。"

听完张中伟厅长的话,在座的厅党组成员们明白,今天会议的议题是要选拔新的援苏丹医疗队队长,每个人的脑子里很快在分管的处级干部中搜索开来。领导们心里都清楚,援苏丹医疗队队长可不是个好干的差事,苏丹安全形势不稳定不说,疟疾等多种传染病肆虐传播,对人身的伤害,让许多人望而却步。何况这个队长还要懂医疗管理,更重要的是要具备不怕牺牲、甘于吃苦的精神才行。领导们谁也拿不出人选,会议室又是一片沉寂。

约莫过了十分钟,见大家都低头不语,张中伟厅长等不及了,站起来大声说道:"我推荐一个人,请大家考虑——厅应急办的副处级干部秦军川。我推荐的理由是秦军川先后带领我省医疗救援队去四川汶川地震灾区和青海玉树地震灾区救过灾,经历过血与火的考验,同时又是我省卫生系统里有名的卫生应急专家,年龄45岁,年富力强,我看他可以胜任医疗队队长这个职务。"

听到张中伟厅长提议派秦军川去苏丹当医疗队队长，领导们的大脑里顿时显现出秦军川的形象：关中汉子，一米七五的个子，运动员般健壮的体格，走路如风，办事果断，精明干练……片刻的相互对视之后，纷纷表示同意张中伟厅长的提议。但是也有人担心秦军川家有80多岁的老母亲和患有慢性病的妻子，还有一个正在上大学的儿子，他能不能舍小家，自觉接受组织的决定，心甘情愿地、无条件地去万里之外的动乱的苏丹呢？

张中伟厅长看出了大家的担心，他十分肯定地对大家说："我相信秦军川同志会以国家、民族利益为重，克服个人困难的。只要我们解决好他的后顾之忧，他会干好援苏丹医疗队队长的！"

张中伟厅长果然没有说错，厅人事处把厅党组的决定通知秦军川后，秦军川没有犹豫，向厅党组表示愿意前往苏丹，保证会克服一切困难，完成好援苏丹医疗工作任务。大年初五，秦军川告别了老母亲和妻子、儿子，在厅领导和同事们送行的祝福声中，登上了去苏丹的飞机。

经过18个小时的旅途劳累，秦军川和厅里派往苏丹处理陈峰队长后事的厅机关工作人员及陈峰的妻子、儿子，准时赶到了苏丹首都喀土穆的中国医疗队。他顾不上休息，连夜召开队委会和全体人员大会，了解医疗队的情况，传达厅领导关于加强医疗队管理工作的指示，稳定医疗队队员的情绪，鼓励大家不要因为陈峰队长的牺牲而影响正常的援外医疗工作。第二天，他又驱车赶往中国驻苏丹大使馆报到，寻求大使馆对医疗队工作的支持，征求对陈峰队长后事处理的意见。而后，又迅速向国内报告了自己对医疗队工作的安排意见和处理陈峰队长后事的情况，得到了国家卫生部和省卫生厅的肯定和同意。

一周后，秦军川带领全体医疗队队员积极配合中国大使馆，召开了陈峰队长的悼念大会，顺利地协调苏丹有关部门，在苏丹首都对陈峰队长的遗体进行了火化，并顺利送陈峰队长的妻子、儿子和厅里机关的同志带陈峰队长的骨灰回国。

忙完陈峰队长的后事，又安排好队里的工作，精神一直处于高度紧张状态的秦军川松了口气，就沉沉地睡了过去。不知道自己睡了多长时间，直到队委章宝峰把他从梦中叫醒，告诉他说，中国驻苏丹大使馆送来了一个紧急通知。"什么内容?"秦军川翻身坐起，揉着惺忪的睡眼开口便问。"是让我们帮助寻找一个叫奥斯曼的南苏丹人。"章宝峰把大使馆的通知拣重点给秦军川念了一遍。"噢，知道了。我们留意一下，具体工作还请宝峰你安排一下!"秦军川说着又倒回床上。章宝峰看了一眼又斜躺在床上的秦军川，伸手帮他把脚抬到床上，重新盖好毛巾被，笑了一下走出了房间。

第三章　勇救恩人

人民网喀土穆1月29日电：北京时间1月28日下午，中国中水电集团公司在苏丹南科尔多凡州承建的乌—阿公路项目营地遭到不明身份武装分子袭击，27名中国员工被劫走，迄今下落不明，但目前尚无有关人员伤亡的报道。

2011年12月24日的圣诞平安夜，对绝大多数信奉基督教的南苏丹人来说，是个不平凡的日子。这天他们应该享受和平与安康，礼物与美食。然而，上帝没有让战争退出这片多灾多难的土地，支持基尔总统的政府军与支持前副总统马沙尔的反政府军，在北部琼莱州和上尼罗州又发生了激战，首都朱巴也有零星交火。基于安全考虑，中国驻南苏丹大使馆决定，将2300名中国公民，留下570人留守朱巴和北方油田，其余人员撤离到苏丹首都喀土穆。下午，由中国中石油公司包租的5架飞机，从喀土穆机场飞到南苏丹朱巴机场，按计划每批撤离305人。

正当朱巴机场第一批5架小型飞机起飞后，从地处北部靠近苏丹的上尼罗州的阿达尔和费卢杰等油田传来警报，这两处油田周围爆发了激烈的武装冲突，有留守的中国石油公司的十余人员被困或绑架，联合国驻南苏丹特派团正在协调和营救。但是由于南苏丹武装派别和部落众多，一时间不能确定被绑架人员的去向。在这危急的时刻,一位南苏丹的当地黑人走到了联合国驻苏丹特派团营救小组指挥部的营地,这个黑人就是奥斯曼。

奥斯曼怎么会出现在这个战乱严重的地区呢?这还得从奥斯曼寻找中国维和部队和中国医疗队说起。那天,奥斯曼到中国维和部队驻南苏丹的营地寻找他的救命恩人,由于中国维和部队和医疗队撤离了原驻地,他没有找到,自己又无家可归,就到朱巴的市区打听哪里还有中国人,他决心要找到救命恩人。丁卡族人善良地认为,救命恩人待的地方就是他追寻的地方,也是他能得到心灵慰藉的神圣之地。当奥斯曼听到青尼罗省那里中国人多的信息后,他决定离开让他伤心的朱巴,前往青尼罗省。此时的奥斯曼除了一头公牛和一头母牛外,已身无分文。他骑着公牛,牵着母牛,渴了饿了喝牛乳,热了用收集的牛尿沐浴。这是他们南苏丹人与牛的特殊感情,奥斯曼和他的族人认为牛是他们的生命,牛身上的一切都是圣洁的。他没有多少文化,只认识一些常用的阿文文字,能听懂本民族的语言和相邻的努维尔部落族、卡波埃塔和托普萨人的日常用语,其他文字和语言奥斯曼不知也不懂。但对这几个部落的民族习惯奥斯曼是多少知道一些的。他特别怕过卡波埃塔和托普萨人的居住区,因为这里的人饱受干旱之苦,严重缺水,大部分人不穿衣服,几乎是全裸的。奥斯曼想尽量绕开这两个部落居住的赤道省,一边放牛一边沿朱巴通往青尼罗省的公路走,这样会省事省时省力些。

南苏丹几十个大的部族武装和上百个小族武装势力,在战乱的形势下,也想发些财,以求自保。他们不约而同地把目光投向各国在南苏丹大大小小的油田和矿山,特别是中国人开的油田和矿山。因为他们知道,中国人的油田和矿山比其他国家的大,他们认为大的就有钱财可捞。于是就发生了中国石油公司组织人员撤离时,有人被扣留或被绑架的事件。为了自己和部落安全,这帮人把在油田、矿山扣留的人和抢去的财物迅速押运回他们认为安全的领地,逃避联合国维和军和政府军的追缴。千不该万不该,这些贪财的家伙在返回的路上,把奥斯曼的牛也抢劫了!说巧也真巧,在奥斯曼追要牛的过程中,他看到了被绑架的3名中国石油工人,捡到了中国石油工人丢下的工作帽,还记住了他们被关押的地方和路线。他隐蔽在公路边的草丛中,等待政府军和警察的救援。

在得知中石油的工作人员被绑架、财物被抢后,联合国救援人员和南苏丹政府军很快赶到,他们在 GPS 定位系统和情报人员的帮助下,迅速锁定了中石油工作人员被绑架的区域。为了被绑架人员的安全,他们先通过当地的部族人士与绑匪交涉。绑匪因为自己的目的达不到,又怕事后遭政府军打击,拒不承认抢劫和绑架的事实。一时间救人者和绑架者僵持了起来。时间过去了大半天,饥渴难耐的奥斯曼在草丛中醒了过来。他看到有许多政府军的军车开过,便紧跟了过去。在混乱的人群中,他看见几个和被绑的人长相一样的人在焦急地寻找着什么,他便跑了过去,对政府军的军官用手一指那几个黄皮肤的人说:"你们……"说着他指着人群中一个中国人,"要找像他的人吗?"领头的军官点点头,盯着眼前衣着不整的奥斯曼"我知道那几个人藏的地方。"于是,联合国救援人员和南苏丹政府军 30 多人,在他的带领下,来到丛林深处的一个草棚里,从十几个绑匪手中,救出了被绑架的中石油工作人员。待他来到绑匪藏身的地方时,只看到被绑匪宰杀吃剩的牛皮、牛骨和血腥的残肉,他抱着血迹斑斑的牛头大哭起来……

第四章　中企帮工

　　南苏丹政府大规模清剿政变分子，首都仍有枪声。

自 12 月 16 日南苏丹总统萨尔瓦·基尔宣布政府挫败一起政变图谋以来，南苏丹尤其是首都朱巴的局势依然处于极度紧张状态中。中国驻南苏丹大使馆新闻专员俞瑞琳称，目前在南苏丹共有 1500 名华侨华人，在朱巴有 400 至 500 人，目前无人员伤亡。17 日，使馆接到朱巴市南部一家中资企业采砂场中国员工因当地两派激战被困的消息，已启动紧急情况应急小组机制，与南苏丹政府取得联系，全力解救被困人员。

　　雄鹰寻找吃食离不开蓝天，猛狮捕猎不能没有草原。遭绑架的中石油工人获救后没有忘记异国兄弟、恩人奥斯曼。

　　奥斯曼为救人损失了牛，失去了生活来源。但是他不后悔，他高兴自己找到了和中国维和部队李营长一样的中国人。中国石油苏丹公司南苏丹项目部的负责人，在得知奥斯曼的遭遇后，首先拿出 2 万苏丹镑要赔偿奥斯曼。倔强的奥斯曼坚决不要，他知道他的牛不是中国人宰杀的，也不是中国人吃的。他向太阳下跪说："太阳东升西落是正道，河水如果由低向高流那是歪道。我的牛应该由宰杀它的强盗赔。我觉得这样理才通，在树上睡觉才不会掉下来。"中国石油南苏丹项目部的负责人见奥斯曼说什么也不收钱,但又担心奥斯曼的生活,决定让奥斯曼到较为安全的朱巴项目部当义工。对于这一决定,奥斯曼高兴地同意了,他说:"能和救过自己命的中国人在一起干活,我太高兴了!"于是,他乘坐中国石油南苏丹项目部的车,又回到了家乡朱巴,一个正在遭受战火蹂躏的朱巴。

按照中国石油南苏丹项目部的安排,除必须留下来的工作人员外,其余的人员必须撤到苏丹首都喀土穆的中国石油苏丹总部和与南苏丹相邻的肯尼亚。偌大个院子人去楼空,显得异常寂寥空旷。奥斯曼和五名中国石油南苏丹项目部的工作人员一起担负起留守的职责,分给他的任务是买菜买粮和负责巡护大门。对于自己承担的任务,奥斯曼像给自己家放牧一样认真负责。

在中国石油南苏丹项目部,奥斯曼好不容易过了几天安静日子。到了第五天的早晨,战火重燃,而且交战更加激烈。正当人们弄不清怎么回事时,奥斯曼听到大街上的广播和宣传车上的喇叭在播放政府公告,说政府军挫败了一起政变。

奥斯曼正在听广播,中国驻南苏丹大使馆的一辆防弹车开进了项目部的院子。从车上走下来一名中国外交官和两名警卫。外交官一下车就对项目部留守的负责人说:"我从南苏丹政府军驻守的总统府过来,那里的战斗还在继续,咱们使馆附近也是枪炮声不断。刚才接到使馆警卫报告,有子弹打穿了使馆办公室板房的屋顶。我不放心你们这里,过来看看,大家要做好安全防护准备,必要时撤到大使馆去。"这名外交官正说着,他的手机响了,大使馆人员向他报告说,刚接到朱巴市南郊一家中资企业的报告,有 12 名砂场员工被战火困住了,请示怎么办。奥斯曼看到这名中国外交官边上车边对项目部的负责人交代,说还要去协调南苏丹内务部出动坦克和装甲车营救,要项目部准备好车准备接人,并做好饭菜,保证被救人员到项目部有饭吃、有水喝。奥斯曼的神情骤然间异常严肃,默默看着在场的人,又转过身望着外交官的车驶向枪炮声不断的远方……

项目部负责人对奥斯曼说:"得辛苦你了,奥斯曼,赶紧多准备些饭菜和开水。还有,你对那个砂场的路熟吗?"奥斯曼不假思索地说:"羊儿记着吃草的路,鱼儿记着有水的道。奥斯曼当然忘不了家乡的山水路。""谢谢你,奥斯曼,那我们先准备饭菜。接人的事,我们就等通知吧。"项目部负责人向奥斯曼投去了信任和感激的目光。"是!"奥斯曼答应着转身奔向厨房。

奥斯曼刚刚准备好做饭用的米面油和菜,并烧好了开水,他的好友杜鲁布拉村长来看他了。奥斯曼和杜鲁布拉村长就坐在项目部的草坪上,奥斯曼递给好友杜鲁布拉一瓶矿泉水说:"咱们的总统与副总统头上的牴角又撞上了,也不知道这场争斗几时停呀!""是呀! 这枪炮声中,多少无辜的人呀、牛呀、羊呀都没了,连尼罗河的水都变红变臭了。"杜鲁布拉村长说话时眼睛不时地望着奥斯曼,他知道奥斯曼的亲人和家园就毁在这不知道什么时候才停的战乱中。奥斯曼明白杜鲁布拉村长看他时眼中流露出的意思。他用手擦了擦眼角不知不觉间流下的眼泪,抬头望了望院子不远处的一棵芒果树说:"多么慈祥的父母,多么好的女人,多么可爱的儿女和美丽的家园呀! 说没就没有了……"奥斯曼说着说着又一次泣不成声了。杜鲁布拉村长拥抱着奥斯曼说:"乌云不会永远停在天空,尼罗河水总会在天空放晴时变清。只有我们活着,才能替死了的亲人看见光明。"杜鲁布拉村长的话起了作用,奥斯曼哭得没有那么厉害了,他和杜鲁布拉村长重新坐好,稳定了一下激动的情绪,又各自喝了几口水,奥斯曼用衣襟擦了擦脸说:"谢谢你,我的杜鲁布拉村长,在这个世界上,你是我依赖的骆驼了。"

杜鲁布拉村长接过奥斯曼的话说:"太阳和月亮是天上的好兄弟,你我是地上的好兄弟。你这头没家的牛,今后有事没事到我家来坐坐。有条件了,我帮你再找个女人,建一个新家!""谢谢村长你这个有情有义的头牛,我这个孤独的牛,会经常去你的槽上吃草的。"奥斯曼深情地对杜鲁布拉村长鞠了一躬。

"奥斯曼、奥斯曼,快准备,我们去接人。"正当两人说得投机时,项目部负责人从办公室跑了出来,向坐在草坪上的奥斯曼喊道。"好,好的!"奥斯曼立即从草坪上站起来,向杜鲁布拉村长告别之后,和项目部的人一起向一辆皮卡车跑去。

第五章　买粮遭绑

　　人民网喀土穆 10 月 17 日电：联合国—非盟驻达尔富尔（混合行动）维持和平特派团 16 日在一份声明中宣布，当天联非达团在苏丹北达尔富尔州科尔马县保卫水井的一支巡逻队遭到不明身份武装分子袭击，造成三名埃塞俄比亚籍维和人员死亡。安理会当晚也在声明中严厉谴责这一暴恐事件，同时敦促苏丹政府尽快将凶手绳之以法。

　　有奥斯曼这个向导，项目部负责人很快到达了砂场。这时人质已被南苏丹政府军的坦克兵和装甲兵救了出来，12 个来自山东的采砂工人被南苏丹政府军的士兵保护在人群中间。奥斯曼他们赶到后，在场的南苏丹政府军指挥官和先前到达项目部的那位中国驻南苏丹的外交官把人交给了项目部负责人。这些人上了两辆皮卡车，返回到项目部，他们吃完奥斯曼准备的饭菜后，被安排到一个大会议室住下了。

　　忙完接待 12 名中国采砂工人的工作，奥斯曼对项目部负责人说厨库的粮和菜不够了，他得出去采购一些。项目部负责人叮咛了奥斯曼几句，并打算派几个人陪他一起去。奥斯曼不同意，说去的人多了，反而不安全。项目部的负责人拗不过奥斯曼，同意他一人骑三轮摩托车去，那样比开皮卡车方便安全些,毕竟朱巴的街道狭窄,路况太差了。

在这次被南苏丹政府定性为军事政变的战乱中,反政府武装被打散,首领逃离南苏丹,躲到国外去了。其追随者逃窜隐藏在大大小小的民房或难民营中,他们和小部落武装一样,靠抢劫生存,等待东山再起的时机。奥斯曼的运气不好,在采购土豆时遇到了走投无路的一伙武装暴徒,财物遭抢并当作搬运工,被押着逃往达尔富尔。

达尔富尔位于苏丹西部,自然条件恶劣,受历史和现实原因所限,这一地区经济发展落后于苏丹整体水平,是世界上经济最不发达地区。和南苏丹一样,受旱灾、部落冲突、饥荒等天灾人祸影响,当地百姓生活无着、屋舍空落、辗转流离,也成了各种武装分子藏身之地。匪徒们就是想带着奥斯曼和他们扣押的劳工,逃往达尔富尔躲避南苏丹政府军的追杀。当他们逃到达尔富尔州科尔马县时,在一个水井旁,与联合国—非盟驻达尔富尔(混合行动)维持和平特派团的维和人员相遇,这伙武装暴徒开枪打死了3名维和人员,丢下奥斯曼一伙劳工后,仓皇逃跑了。奥斯曼得救了,但是,由于没有了身份证明,他回不了南苏丹,只好随着流浪的难民向苏丹首都喀土穆流亡。

奥斯曼外出采购食物3个多小时未归,项目部负责人感觉有些不对,连忙将项目部的人分成3个组,去朱巴的几条主要大街的所有卖食物的商铺寻找。几个小时过去了,他们把不大的朱巴找了个遍,也没有结果。项目部负责人立刻把这一情况向中国驻南苏丹大使馆报告。大使馆立刻将奥斯曼失踪的情况通报南苏丹内务部和警察局,并向南苏丹和苏丹所有中资机构发去奥斯曼的照片,希望遇到他时进行必要的救助。第二天,项目部的负责人得到大使馆的回话,说南苏丹警察局和内务部回话,他们初步确定奥斯曼被一些不明身份的人绑架了,他们正在组织各方力量营救。项目部所有的人喝着奥斯曼烧的开水,纷纷流下了眼泪,他们希望安拉真神保佑可怜的奥斯曼。

　　奥斯曼随着流浪的人群盲目地向北逃亡,越向北方走越热,生活越不习惯了。奥斯曼是苏丹南方人,喜欢吃野味、鱼、蜂蜜、薯类、花生,也喜欢吃掺上牛奶、羊奶和熟牛羊肉熬成的稀肉粥,饮少量高粱烧酒。而苏丹北方人的主食喜欢吃铁板上烙成的面饼,副食吃一些秋葵叶、药豆和牛羊肉,爱喝用高粱、麦子和椰枣酿制的啤酒。这种环境变化让奥斯曼适应不了。随着联合国救援的减少,流亡中的奥斯曼已经得不到任何食物了,他和大多数流浪者一样,开始乞讨和帮人干活,艰难地一步一步向喀土穆走去,他们迈出的每一步都洒着血和泪。

　　达尔富尔州到喀土穆州近千公里,靠一双脚要走多少个日月,奥斯曼不知道,他心想的是必须先活着,等到了喀土穆州如何安身再说。流浪的队伍越变越小,人越来越少,热死的、饿死的、病死的、暴力致死的天天都有,秃鹰跟着奥斯曼他们,飞旋在他们的头顶,随时准备吞噬艰难行走中的倒下者,哪怕他们还活着,只要没有反抗的力气,秃鹰就会毫不犹豫地下口。他们的队伍里没有一人会去施救,没有一人去赶走秃鹰,因为每个人都得保存体力,要不然下一个倒下者说不定就是自己。恶劣的环境下,他也体力难支了。人们已经饥渴到极点了,甚至连一堆热牛粪和牛尿都在抢。奥斯曼的一些"绝活"救了自己。他是一个会宰牛羊的屠夫和会做饭的厨师,沿途能要来饭时他就是乞丐,要不来时他就找人家干活。实在找不上了就饿着,实在饿得不行了,他也偷偷吃过鲜牛粪,喝过牛尿。就这样,奥斯曼到喀土穆时已是衣不蔽体、须发蓬生的"半个死人"了。

第六章　幸福的家

中苏恩图曼友谊医院是中国政府贷款援建的，总耗资650万元人民币（合3.4亿苏丹镑），1995年1月交付使用。该院是一所综合性医院，由门诊楼、住院楼、专家宿舍楼及食堂、配电房等设施构成，各科病床总数为163张，医院有职工589人，其中专家3人，主治医师20人，医师69人，是苏丹医学教学基地之一，直属苏丹联邦卫生部管理，设有医院管理委员会。第21批中国医疗队于1995年4月1日进驻该院，当时在该院工作的中国医疗队队员有28人。

红云西落已亡国，曙光初映一天新。独步虚云长搔首，南柯梦里会家人。

奥斯曼梦中饿醒时已旭日东升。抬头一望四周，南边牛羊成群，交易声四起，西边和东边是大街，各种车声轰鸣，只有自己躺着的东边略微清静，抬头仔细一看，是座医院。奥斯曼挣扎着站起来，可是双腿像灌了铅，就是迈不开步子，只有两只手还有些力气。他打着趔趄挪步到医院的铁门边。铁门是用粗钢筋焊接而成的，十分牢固，一根一根之间的空隙十分规整，几根丝瓜长在门内，伸手可得。饿得头昏眼花的奥斯曼伸出颤抖的手，摘下了两根鲜嫩的丝瓜，饿狼吞小鸡般几口就咽下了肚。奥斯曼弄出的响动，惊动了门里的看门狗，两条非洲猎犬一起扑向大铁门外的奥斯曼。奥斯曼一惊吓，也许是两个丝瓜下肚，有了一点力气，忽地一下站直了身子，躲到门的一侧。当他抬起头时，一眼看见了医院楼上有一面和他在南苏丹项目部楼顶见过的一样的五星红旗。他激动得一眼不眨地盯了起来，他知道有这面旗的地方肯定有和中国维和部队李营长一样的中国人，有和南苏丹项目部里那些关心自己的人一样的中国人。

奥斯曼的心情渐渐镇定了下来，他想，自己见到院中的人，就不怕这两条长得和武装暴徒一样凶残的恶狗了。在躲避两条狗时，眼睛始终不忘从门缝往里看，急切地等待着院内主人的出现。奥斯曼的判断是正确的，这里的确是座有中国人的医院，这座医院叫恩图曼友谊医院，1995 年由中国政府出资，帮助苏丹政府而建，并派出医疗队参与医疗工作。奥斯曼所在的门口是医疗队专家楼的后门。狗叫时，医疗队的大部分人员到医院的门诊和住院部上班去了，只有医疗队的队长秦军川和队委章宝峰在研究工作，苏丹司机穆沙在队值班室值班。

狗叫声惊动了他们三人，队长秦军川让司机穆沙去看看。没几分钟时间，司机穆沙匆匆忙忙返回办公室，对秦军川说："门外来了一个我们从来不认识的苏丹人，他说认识院子里的中国人，要求进来说话。"秦军川和章宝峰都觉得奇怪，对司机穆沙说："去拿钥匙把门打开，把人带到这里来。"穆沙应声走了。秦军川和章宝峰很快结束了工作交流和研究，把办公室桌上的纸质文件、笔和其他东西收拾一下，做好了接待不速之客的准备。

当奥斯曼出现在秦军川和章宝峰面前时，把两个人吓了一跳。看他一米八的高个子，腰弯着坐不直，两只眼睛快凹到骨头里去了，嘴皮干裂得像没了水的河床，瘪到肉里去了。特别是一身衣服，烂得快把屁股全露出来了，头发长得遮住了后脖子，如果不是司机穆沙扶着，他这会儿肯定趴在地上了。秦军川赶紧上前一步扶他坐在沙发上。章宝峰递给他一瓶矿泉水,他像婴儿碰到了娘的乳头,衔住了就不松口,咕噜咕噜喝了个干干净净。喝完水后,他问司机穆沙说有没有吃的。秦军川听懂了奥斯曼的话,对章宝峰说:"宝峰,去食堂给弄点吃的,最好先让他喝点牛奶,吃点面包。先少拿点,他饿得太久了,别让他吃得太饱,当心撑着了。"

几个人一番忙活,奥斯曼吃饱喝足了。秦军川语气和婉地问他:"你叫什么,从哪里来?"穆沙把秦军川的话翻译给奥斯曼听。他没等穆沙说完,用手指着自己说:"你告诉尊敬的中国救命恩人,我叫奥斯曼,是南苏丹朱巴人。""什么、什么,你叫什么?从哪来?"秦军川有些吃惊地反问奥斯曼。

秦军川的反常举动,把奥斯曼和穆沙弄得有些糊涂了,他俩不知道秦军川的追问是什么意思。只见秦军川队长从办公桌上的一个文件夹里,拿出一个画着人头像的文件,对着奥斯曼看了又看,忽然对队委章宝峰说:"这不是你我刚才商量要找的人嘛!真是'踏破铁鞋无觅处,找到门前才认识'。快给大使馆打电话报告,说奥斯曼找到了。"看见军川队长那高兴的样子,章宝峰看着奥斯曼一笑,疾步去值班室打电话去了。

章宝峰走了,秦军川对穆沙说:"奥斯曼身体很虚弱,你先带他去洗个澡,换换衣服。之后咱们再说!"穆沙扶起奥斯曼说:"我的兄弟,您这是冷月亮遇到了热太阳——该温暖起来了!"这时的奥斯曼已热泪盈眶,他扭头望着微笑的秦军川,跟穆沙去了……

第七章 关怀备至

2010 年 5 月 26 日，卫生部部长陈竺一行 8 人在中国驻苏丹大使李成文和参赞郝宏社的陪同下，专程前往苏丹恩图曼友谊医院看望慰问在这里执行援外医疗任务的陕西省援苏丹医疗队和奥斯曼等苏丹病人。陈部长说，他受胡锦涛主席的委托，作为胡主席的特使来苏丹参加巴希尔总统的就职典礼。他作为卫生部门的官员有幸担当特使参加这次重要活动，是因为医疗队为苏丹人民做了大量的工作，传播了中国人民对苏丹人民的友谊，对推动两国的外交关系起到了巨大的作用。

公元前 2800 年至公元前 1000 年，苏丹为古埃及的一部分，与中国、印度等同为世界文明古国。公元前 750 年努比亚人在苏丹建立了库施王国。公元 6 世纪苏丹进入基督教时期。公元 13 世纪阿拉伯人征服了苏丹，伊斯兰教得以迅速传播，在 15 世纪出现了芬吉和富尔伊斯兰王国。公元 16 世纪被并入昔日横跨欧、亚、非的奥斯曼帝国。公元 1 世纪左右，麦罗埃王国繁荣昌盛起来，这时与中国有了文化和人员交流，在麦罗埃出土的中国铜鼎可以佐证。4 世纪，麦罗埃的统治者发生内讧，国力渐弱，被阿克苏姆国统治。19 世纪 70 年代后,苏丹被英国和埃及共管。1953年苏丹宣布自治,于 1956 年 1 月 1 日宣布独立,成立了苏丹共和国。1959 年苏丹与中国建交,是最早承认中华人民共和国的一批非洲国家之一。1971 年,苏丹政府致信周恩来总理,请求中国向苏丹派遣医疗队。秦军川就是从那时起中国派往苏丹的第 31 批医疗队的队长。

秦军川之所以了解和熟悉苏丹的历史,是因为他深知天天要和苏丹北方人和南方人打交道,如果自己不知道苏丹北方人信奉伊斯兰教、敬真主安拉,南苏丹人信仰基督教,他们宗教习俗不同,在工作和生活上就会出问题。比如秦军川的司机穆沙是苏丹首都喀土穆州人,你得按伊斯兰教习惯安排他的工作和生活。目前,奥斯曼来到了医疗队,按照大使馆的指示,需要妥善安排他,还得思考如何安排奥斯曼这个身为基督教信徒的南苏丹人的工作和生活。

"秦队,电话打了,大使交代安顿好奥斯曼。"队委章宝峰向秦军川反馈大使馆的意见。"你看我们怎么安顿奥斯曼?"秦军川边说边把一杯水递给满头大汗的章宝峰。章宝峰接过秦军川递过来的水杯,喝了一口后说:"我看这样吧,先给奥斯曼做个体检,看他身体有没有问题。如果身体没有问题,让他在咱食堂帮工,暂时住在医疗队警卫室。你看行吗?"对章宝峰关于奥斯曼工作生活的安排,秦军川很赞成,并叮咛章宝峰亲自抓好落实"秦队,放心吧,你赶紧去医院阿明院长那儿开会去吧,剩下的事我办。"章宝峰提醒秦军川该准点赴恩图曼友谊医院阿明院长主持的中苏医疗专家学术交流会了"好,我这就去。"秦军川对章宝峰说完这句话后,走出办公室,沿着芒果树下的小道,向医院办公大楼走去。

"风和日丽的苏丹,遍地牛羊和罗兰。我那可爱兄弟哟,一箭射下三只雁。捡起肥美吃食呀,烹煮给医疗队队员!"一曲悦耳动听的由南苏丹民歌改编的《打雁歌》，从奥斯曼的口中吟唱出来，医疗队的院子里顿生了别样风情。看着奥斯曼逐渐好起来的身体和心情，秦军川和队员们也和奥斯曼一样兴奋。为了随时了解奥斯曼的情况，秦军川一有空便和他一起帮助炊事员做饭，弄得医疗队的中国炊事员以为自己工作出现了什么差错，让秦军川队长天天来自己这儿忙活。秦军川看出了炊事员的心思，把他叫到自己的办公室，说："奥斯曼是位对我们十分友善的南苏丹人，在他自己的家乡朱巴多次为救我们中国同胞舍得自己的一切，甚至是生命。如今到了咱们医疗队，人生地不熟的，容易产生陌生感。所以我得在工作和生活上多关心他，有空就陪陪他。你作为炊事员，奥斯曼帮助你工作，你也要主动和他交朋友，把他当亲人来对待。"听了秦军川队长的肺腑之言，炊事员这才放下了心理负担，他知道了这是秦队长的一片苦心啊！

"秦队长，我有个事要向你汇报一下。"医疗队主管医疗工作的队委、骨科大夫柳小刚站在医疗队食堂门口，向正在食堂帮厨的秦军川大声说着，意思是让秦队长出来一下。秦军川洗了洗手，和柳小刚来到医疗队院子的芒果树下。"什么事，厨房里不能说？"秦军川问柳小刚。"是这样，奥斯曼的体检报告出来了，严重的贫血，需要输血。奥斯曼是 O 型血。医院血库暂时没有，联系了几家医院，都说缺。你看咋办？"柳小刚认真地向秦军川汇报了奥斯曼的体检情况。秦军川想了一会儿，对柳小刚说："我们医疗队 42 个人，有几个是 O 型血的？再了解一下，按奥斯曼的身体状况需要输多少，然后再定。""那好，我这就去核实，尽快报告你。"

在奥斯曼的身体融进了两位中国医疗队队员捐献的 400 毫升新鲜的血液，又吃了秦军川让一位苏丹厨师烹饪的南苏丹特色秋葵衣包饭后，他幸福地睡着了。他过后逢人便讲，这是他有生以来睡得最安静香甜的一次。只要到了有中国人的地方,他都能得到安全和尊重。有天一大早,奥斯曼说,他做了个幸福的梦,梦见了自己第一次结婚的幸福场面。自己牵着一头牛走向第一个妻子的家里,妻子含羞地藏在众姐妹堆里。自己的准岳父在草坪上迎接自己,准岳母向他捧上甜甜的芒果汁,并带他走进整洁的草屋。羊毛毯上放满了吃食,有整盘的牛羊肉、干果和水果,有五彩的果糖、冰淇淋和蛋糕……他向准岳父岳母献上一头牛、一些金银首饰和花篮,可爱的新娘深情地望着自己。在一片欢乐的笑声和亲朋好友的祝福中,他牵着新娘的手。这时他的妻子已用蜂蜜和牛奶制成的糖水泡了澡,又用合欢树枝和香熏了身体,皮肤像丝绸般光洁柔软,就等待着与自己的丈夫入洞房度良宵。那一时的他幸福得飘飘欲仙……说到这里,他叹了口气:"嗨!病房护士艾玛的推车声惊醒了我,我擦着梦中流下的热泪,多么不愿意从梦中回到人间……"在场的所有人为他祝福,笑着祝愿他再做个好梦。

一天的工作结束了,秦军川和医疗队队员们回到各自的宿舍。秦军川刚缓了一口气,就有人敲门。"秦队长,在吗?""在,在。"秦军川边答应边开门。

门开了。中国驻苏丹大使馆的女秘书韩萍站在门前,秦军川赶忙把她让进办公室坐下。秦军川办公室和宿舍是连着的,共两间。韩萍参观了一下秦军川的宿舍兼办公室说:"秦队长你可真干净,把房子收拾得这么整洁,让人都不好意思坐了。""让你见笑了,随便收拾了一下,比不上你们大使馆的高大上和正规。"秦军川边给韩萍递饮料边开玩笑。"说吧,韩大秘书到我这儿肯定不是参观宿舍来了,有什么大事要我做?"秦军川问道。

"喝茶得坐着,骑马得跨着。你这就给我听着——"韩萍半开玩笑地把话题引到工作上来。她喝了一口饮料后说："是这样，那个叫奥斯曼的南苏丹人，他为我们做了许多事，自己损失了所有财产，大使馆按照有关规定，决定和中国石油公司一起给他2万苏丹镑的救助，帮助他安排今后的生活，大使让我送过来。另外，还有奥斯曼回南苏丹的手续，他今后可以随时回南苏丹家乡了。"

秦军川听完韩萍的话语，眉头紧了起来……

第八章　相遇艾玛

艾玛敬仰法第玛。法第玛为穆罕默德之女，第四任哈里发阿里之妻，是伊斯兰教五大杰出女性之一，她端庄贞淑，道德高尚，深受穆斯林妇女的敬仰。6月15日，是她去世的纪念日。每年的这一天，同世界各地穆斯林妇女一样，艾玛也会来到清真寺，听教长讲述法第玛的懿德善行，并向清真寺捐献财物、诵经祭祀、求取爱情。

法第玛之外的伊斯兰四大杰出女性分别是：穆罕默德的原配夫人赫蒂彻、续妻阿伊莎、耶稣的母亲玛丽亚、抚养穆萨的阿西叶。由于阿里被什叶派穆斯林视为第一代伊玛目，其夫人法第玛被视为"圣母"。

奥斯曼心里虽然不高兴苏丹护士艾玛把他从美梦中惊醒，但还是面带笑容地看着艾玛。艾玛意识到自己推车的响声搅醒了奥斯曼，正不知道该如何向他解释时，看见秦军川和几个人走进了病房，连忙跑上前求秦军川帮她解围。秦军川笑了笑对艾玛说："没事没事，你先忙去吧。"送走了艾玛，秦军川领着韩萍和随她一起来的几个人，走到奥斯曼床前。

奥斯曼看秦军川队长和几个陌生人来到自己跟前，以为自己想对护士艾玛发火的事让秦军川队长瞧见了，他连忙对秦军川说："我这个野牛闯祸,愿意让鞭子抽打。"秦军川笑了笑说:"奥斯曼,你这只雄鹰还知道错,看来以后不会飞错地方了。"听秦军川这么说,奥斯曼不好意思地低下了头,用手不停地搓自己的腿。秦军川上前,握住奥斯曼的一只手,对他说:"你病了,我们的大使派韩萍秘书和几个同志来看望你,还给你送来救助金和营养品。"奥斯曼一惊,抬头看了看韩萍一行人,顿时眼里泪水涌流。

韩萍秘书把带来的营养品放在床头柜上,把2万苏丹镑递给奥斯曼说:"这是中国政府给的,请您收下。"奥斯曼看了看面前的苏丹镑,像手摸到了炭火一样,推开了说:"这不是在南苏丹时给我的东西吗?我不要。"说着用被子捂住自己的头,失声哭了。

奥斯曼这一哭,把在场的所有人员弄得不知所措。秦军川向韩萍递了个眼色,意思是说我们出去谈。韩萍明白了秦军川的意思,与众人随秦军川下楼来到院子。

秦军川对韩萍说:"奥斯曼的情绪还不稳定,血补上了,心理还需要引导。他不愿意的事先不要强求,等他的思想通了再说。""那行。奥斯曼的救助金先存放在大使馆,条件成熟了再说。那我们先回去。"韩萍同意了秦军川把这事放放再说的建议,与秦军川握了握手,坐车走了。望着韩萍的车走远了,秦军川好像想起了什么事,急忙向医院阿明院长的办公室走去。

奥斯曼为什么哭?聪明的奥斯曼深知,骆驼吃草爱草原,雄鹰展翅爱蓝天。自己这个浪子爱上了这里,他舍不得离开中国医疗队的队员们。他明白,秦军川他们送他钱物,是让他回南苏丹。他怕这一天的来临,他觉得自己的命是中国人救的,眼前自己帮工的医疗队就是自己的家,医疗队队员就是自己的亲人,就是自己的兄弟姐妹。他把这个自己认为有力的理由记在心里,不管谁给他说什么、给什么,他也不离开医疗队。这次秦军川队长安排中国医疗队队员给他输血,又陪他一起劳动、一起娱乐,他更加坚定了自己要在医疗队干下去、要报答中国救命恩人的决心。当他看到韩萍秘书送来的苏丹镑，勾起了他对亲人的遇难和自己被绑架的痛苦记忆，他生怕见到这些东西。

对于奥斯曼的心理反应，秦军川似乎明白了一些，他想给自己留出一些时间，找机会和奥斯曼谈谈。

秦军川想到了阿明院长，因为他是苏丹最好的心理医生，他可以按照苏丹人的心理、生理和身体情况，拿出最切合实际的精神治疗和心理引导方案。在送走韩萍秘书之后，他立即去了阿明院长的办公室。"哎哟，什么吉祥鸟把秦队长送到我这儿了！"看见秦军川队长走进自己的办公室，阿明院长热情地和他打招呼。

秦军川也不客气，直截了当地对阿明院长说："狮子在沙漠里遇到了大风暴，迷路了，求你指点来了。""我聪明的雄狮，你也会有找不见太阳的时候！啥事？快说吧。"阿明院长拉着秦军川和自己一块儿坐在了办公室的沙发上。"是这样的，住在内科的那位叫奥斯曼的南苏丹病人，目前身体已无大碍，但是我感觉他在战乱和逃亡的环境下，精神方面还不够稳定。我想请阿明院长帮忙看看。"阿明院长听完秦军川的请求，略略思考了一下说："这一点，我在查房时也感觉到了。秦队你放心，我来安排。"看见阿明院长爽快地答应了，秦军川站起来，对阿明院长说了声谢谢，便告辞了。

第九章　厨房会谈

浓浓的情谊

跨越时空

跨越国界

无论地老天荒

只因为传承那一段美丽的传说

仁德千秋

医泽苏丹

友情共日月

与天地同辉

愿滚滚长江

不息的尼罗河

汇聚于宇宙苍穹

与七彩的银河贯通

早晨查房送药的时候，苏丹护士艾玛见奥斯曼的病床空了，问了几个同病房的病人，都说不知道奥斯曼去哪儿了。艾玛想奥斯曼也许是在病房待久了，身体又恢复得挺快，有了些体力，就有些躺不住了，跑到医院的院子里散心去了。想到这儿,艾玛先给别的病人打针、发药。可是快到中午了,奥斯曼还没有回来。"奥斯曼不见了,奥斯曼不见了!"艾玛觉得有些不对,立即将这一情况向主治大夫和护士长汇报了。主治大夫和护士长连忙一方面组织科里的人员到医院院子里找,一方面向院长阿明汇报奥斯曼的情况。阿明院长闻讯后不是很着急,他交代奥斯曼的主治大夫和护士继续去找。放下电话后,他又交代院办的秘书说,自己到中国医疗队去一趟。

阿明院长下楼走到院子,沿着一条笔直的、两边栽满芒果树的水泥路走了300多米,来到了建在医院东门里的中国援苏丹医疗专家楼。走进十分熟悉的专家楼,他径直进了队长秦军川的办公室。这个时候,秦军川正在接听来自国内的一个电话,见阿明院长进屋,他立即告诉对方自己有重要的事情,便挂断了电话。秦军川从办公桌后面走出来,赶紧给阿明院长让座。"别坐了,我到你这里来是找奥斯曼的。"听了阿明院长的话,秦军川愣了一下,立即反应过来说:"奥斯曼不是住在医院内科吗?怎么……"看到秦军川还不知道奥斯曼从病房出走的情况,阿明院长说:"奥斯曼一大早就从病房里失踪了,医院科室安排人员正在找,我还以为奥斯曼跑到你这里来了。"

"噢!是这样。"秦军川稍稍调整了一下自己的思绪说:"阿明院长你在这儿等等,我去一个地方找找看。"秦军川忽然想到了一个地方,一个奥斯曼喜欢待的地方。"我也别在这里等了,我陪你一起去看看。"阿明院长不愿意在秦军川的办公室等候,他要和秦军川一起去。秦军川说:"那好,就辛苦院长了,我们一起去找找看吧。"说完,秦军川和阿明院长来到医疗队的厨房。

炊事员正忙做饭,看见队长秦军川和阿明院长来了,忙问道:"秦队长,有什么事吗?""见到奥斯曼了吗?"秦军川随口问了一声。炊事员用手一指厨房的后门说:"奥斯曼说他病好了,一大早就回来,把自己关在后厨的房间里,正削土豆皮、剥洋葱呢。我还以为队长知道他回来了呢。"听到炊事员说奥斯曼在后厨的房间里,秦军川和阿明院长悬着的心放下了。阿明院长对秦军川说:"人找到了,那我就先回去了,得告诉科室一声让他们别找了。麻烦秦队你一会儿把人送到科室去。"秦军川答应了一声,把阿明院长送出了医疗队的院子。

目送着阿明院长远去了,秦军川反身往回走,碰上了队委柳小刚从医院回来取资料书。秦军川随口问道:"这会儿门诊的工作忙不?"柳小刚听队长这么问他,觉得肯定有事要安排,回答说:"事不多,回来找一点资料,准备给苏丹医生护士上骨科治疗和护理课。""不忙就随我去厨房见见奥斯曼。"柳小刚应声便和秦军川一起来到厨房的后厨。

后厨是一个 8 平方米大的房间,主要是医疗队存放蔬菜、粗加工菜食的地方。秦军川推开后厨的门,看到奥斯曼坐在一筐土豆边,正拿着一个土豆全神贯注地削皮,旁边放着已经削好的一大盆子土豆。秦军川示意柳小刚和自己一起坐在奥斯曼身边的空凳子上,也顺手拿起一把削皮刀,和奥斯曼一样,削起土豆皮来。

见秦军川和柳小刚坐在自己身旁,一句话不说,也不问自己从医院跑回来的事,只是帮自己干活,奥斯曼顿时面红耳赤,像个做错事的小孩子一样不好意思地站了起来,说:"队长,削完土豆皮我就回去。""那好,一会儿让柳队委陪你回到病房去,病好了再回来,要听医生的安排。""知道了,秦队长。"奥斯曼削完最后一个土豆,洗了洗手,听话地和柳小刚一起回病房去了。

第十章　月下思妻

真主给了阿拉伯男人娶四个妻子的权利，阿拉伯的男
子 15 岁就可以结婚，女子 10 岁就可以嫁人。 阿拉伯男
人的家室，没有妾，只有妻，所有的妻子在家庭中有完全
相同的权利和义务。 丈夫喜欢和哪个妻子住在一起，其
他的妻子不会有丝毫的怨言，更不敢争风吃醋。 但是男
人的全部家产，有四个妻子，就要分成五份——丈夫和四
个妻子一人一份。 在家庭中，所有的妻子朝夕相处却互
不往来，甚至吃饭，都不在一张桌子上，妻子们谁也不用
看谁的脸色。

苏丹的"拉麻丹"斋月就要结束了。每天晚上秦军川去看望奥斯曼
时,发现他总是在病房的凉台,而且一直盯着月亮发呆。

对于奥斯曼的这个举动,秦军川有些不解,但又不好直接问他,便向
护理奥斯曼的苏丹护士艾玛说了奥斯曼这一反常举动。艾玛对秦军川
说:"我也感觉到了奥斯曼这个奇怪的举动,我猜他是怕斋月的第一个满
月吧。""为什么?"秦军川有些不明白了。看着秦军川着急的样子,艾玛
笑着说:"月亮圆的那天,我们都放假和亲人团聚去了,医院里的人少了,
他会感到孤独,触景生情让他想念亲人了。"

　　果然，秦军川上街时发现，苏丹男人在杀牛羊宰骆驼，女人们用一种叫作"黑那"的染料，给手掌涂上土红色的图案，做着过节的各种准备，有些像国内过春节一样的感觉。"每逢佳节倍思亲"，人同此心，难怪家毁人亡、孤独一人的奥斯曼经常凝望月亮，他肯定是惧怕月圆那一天的到来。

　　秦军川回到医疗队，把这一情况和几位队委说了。队委们说，这好办，把队员分成几个组，轮换着去陪奥斯曼，别让他感到孤单就行了。秦军川点了点头，表示目前只好先这样了。他交代队委柳小刚去安排这件事。当队委们都走了以后，秦军川又觉得这不是解决奥斯曼内心深处思念亲人、害怕孤独的良方。他想了想，还是在斋月到来之前，和阿明院长再谈谈奥斯曼的治疗问题。

　　秦军川和护士艾玛的判断是正确的。奥斯曼怕斋月之前圆月的到来是有原因的，因为他和他的第二个妻子就是在这天的月下认识的。

　　那年，奥斯曼还是个30来岁的小伙子，年轻气盛。伊斯兰斋月开始前的一天，他去帮一个朋友宰牛杀羊，本来两天才能完的活，他硬是用一天就干完了，想着赶天黑前回到家里。太阳快落山时，他走到一条小河边，发现空旷的河岸上有两个一高一矮与自己相邻的同族妇人身体全裸着，拿着水壶汲水。矮个子的女人手里还多拿了一根塑料管子，她俩正给水壶里装水。出于好奇，奥斯曼躲在一块大石头后面观看。看见两个女人打满水后，反身走向小河边的沙滩上，然后高个女人躺在沙子上，矮个子女人把那根塑料管递给高个子女人。高个子女人把管子慢慢塞进肛门，然后接通一个水壶底下的接口，矮个子女人慢慢放开手提起水壶，水壶的水从高向下慢慢流进了高个子女人的体内。时间一秒一秒地过去了，约莫到一分钟时，高个子女人有些痛苦了，但是她仍坚持着，呻吟着。女人的身体真能装水，连续两壶水下去，高个子女人迅速从下身拔出水管，表情痛苦地揉着自己的肚子，矮个子女人帮着她在沙滩上慢慢打滚。

过了大约十分钟,高个子女人走向一个沙堆旁,蹲到那开始了清理工作。她体内的垃圾可真不少,一连挪了七八个地方才完事,最后用手捧起沙盖住了排出体外的污物……

奥斯曼知道这叫洗海澡又叫洗礼,他们这个民族的女人觉得自己体内的垃圾太肮脏,定期都会这么做,自己亲眼看见还是第一回。由于他过于专注,忘记身上带着的屠宰刀具,不小心弄出了声响。两个女人发现了他,惊恐万分,大叫了起来。

女人的叫声很大,吓慌了的奥斯曼急不择路,朦胧的夜色里,他掉进了水沟。而后,他被两个女人和随后赶来的她们的族人追上,用绳索捆了一个结实,押到了一个叫乌坎的村子。族里的头人和那两个女人的父母亲带来了好多人,把被绳索捆得结实的奥斯曼围在中间。两个女人在另外一间屋里哭着,这边的众人用仇视的目光盯着奥斯曼,恨不能把他生吞了。族里头人身边的一位长者仔细看了一下奥斯曼,好像认出了他,转身对头人说:"这不是给咱们宰牛杀羊宰骆驼的那个屠夫嘛!"闻听长者的话,众人仔细一看,大部分人认出了奥斯曼。

两个女人的父母见众人认识奥斯曼,也没有了刚才的恨气,连忙跪倒在头人面前,要求他主持公道。头人看了看奥斯曼,又看了看刚才还怒火中烧的族人,对奥斯曼说:"你个下流乌鸦,敢坏我的族规,把两只眼给挖了,然后绑了喂野狼!"那位最先认出奥斯曼的长者对头人说:"别急、别急,我尊敬的头人。我支持您的决定,不过这个屠夫平时来我们这儿干活,人缘还不错。今天这事我们先问问清楚,这是其一。其二,这个屠夫的族人与我们相距不远,同族不同林,不先通融一下就贸然处死他,会引起两族间的误解,甚至仇恨的。"

头人接受了这位长者的建议,他走近奥斯曼,围着奥斯曼转了一圈说:"你这个该死的乌鸦,你为什么用你邪恶的眼睛去偷看我们的天使?"惊魂未定的奥斯曼战战兢兢地说道:"尊敬的头人,我错了。是我的脑子里跑进了毒蛇，看了不该看的地方，还请族人处罚我。"头人见奥斯曼没有抵赖自己的过失，还愿意接受惩罚，又见他年富力强、一表人才，一个想法闪上心头。头人问奥斯曼家里有几头牛，他连忙回答："有三头，一公两母。"头人不说话了，转身叫两个女人的父母和那位长者一起走进了另外一间房子。头人对两个女人的父母说："神明的主珍爱生命，我智慧的大脑转达主对我的指示，我们可以用善良的方式拯救这个犯了错的乌鸦，使他变成善良的天鹅。"

两个女人的父母见头人这么讲，也不知道头人葫芦里卖的什么药。出于对头人的尊重，他们对头人点了点头，那位长者也向头人投去了一丝微笑。头人捋了捋胡须，在房里走了一圈，回过身来对两个女人的父母说："你大女儿丽丝已经15了，也该嫁人了，如果不嫌弃这个屠夫，让他牵头牛过来，娶了丽丝吧。而小丽花才10岁，还未成年，以后再说。"头人这么一说，被叫作丽丝的女孩的父母没有反对。族里的那位长者也认为头人这样处理，既安抚了那个叫丽丝的女孩的父母，又不会让奥斯曼的族人和他们产生矛盾，于是，连声说道："这样好，这样好！"

在达成共识之后，头人和丽丝的父母及那位长者一起来到关着奥斯曼的房间。头人对奥斯曼说："神明的主念你是一只可以挽救的乌鸦，我决定不杀死你。但是你必须牵着你的牛，拿上聘礼来提亲，与我们的天使姑娘成亲。"这个时候只要能活命，提什么条件奥斯曼都连连点头称是。

几天后的一个早晨，奥斯曼真的牵了一头牛，带着首饰和礼品来到丽丝姑娘家提亲。丽丝的父母、家人和丽丝本人也没有反对，他们就在开斋节第三天的明月下结为一对夫妻。那个轻风习习的夜晚，那轮皎洁的明月成了奥斯曼对第二位妻子丽丝甜蜜而刻骨铭心的美好记忆。

第十一章　芒果传情

　　在我青少年的时候，我就从一个工厂那里，带回了一棵芒果树，深深地栽培在家的庭院。 一番辛勤，长大成人。 芒果树特别懂事，年轻的时候就朴实，从不计较得失，给人成熟感，老成、朴素的她，给人厚重的安全感。春天一到，她是报春树，送来满院的青春气息，葱茏得像聪明的学者。 一年四季，她都这样葱葱郁郁，我们一直都这样相敬如宾，她也从来不添麻烦。 如今的芒果树，并不稀罕，大街小巷的路边都是，但不管什么样，我见识的芒果树，即使再葱郁，怎么看都看不到她的老，只给你不老的诗篇。 如果你看见芒果，那就是她智慧的果实，那是智慧的结晶，她的味道比菠萝来得浓烈。

——艾玛的诗《芒果》

　　护士艾玛，是一位出生在南苏丹西赤道州瓦乌市的丁卡族姑娘，信奉基督教。在南苏丹还未独立前来到了苏丹首都喀土穆大学上学，因学习成绩突出被苏丹政府选派到中国学习医学护理。回国后被分配到中国援建的中苏恩图曼友谊医院工作。由于她身边的伊斯兰教朋友多，基督教朋友少,35 岁了还未结婚。

在阿明院长眼里,这位脱下护士服后,梳着粗粗的辫子,穿着非洲大花连身长裙,经常赤足,不戴面纱,也不将身体用布缠起来,常常爱哼苏丹民歌的女人,引起了他对一件事情的惦念,那就是秦军川队长交给他帮忙治疗奥斯曼精神恍惚心理疾患的任务。阿明是一个见多识广、非常聪明的苏丹智者,他想到了艾玛,并没有直接找艾玛,而是交代艾玛的科室主任,让艾玛去护理住院的奥斯曼,给他们多一些接触的机会。阿明知道,艾玛姑娘的聪明机灵能打开奥斯曼因失去亲人而郁积着悲苦的心结。

那天,也就是艾玛不小心惊醒奥斯曼的那天,因为这个小小的失误,艾玛懊悔地徘徊在医院的绿色长廊上,与刚从州卫生部开会回来的阿明院长碰上了。

阿明院长先开腔了,说:"哎哟,谁惹我们可爱的羊羔生气了,把平时唱出洪亮咩咩声的嘴给封住了,看见了我这只老羊也一声不吭。你在和谁打哑谜呢?"

艾玛猛一抬头,见阿明院长和自己说话,马上反应过来,连忙张开嘴巴说:"我尊敬的院长,小羊羔刚刚打瞌睡了,没看见您这位慈祥的羊伯伯,还请您原谅,原谅!"

"我看你这个小羊羔有心事,能说给我这个长你几岁的羊伯伯听吗?"阿明院长半开玩笑半认真地说道。

艾玛连忙摇了摇手,对阿明说:"小羊没心没肺的,能有啥心事。就是因为我的粗心,惹得您交代我护理的那位叫奥斯曼的病人不高兴了。"

"怎么回事呀,艾玛?"这次阿明院长没了和她说玩笑话的轻松神态,现出关心这件事情的急切神情。

艾玛把自己推医疗车进病房吵醒奥斯曼的事说给了阿明院长。听着听着,阿明院长哈哈大笑起来说:"看来,你这只小羊羔还很在乎奥斯曼这头非洲狮的嘛!""谁在乎,那是只笨狮子。"艾玛有些不好意思了。

阿明院长明白进一步向艾玛介绍奥斯曼身世的时机到了,便对艾玛说:"你想听听我讲奥斯曼这个人的故事吗?"艾玛有些好奇了:"他? 他能有什么故事?""你曾在中国留学,听过'人不可貌相,海水不可斗量'的名句吗?""他那点水,不值得斗量。"艾玛说着笑了起来。阿明院长严肃了起来:"你这可小瞧人家了。""那您讲,让我听听我护理的这只笨狮子有什么故事。"艾玛笑着对阿明院长点了点头。

阿明院长和艾玛一起来到院中的一条石凳上坐定,他以严肃又兴奋的语调把奥斯曼家人如何在暴乱中丧生,奥斯曼如何被中国维和部队和中国援苏丹医疗队在战乱中救下,奥斯曼又如何帮助联合国维和人员救出中国石油工人,奥斯曼又如何被暴徒绑架,之后奥斯曼被救出后又受尽苦难流落苏丹喀土穆,在生命垂危之际又一次被中国援苏丹医疗队救下,送到医院治疗的这些坎坷经历,一字一句地讲给艾玛听。当阿明院长讲完后,艾玛已经哭成一个泪人了!

"奥斯曼既是个可怜人,又是一个大英雄! 看起来我以前的护理不够精心和细致,打今天起我要用心去护理奥斯曼,让这个狮子尽快健壮地吼叫起来。"艾玛边擦眼泪边对阿明院长说。阿明院长从包里掏出一片纸巾递给艾玛说:"把眼泪擦干,回去好好干。我希望你们成为好朋友!"说完,阿明院长笑眯眯地走了。

看着阿明院长走远了,艾玛突然想起奥斯曼爱吃芒果,连忙向医院东边的芒果林跑去,希望能在树上摘下几颗熟透了的芒果,送给奥斯曼。

艾玛的运气不错,在三四棵芒果树上,精心地挑选摘到了5颗熟得黄澄澄的芒果。她像小女孩得到妈妈给的糖果一样兴奋,抱着这5颗芒果迈步朝奥斯曼的病房奔去。这次,她没有像上次那样莽撞,到了奥斯曼的病房前,先从病房透明的玻璃窗向里观察,见奥斯曼一个人正坐在病床上打点滴,她轻手推门走了进去。

艾玛的出现,让奥斯曼突然一惊。他知道今天艾玛不值班,看见没有穿护士装的艾玛比往日更加靓丽动人,刚才还有些沉重的心情猛然间变得轻松了,好像压在身上的一块大石头突然掉了,刚才还黯淡无光的脸色,一下子变得像绸缎一样光鲜明亮起来。

艾玛走到奥斯曼的床前,把芒果放在床头柜上,顺手拿起一颗递给奥斯曼说:"医院的芒果熟了,我摘了5颗,你尝尝鲜。"

艾玛的这一举动,让奥斯曼有些很不自在,他说话有些结巴起来:"谢……谢谢!"说完这句话后,奥斯曼紧张得出了一身汗。

看着奥斯曼有些笨拙的憨样,艾玛笑了。艾玛这一笑不要紧,奥斯曼看到后,不知道自己又做出了什么可笑的事,他就更紧张了,汗水出得更多了,连头上的卷发都快湿透了。看到奥斯曼紧张的样子,艾玛没多犹豫便拿起奥斯曼脸盆里的毛巾拧干,帮着奥斯曼擦汗。这一擦不要紧,奥斯曼竟然哭了,哭着嘴里还不停地说:"好久、好久,没有女人给我擦汗了!"

也许是阿明院长讲的奥斯曼的故事打动了艾玛,也可能是共属一个民族的同情心的驱使,艾玛边帮奥斯曼擦头上的汗边说:"阿明院长把你的苦难和你的壮举都讲给我听了,我们丁卡族人,有难时互助相帮不能推脱,我会像梯子帮你登高一样,真心真意地帮助需要帮助的人。"奥斯曼点了点头,接过艾玛递上的芒果闻了闻,忘情地说:"香,闻着真香!"

看着奥斯曼脸上露出满足和幸福的样子,艾玛放心地告别奥斯曼走了。

第十二章　院长说史

　　在人类文明前进的历史上，苏丹古国迈着沉重的步伐。 1881 年，宗教领袖穆罕默德·艾哈迈德领导人民开展反英斗争，1885 年建立了马赫迪王国。 之后，成为英国和埃及的共管国。 1953 年建立自治政府。 1956 年 1 月 1 日宣布独立，成立共和国。 1969 年 5 月 25 日，尼迈里军事政变上台，改国名为苏丹民主共和国。 1985 年 4 月 6 日，达哈卜军事政变上台，改国名为苏丹共和国。 1986 年 4 月苏丹举行大选，萨迪克·马赫迪出任第一总理。 1989 年 6 月 30 日，巴希尔军事政变上台，成立"救国革命指挥委员会"。 1993 年 10 月，救国革命指挥委员会解散，巴希尔改任总统，并在 1996 年 3 月、2000 年 12 月、2005 年 7 月和 2010 年 4 月四次连任。

　　秦军川看着奥斯曼的病慢慢地好了起来，心里高兴的同时，也思考着奥斯曼出院后回到医疗队如何工作生活，自己又怎样与他进行更深交往的问题。秦军川认为只有多亲近奥斯曼，才能与他友好和睦地相处，要使他的身心早日恢复健康，就必须了解他的母国以及他们丁卡族的习俗风情。

这天,秦军川与阿明院长一起到苏丹卫生部开会。从恩图曼友谊医院到苏丹卫生部要走一个多小时。他觉得这是一个向阿明院长请教的好机会,于是找了一个借口上了阿明院长的车。阿明院长觉得路上有个人陪着不寂寞,很乐意地把自己平时坐的位置让给了秦军川。

上车后,秦军川对阿明院长说:"我尊敬的阿明院长,在您和医院医生、护士的关心治疗下,奥斯曼身体恢复得很快,我看再有几天就可以出院了。"阿明院长微笑了一下,用右手在自己的胡子上捋了捋说:"托主的福,奥斯曼的身体确实好得很快,这是他积下的恩德,也是你们中国医疗队的功劳!"

"哪里哪里!还是您和您医院的医生、护士尽的心多。"秦军川一边坐稳自己的身体一边对阿明院长说。

阿明院长看了看手表后,身子稍稍转向秦军川说:"奥斯曼的身体治好了,对他下一步的心理,也就是精神方面的治疗你有什么考虑?"秦军川看了阿明院长一眼,思考了一下说:"我来苏丹时间不长,对奥斯曼的母国和他们丁卡族的习俗了解的还不够,您先给我讲讲,然后再说对他下一步治疗的问题,好吗?"

阿明院长在苏丹,既是一位德高望重的泌尿科专家,又是一位苏丹历史学者,对于秦军川队长提出的要求,他没有推辞,十分爽快地说:"好的,你愿意听,我就讲给你。"

阿明院长稍稍思考了一下,对秦军川说:"南苏丹原是英埃共管苏丹的一部分,1956 年后成为苏丹共和国的一部分,属苏丹南部 10 州。第一次苏丹内战后,苏丹南方于 1972 年至 1983 年得到自治。第二次苏丹内战于 1983 年爆发,至 2005 年签署《全面和平协定》,并成立苏丹南方自治政府。2011 年,南苏丹独立公投通过,南苏丹共和国遂于 2011 年 7 月 9 日 0 时宣告独立,成为非洲大陆第 54 个国家。2011 年 7 月 14 日,南苏丹共和国正式成为联合国第 193 个会员国。南苏丹,自古就是黑人居住的地区,绝大多数人信奉古老的拜物教,少数人信奉基督教。"

阿明院长说到这儿,从车上拿起自己的水杯,喝了一口水接着说:"奥斯曼是丁卡族人。丁卡族是南苏丹最大的部族,总人口约 370 万,主要从事畜牧业,饲养牛、羊,逐水草而居;少数人从事农业,种植玉米、高粱、烟草和蔬菜;沿河滩居住的,则以捕鱼为生。丁卡族内部至少分为 20 多个部落,各个部落虽然彼此毗邻,但是由于自然环境的阻隔而分为许多居住区。这些部落又可分为几个或多个分支子部落,分支子部落之下又可细分为由几个家庭组成的临时或长久一起放牧的'群体'或'小部落'。他们各自占据着可以为他们的畜群提供丰沛水草的牧场。而这些居住在一个部落或者子部落的人之间不都存在血缘关系。氏族是丁卡人眼中最大的血缘联合体,几个氏族之间会承认在父系上有关系。一个氏族之下分为几个宗,这种宗族是源自一个共同祖先的不同的继嗣分支,称'最大宗族'。最大宗族之下的分支称为'较大宗族';较大宗族之下的分支称为'较小宗族';较小宗族之下的分支称为'最小宗族'。最小宗族就是当个人被问及他是哪个宗族的时候,他所提及的那个族群。宗族的排序类似你们中国的家谱,可以从谱系推及亲属关系。丁卡族的孩子,从小就被教育要以自己的氏族为荣。一个丁卡小男孩从会说话开始,他的家人就会教他不断重复父亲一方祖先的名字。所有的孩子都能向上说出十几代祖先的名字。由于这样的风俗,丁卡人才能与朋友和邻居追宗论祖。丁卡每个氏族都有其明显的特征,如崇敬不同的图腾和祭拜各自先祖的神灵,以及在成人仪式上,给受礼的男孩脸颊纹刻象征本部落或本氏族的纹血图案。尽管存在细微差异,但所有丁卡人在文化上是同种同源的。一些丁卡人信奉基督教,但多数丁卡人还是信奉原始拜物教。

"丁卡人有三大明显特征:一是肤色比一般黑人要黑。二是无论男女,身材都精瘦、高大,显得亭亭玉立;成年男子平均身高 1.95 米左右,成年女子平均身高也在 1.8 米左右。第三是成年人从前额到耳后,都刻着

6条鲜明的疤痕。

"另外，我还得给你介绍一下，与奥斯曼所在的丁卡族共同生活的努埃尔族的情况。努埃尔族是南苏丹第二大部族，总人口260万。多数努埃尔人以畜牧为业，饲养牛、羊，过着季节性迁移生活，少数人以耕种和渔猎为业。在努埃尔部落，没有政府性的机构，没有现代意义上的法律制度，也没有成熟的领导制度。他们的情形可以被描述为一种有序的无政府状态。部落是努埃尔人最大的政治群体。部落下面有一级支部落、二级支部落、三级支部落。三级支部落是最小的部落，一般包括一些村落社区，由家庭性的群体构成。每个部落及支部落都有独特的名字，有共同的血缘关系和专属的地域。同一个部落在与其他部落发生冲突时，成员有联合起来的义务；同一个部落内有由于械斗、仇杀而进行赔偿的义务，但超过部落范围则不需要赔偿，因此是否赔偿是区分不同部落的重要准则。通常，努埃尔人不依靠政府来决定他们在冲突发生时该怎么做，他们是根据各自在部落分支系统里所处的位置来决定自己的行为。

"努埃尔人实行一夫多妻制。男方娶妻前，必须以若干头牛作为聘礼。如果男方在婚前亡故，习惯上由亲属为死者代娶；如家中没有男性，或丈夫去世，为了继承香火和财产，女人也可以'娶妻'。另外，努埃尔人喜欢纹面，这常常是努埃尔少年成年礼的重要内容。这种纹面被称为'嘎儿'。

"牛在大部分努埃尔人的生活中占有极其重要的地位。他们以牛为生，视牛为宝。在日常生活中，牛奶是他们的主要饮料，牛肉是他们的美食，牛皮是他们制作鼓、被褥以及杯、盘、碗的主要材料，牛角是号角、汤勺和手镯的材料，牛尾是饰物的材料。牛粪既是燃料，又是房屋墙壁的建筑材料；拥有牛的数量是体现努埃尔人贫富的主要标志。

"另外，由于大部分努埃尔人居住区不曾被土耳其、阿拉伯或英国人殖民统治，因此，努埃尔人仍保留着古老的社会结构和传统风俗，被称为

'非洲人文的活化石'。与丁卡人的开放以及顺应殖民统治的性格相比，努埃尔人的排外心理比较强烈。大部分努埃尔人信奉原始拜物教，少数人信奉基督教。

"南苏丹除了这两大部族外，还有希卢克族人。希卢克族是南苏丹第三大部族，为定居部族。希卢克人从事农业，善于捕鱼，尤喜畜牧。酋长为世袭制，人口约50万。传说希卢克人的第一位国王尼康及其部落早期生活在肯尼亚。15世纪末，由于气候干旱，水草匮乏，尼康携带亲属和部下向北游牧，穿过乌干达和扎伊尔抵苏丹境内，从此在南苏丹定居。希卢克人主要生活在上尼罗州，即南起通加、北至卡卡的白尼罗河两岸的狭长地带。马拉卡尔地区的居民，绝大部分是希卢克人。希卢克族传统的酋长所在地为法绍达。希卢克族由100多个社区构成，每个社区由几个村庄组成，村长从势力最强的家族中选出。南苏丹希卢克人敬蛇为神，他们不仅不伤害蛇，还常说服他人敬蛇。大部分希卢克人信奉基督教，少数信奉原始拜物教或伊斯兰教。

"这几个主要部族之间的关系很微妙，说起来，有几个特点：

"一是联合一致，共同对外。1956年1月1日苏丹独立。南苏丹的丁卡族、努埃尔族、希卢克族民众为了摆脱阿拉伯人的统治，争取南方黑人独立，联合一致与阿拉伯人执政的苏丹政府进行了长达50多年的抗争，赢得了南苏丹的独立。在政治、经济、文化上，丁卡族与努埃尔族、希卢克族联系密切，共同组建了南苏丹政府。

"二是为了各自利益，部族之间冲突不断。南苏丹部族关系复杂，几个世纪以来，各部族之间为了争夺地盘，经常发生武装冲突，有时，冲突导致上千人伤亡。甚至在苏丹第一次和第二次内战期间，南苏丹黑人部落之间也时常发生内讧。特别是丁卡人和努埃尔人之间的武装冲突最为激烈和频繁。

"2006年，苏丹南方与苏丹政府签订和平协议一年后，由丁卡人领导的苏丹南方解放军要求解除非法武装和裁军,努埃尔人的武装被首列其中,但努埃尔人拒绝放下武器,为此,他们遭到了围剿。努埃尔部落奋起反抗,成立了白军,但很快就遭到了苏丹南方解放军的清剿。

"2010年和2011年,南苏丹为了解除希卢克部族武装,平定希卢克部落的暴动,南方解放军与希卢克武装发生过两次严重的武装冲突,导致许多人员伤亡,上万希卢克平民逃离家乡。

"在解除部分努埃尔和希卢克部落武装后,丁卡人的势力得到进一步巩固和加强,地位也得以提升。南苏丹独立后,各部族之间争夺牛羊和牧场的冲突也时常发生,经常有造成几百人甚至上千人死伤的事件。在政府机构,各部落为了谋取重要岗位和就业机会,也会发生争端。

"南苏丹部落冲突较为严重的地区是琼格莱州、湖泊州、瓦拉卜州、上尼罗州、团结州、中赤道州和东赤道州。南苏丹政府对此高度重视并采取了多种措施,包括加强军队、警察等执法力量,解除部落武装、调解敌对部落矛盾等一些手段。而政府最关注的是蕴藏丰富石油的团结州和琼格莱州。

"就各部族在政府中的势力来说,丁卡族控制着南苏丹政权。南苏丹政党众多,目前在南苏丹注册并在政府拥有代表的主要政党有苏丹人民解放运动、苏丹非洲联盟、团结民主阵线、苏丹非洲第一联盟、苏丹非洲党第二联盟等8个政党团体。苏丹人民解放运动是南苏丹执政党,主要由丁卡人组成。南苏丹政府议会有议员171人,苏丹人民解放运动在议会中占159席。前苏丹副总统,南苏丹人民解放运动领袖、奠基人约翰·加朗来自丁卡部族,现任南苏丹总统萨尔瓦·基尔·马亚尔迪特也来自丁卡部族。此外,南苏丹武装力量前身为'苏丹人民解放军',即独立前的苏丹人民解放运动部队,独立后改编为南苏丹共和国武装部队,南苏丹总统基尔兼任总司令,因此南苏丹武装部队也由丁卡部族控制。

"总之,南苏丹部族众多,如何平衡丁卡部族与其他部族的利益,平衡朱巴与各部族地区的权益,是南苏丹经济发展和实现各民族平等的一个严峻挑战……"

阿明院长说得滔滔不绝,秦军川听得津津有味时,汽车的喇叭声提醒他俩,苏丹卫生部已经到了。阿明院长笑着对身旁的秦军川说:"车到了,咱们先去开会,以后找机会再说给你听。"秦军川连忙说:"好,好!院长先生,您讲说的这些,包含着丰富的历史文化和苏丹两个民族永恒的记忆啊!"两个人不急不忙地先后下车,并肩走入了苏丹卫生部大楼。

第十三章　夜游首都

　　苏丹首都喀土穆意为"大象鼻子"，由喀土穆、北喀土穆和恩图曼三镇组成，三镇之间有桥相连，人口近600万（1999年）。青、白尼罗河在喀土穆交汇向北流去。喀土穆是一个商业都市，恩图曼是全市商业比较集中的地方，这里既有外国人经营的大商店，也有富于民族特色的阿拉伯市场。阿拉伯市场的店主都是苏丹人，出售的商品大多是本国的产品。喀土穆交通发达，有国际航空航线，铁路直通红海岸，由该市沿尼罗河可航行至埃及首都开罗。喀土穆是棉、粮集散地，有制革、纺织、食品等工业。主要建筑物有政府大厦、伊斯兰清真寺、博物馆和动物园等。

　　青尼罗河滨河大道南侧矗立着白色三层楼总统府，始建于1834年土耳其奥斯曼统治时期，当时称为呼克姆达里亚宫。曾有32名土耳其奥斯曼帝国总督和9名英国总督在此执政。1885年1月26日，马赫迪领导的起义军攻下总督府后，镇压中国太平天国运动的刽子手、当时的英总督戈登在楼梯台阶上被士兵用长矛刺死。1956年1月1日，苏丹宣布独立，成立了苏丹共和国。

奥斯曼是拖着饥渴交迫的身子逃进苏丹首都喀土穆的,这段时间,他在医院里吃得饱、睡得稳,在还有许多人关心他,又处在衣食不愁、充满温馨的环境中,他想走出医院到喀土穆大街上看看外面的世界。

一个傍晚,他向护士艾玛悄悄说了自己的想法。艾玛不敢自己做主,在请示科主任和阿明院长同意后,她陪着奥斯曼走上了喀土穆大街。

傍晚的喀土穆大街上,华灯初上,人来人往。奥斯曼和艾玛走在没有硬化,也没有所谓马路牙子的人行道上。因为没有扫大街的环卫工人,马路上的杂物只有汽车行驶带来的气流才能吹散,现出斑驳的柏油路面。踩着松松软软的沙土人行道行走,奥斯曼很不习惯,他难以忍受那种软绵绵的无力感和脏兮兮的灰尘。艾玛感觉到了奥斯曼对喀土穆的不习惯,说过段时间就适应了。

奥斯曼第一次在附近遛弯,从没见过的树啊、鸟啊,奇怪的大尾巴羊啊,奇怪的建筑,当地的男人女人……眼前的一切,令他眼花缭乱,观景看人总是聚精凝神,目不转睛。在总统府门前,便衣警察把一个人的照相机砸烂了,他吃惊不解。艾玛说,在苏丹是不能随便拍照的,特别是像总统府这些重要的地方,当兵的没用枪扫射他们就不错了。在超市里,也是不可以随便照相的,否则谁都可能冲上来砸烂你的相机。看见有人使用苏丹镑买东西,奥斯曼被镑上的飞鹰图案吸引住了。鹰是苏丹的国鸟,鹰的图案被印在了国徽和硬币上。鹰在苏丹是很常见的飞禽,不论什么地方、什么时间都可以看到它们在天空盘旋的身影。艾玛告诉他,鹰象征着英勇顽强,是英雄的榜样,奥斯曼在连连的啧啧声中,竖起自己双手的大拇指。

在超市里逛久了,奥斯曼有些口渴,艾玛连忙买了一瓶矿泉水,对奥斯曼说:"喀土穆这边属于干旱气候,比朱巴干燥,长年炎热,一年有一大半的时间最高温度在 40 摄氏度以上。也因为干热,只要皮肤别暴露在阳光下,人身上不会有湿黏的感觉。在阳光下待上几分钟,你会有种在热水里游泳的感觉。当地人不怕热,大中午的就那么顶着太阳干活或在马路上卖东西,都毫不在意。你出生在南苏丹,不能和当地人比。"奥斯曼听得直点头,他心里佩服这个伶牙俐齿的姑娘了。

从超市里出来,奥斯曼和艾玛来到一个富人住宅区。式样新奇的小别墅,漂亮的小院落,院子里修剪得齐整的树木、色彩缤纷的花和草坪,牵绊住奥斯曼的脚步,他看得入了迷。艾玛对他说:"喀土穆几乎没有什么工业,建筑和装修用的材料绝大部分要从外国进口,盖这么一个别墅要花好几百万的美金。穷人当然没这么多钱啦,就用木板和树皮或是其他可以利用的东西,简单搭个棚子,一家老小也就这么住着。对于一年只下几场雨,年平均气温接近 30 摄氏度的地区来说,这样的'房子'基本上也够用啦。你看,没盖好的房子是这里的一大景观。"艾玛指着不远处盖到一半的楼房说。奥斯曼看着有的只盖了几层,有的只有柱子地板没有墙的残垣断壁,以为是烂尾楼。艾玛告诉他:"这里的人们盖房子一般都有这么个过程,不会等有足够的钱了才盖房,而是有多少钱盖多少,没钱了就停,有点钱再盖,直到盖完。有人说房子没盖好那么放着多不好!不用担心这个,没盖完照样可以住,反正又不冷,有没有墙无所谓,把家具一搬,家当一摆,一家老小也就这么过日子。"

奥斯曼看到小区里有一些固定的垃圾投放点,那些富人丢出来的垃圾养活了很多流浪猫流浪狗,有时也会有羊群来吃弃物。正当他俩看得出神时,一个四五岁的小女孩,穿着大得不合身的 T 恤,在垃圾堆里翻拣着什么。发现有人在看她时,小女孩的眼睛和他们对视了一下,又接着翻起来……奥斯曼显出不解的神色,催着艾玛走开了。

从大街上往医院回的路上,奥斯曼听见喀土穆大小清真寺的邦克声四起,广播中传来阿訇抑扬顿挫的诵经声。他有些好奇地问艾玛:"他们这儿的祷告声怎么比南苏丹大多了?"

艾玛对奥斯曼说:"这得从信仰说起。说到信仰,苏丹北部基本上都属于穆斯林,喀土穆是苏丹穆斯林的中心,而南苏丹信仰基督教和原始部落的拜物教。在喀土穆,到处都有清真寺,每个清真寺都有至少一座塔,上面安着好几个大功率喇叭,在夜里的时候闪着绿光。在青尼罗河以北的北喀土穆,有一座据说是非洲最大的清真寺,气派非凡。

"穆斯林每天要祷告五次,每个人的时间不一定完全一样,但一定要祷告够次数。男人们多半就近找个地方,铺上一块毯子,朝向麦加的方向,默默祷告,而女人一般在室内或隐蔽的地方自行祷告。

"每到祷告的时候,全城所有的清真寺塔上的大喇叭会向周围发出声音,这个声音是由寺内的阿訇发出而不是事先录好的……"

听着艾玛柔声细语的讲述,看着眼前平静祥和的景象,奥斯曼心头暗生仰慕:"这个护士姑娘怎么懂得那么些东西,怎么……"

夜已深沉。返回医院的路上,溶溶的月光下,奥斯曼心绪不宁。他一会儿想起他和第二任妻子的新婚之夜,一会儿想起惨遭杀害的亲人……看着近在咫尺与他并肩行走的艾玛,他的一颗心激跳了起来。真的,他感觉到自己爱上这位护士姑娘了。

第十四章　前往瓦乌

人民网朱巴11月14日电：当地时间11月12日，联合国南苏丹特派团为我国在此执行任务的首支维和步兵营举行隆重授勋仪式，700名官兵全部被授予联合国和平勋章。

中国驻南苏丹维和部队轮换时间到了，联合国南苏丹特派团决定向中国驻南苏丹维和部队700名官兵和中国援苏丹医疗队42名队员授予联合国和平勋章。

授勋时间和地点确定后，秦军川接到通知：随中国驻苏丹李大使一起前往南苏丹，代表中国援苏丹医疗队参加授勋仪式。

授勋仪式于李大使和秦军川到达南苏丹的第二天中午10点，在中国驻南苏丹维和部队工兵营举行。在庄严的联合国会歌声中，授勋仪式拉开帷幕。联合国南苏丹特派团特别代表罗伊、中国驻苏丹李大使、中国驻南苏丹马大使分别致辞，向全体维和官兵和中国援苏丹医疗队表示热烈的祝贺，并对维和部队和医疗队队员在完成各项任务中表现出的优良作风和精湛医术表示肯定。联合国南苏丹特别代表罗伊和两位中国大使，一起为700名官兵和秦军川代表的医疗队队员佩戴了和平勋章。

在授勋过程中，秦军川认识了并肩站着的维和部队的李副营长。李副营长悄悄地问秦军川说:"秦队长,我听驻南苏丹大使馆的同志讲,奥斯曼现在在你们医疗队!"

"是,是在我们医疗队。你认识奥斯曼?"秦军川有些吃惊地看着李副营长。

"当然认识了,奥斯曼是我们在一次执行任务中救出来的南苏丹牧民。"李副营长轻声对秦军川说道。

"噢!原来是这样。大使馆在通报中说的救奥斯曼的那个李副营长就是你!"秦军川回答中敬佩的语气越来越重。

联合国南苏丹团特别代表罗伊女士在授完勋章后,走到李副营长和秦军川面前,对中国维和部队和中国援苏丹医疗队的两位负责人说:"你们中国维和部队和中国援苏丹医疗队虽然在南苏丹工作时间短,但是你们这两支队伍凭借着优良作风和专业能力给联南苏丹民众留下了深刻印象,也对南苏丹和苏丹人民的和平事业做出了巨大贡献。"说着三人的手紧紧地握在一起,久久没有分开……

授勋仪式结束了,李副营长和秦军川一起走出了维和部队训练场,来到了一个较为僻静的地方。秦军川对李副营长说:"李营长,论援助南苏丹工作,我是一个新兵,对好多知识,特别是我国驻南苏丹维和部队的情况知之甚少,你能给我介绍一下吗?"

"可以、可以,我们边看边说。"李副营长爽快地答应了。李副营长说:"按照联合国的任务分配,中国在原苏丹国的达尔富尔地区、南苏丹的瓦乌地区分别部署了两支维和部队。苏丹和南苏丹新的国境线一划,瓦乌维和任务区被划入了这个世界上最年轻的国家南苏丹,由中国人民解放军原济南军区派出的一个工兵连(后增加到一个团)、一个维和国二级维和医院,驻扎在这里。

"这个叫瓦乌的地方是南苏丹第二大城市,西加扎勒河州的首府。但事实上,它并不具备城市的主要功能,没有市政供电、没有自来水、没有地面交通网,只有一条大约 5 公里长的硬化路,还有联合国修建的机场,然后就是原始雨林和一些伤残瘸腿的南苏丹军人。

"没人能说清楚这里打过多少年内战,有的说是 22 年,有的说是 30 年。从 20 世纪 50 年代开始,战火就在这里接连不断,国家满目疮痍。

"根据联合国的统计,战争结束后,南苏丹有 16.2 万战斗人员放下武器,需要重新安置。为帮助前参战人员获得基本生活资料、具备一般工作技能,联合国计划在南苏丹境内建设 3 个'DDR'过渡培训中心,帮助复员人员重新融入社会,并将此项工程任务赋予了善于创造奇迹的驻南苏丹维和部队的中国工兵。

"中国工兵连编有 275 名官兵,配备了多种重型施工机械,这对当地的战后重建无疑是个好事情。没水、没电、没住所,无任何施工资料,无建设范例,中国维和工兵自寻饮用水、自带发电机,从旱季干到雨季,干了 205 个日夜。2013 年 4 月,南苏丹首个复退军人过渡培训中心在小镇马普尔提前落成,并接收了首批约 400 名前军人。

"联合国负责维和行动的助理秘书长迪米崔·蒂托夫在视察中国工兵日夜奋斗建成的过渡培训中心时,说:'非常高兴在这里看到中国维和部队的身影,中国一直积极支持联合国维和行动。'中国维和工兵的身影,总是出现在当地民众最需要的地方。"说到这儿,李副营长自豪地笑了。

"那么在南苏丹,你们和当地群众如何相处呢?"秦军川又问了李副营长一个问题。

"用'优秀的中国文化'交流,增进友谊。"李副营长说,"中国传统的舞龙舞狮表演同样深受南苏丹朋友喜爱,每逢驻地举办喜庆活动,中国维和官兵的舞龙舞狮节目总是重头戏。只听大鼓敲响,一条巨龙腾空而起,时而盘旋,时而翻滚,两头狮子精气神十足。'你们的精彩演出,让我们见识了东方文化的独特魅力。'瓦乌职业技能学院院长桑尼尔·沃拉泽激动地这样评价道。另外,中国的饮食文化,更是让南苏丹朋友津津乐道。每逢咱们的国庆节、建军节,中国维和部队都会邀请友军和当地政府官员一起品尝中国美食。

"西加扎勒河州州长瑞泽克·哈桑让他的夫人来到中国维和部队,专门学做中国菜。一个月以后,这位州长夫人不仅学会了西红柿炒鸡蛋、宫保鸡丁和红烧肉等7种家常菜的烹饪方法,还学会了做水饺和面条。

"如今在南苏丹的机场、商店和军营,听到黑人朋友用'你好''谢谢'等中国话与你打招呼,已经不足为奇。当地政府的很多官员都会几句中国话。

"每年在欢送中国维和部队回国的宴会上,当地的高级警官和军官会把中国国防大学、南京陆军指挥学院的校徽别在胸前,向中国军人介绍说,他曾经在中国受训,他去过中国的北京、成都、哈尔滨、西安……同时,我们也利用自己部队精湛的医疗技术,给当地患者做手术、治病。在缺医少药的南苏丹,戴着蓝色头盔的中国医生,在当地居民眼中都是'上帝派来的神'。

"2012年12月19日,瓦乌地区爆发骚乱,UN城拥进5000多名难民,有不少人聚集在离医疗队不到10米的地方躲避战乱。一天,一名被子弹贯穿双腿的平民被送了过来。而我们很多中国医护人员此前就没有亲眼看到过枪伤。子弹贯穿了两条大腿,直径约10厘米的伤口向外翻,如同被切开的木瓜。救死扶伤的人道主义精神鼓舞着每个医务人员,我们的医学博士李剑明和外科大夫寇卫军随时听命、大胆缜密,不管白天黑夜,为那些身遭不幸的难民清理伤口、细心手术,挽救了无数垂危的生命。在瓦乌骚乱中,中国维和医疗队队员们不顾个人安危,积极开展人道主义救援,先后为80多名难民提供了医疗救治,并在平安夜里为当地一名难产孕妇成功接生了女婴,受到了联合国秘书长特别代表约翰逊女士的高度评价。"

讲到这里,李副营长把秦军川带到他们营区由维和官兵制作的"中国维和部队成果展"的现场,指着一张维和官兵与瓦乌市巴格里村 32 岁村民马克·乌布尔·贾斯汀的合影照说:"在西加扎勒河州的珠尔河县,与州府瓦乌市相连的唯一道路,一到雨季经常被积水淹没中断。热心的中国工兵刚刚完成'DDR'中心建设,又带着施工机械开进了莽莽热带丛林,在原始森林和沼泽中,打通了一条两地间的直线通道,使原先 20 多公里的蜿蜒道路,缩短到 3.6 公里:'我们会永远铭记这一天,因为这条路为我们提供了太多的便利。'这是瓦乌市巴格里村 32 岁村民马克·乌布尔·贾斯汀,带领着祖祖辈辈生活在丛林中的邻居们,以欢快奔放的部落舞蹈,庆祝道路建成通车时拍的照片。"

秦军川和李副营长说着走着,碰到了西加扎勒河州州长瑞泽克·哈桑,作为当地的"父母官",他评价中国维和部队说:"这支驻扎在西加扎勒河州的中国维和部队,真正用实际行动促进了中南两国之间的友好关系,我一定在适当的时机向中国驻南苏丹大使馆汇报他们出色的表现。"

最后,李副营长陪秦军川来到几名修女创办的护士学校,这是当地唯一培养卫生人员的机构。中国的维和医生成为这里的客座教授,中国军人开的二级医院,还成了护士学校的实习基地,中国的护士长们义务教非洲学生穿刺、注射和接生,为当地培养了 120 名医护人员。

当地最大的医院——瓦乌教学医院没有外科医生,秦军川看到中国维和医疗队派人帮助他们坐诊、做手术。一位医疗队队员对秦军川说,一次瓦乌教学医院遭到枪击,一名医生被当场打死,另一名医生肩部被击穿,中国维和部队的骨科医生孙新宏冒着危险赶过去为伤员清创、手术。而对于距离瓦乌基地 UN 城 5 公里的巴比拉部落来说,中国医生的到来,为他们带来了福音。中国医生治好了酋长拉比的白内障。仅三个月里,医疗队先后为巴比拉部落义诊 12 次,救治病人 430 多人次。

中国医疗队的成员,大多都是国内经验丰富的专家。47 岁的寇卫军在国内是每年要做 400 台心脏手术的胸外专家，妇科医生冯惠芳曾经接生过 4000 多个孩子，邹于征 28 岁就作为优秀骨干当上了护士长。医疗队队员们以精湛的技术和热情的服务，实现了医疗工作"零差错、零投诉、零事故、零纠纷"。有一次，为抢救一名难产孕妇，冯惠芳在 40 多摄氏度高温的集装箱手术室里，连续工作了 5 个多小时，几乎虚脱——不是因为没有空调，而是为患者负责。他们懂得接受手术的这一名当地黑人妇女，她生来就适应当地的高温天气，如果开空调，她受不了，甚至会带来难以预料的后果。

每当救治当地患者时，中国医生都会注意各个环节，关掉空调细心操作。一场手术下来，人人汗水浸透防护衣，就连脚下地板也湿了一大片。

第十五章　使馆授勋

> 新华网喀土穆 2 月 19 日电：18 日晚，中国驻苏丹大
> 使李连和在使馆为苏丹对华关系委员会副主席、苏丹总统
> 助理贾兹举行招待会，庆贺其荣获"中国阿拉伯友好杰出
> 贡献奖"。

"飞出窝的鸟回窝了，远行的亲人快点回家吧！"

秦军川在南苏丹完成授勋和参观完中国维和部队营区及"成果展"后，就想赶回喀土穆的医疗队驻地，他心里时刻牵挂着还在医院治疗的奥斯曼。

他焦急地找到中国驻苏丹大使馆李大使，想商量一下返回喀土穆的时间。他走进了李大使住的房间，看见李大使正在接电话。李大使向他摆了摆手，示意他先坐一下。

约莫过了 5 分钟，李大使放下电话，对秦军川说："是不是坐不住了，想赶快回医疗队去？"秦军川见李大使猜透了他的心思，向李大使笑着点了点头。李大使说："我和我们驻南苏丹大使馆的马大使商定，安排下午 3 点的飞机，咱们从朱巴机场直接飞回喀土穆。这下你该放心了吧。"秦军川见李大使把回去的事都安排好了，急切的心情轻松稳定了，便想转身回去收拾行装去。"别急着走嘛，我还有事对你说。"李大使叫住了他。

"什么事？"秦军川重新坐了下来。李大使也坐到秦军川对面的沙发

上,点燃香烟吸了一口,说:"在你们医疗队帮厨的那个南苏丹朋友奥斯曼有好事了。""啥好事?"秦军川脱口而出问道。李大使看了秦军川一眼,不慌不忙地说:"我们国家,为了褒奖对中国友好的阿拉伯友人,设立了'中国阿拉伯友好贡献奖',由国家主席亲自颁发或委托全权代表代颁发。这次经过层层遴选,我们中国驻苏丹大使馆和南苏丹大使馆分别向国内有关部门推荐了苏丹总统助理贾兹和南苏丹牧民奥斯曼,获得了国内的批准。我刚才接的电话,就是等着我们回去为获奖者举办庆贺招待会呢。"

外国一个普通牧民能和他国的一位总统助理一起得到中国领导人和中国政府的表彰,这可是一件前所未有的大事啊!秦军川强压心头的激动,一步跨出去,紧紧握住了李大使的手问:"表彰会什么时候开?哎哟,奥斯曼……"李大使也被秦军川的兴奋劲给感染了,十分爽快地告诉秦军川:"明天上午开!"

从李大使办公室回到自己的房间,秦军川实在是按捺不住喜悦之情,他打通了队委章宝峰的手机,把奥斯曼获奖的事告诉了章宝峰。秦军川明显地感到了章宝峰那边语言和笑声的激动。"宝峰,你先稳稳兴奋的心情,我还有事要你办。"

章宝峰控制住自己的亢奋情绪,忙问秦军川有什么指示。秦军川说:"有三件事抓紧办:一是了解一下奥斯曼的病情,如果无大问题,告诉他做好参加表彰会的准备;二是你给奥斯曼买一身像样的衣服,钱从财务上借,回来我来还;三是把这个好消息告诉阿明院长。"

"保证完成任务,请秦队放心!"章宝峰像一个战士向长官报告工作一样干脆利落地答应着,并向手机那面的秦军川敬了一个军礼。表彰大会在第二天上午10点正式开始。会上,中国驻苏丹大使馆李大使代表中国国家主席习近平先后为苏丹对华关系委员会副主席、苏丹总统助理贾兹,南苏丹牧民奥斯曼颁发了"中国阿拉伯友好杰出贡献奖"。苏丹总统巴希尔,路桥部长马卡维,代理外交部部长、国务部长卡巴勒,前投资部部长伊斯梅尔,前喀土穆州州长哈德尔,全国大亚洲书记处书记泰格瓦,阿中友联秘书长阿卜杜拉赫等苏丹政党高官,苏丹金融界、工商界、教育界、新闻界名流,民间组织负责人及中资企业代表,使馆主要外交官和中国援苏丹医疗队共150余人出席了表彰大会。

在颁发奖章后,李大使说:"首先,我代表中国国家主席习近平和中国政府,对贾兹先生、奥斯曼先生获得'中国阿拉伯友好杰出贡献奖'表示热烈的祝贺!习主席说,两位先生为中苏友谊做出卓越贡献,因而得到中国人民的认可,这充分体现了中苏对发展双方关系的高度重视以及对老朋友的深情厚谊。"

在热烈的掌声中,苏丹总统助理贾兹先生致谢词。他说,他和奥斯曼感谢习主席和中国政府给他的褒奖,这不仅是他和奥斯曼个人的荣耀,更是对苏中友好关系和两国人民友谊的充分肯定。苏中两国患难与共,双方友谊历久弥坚。他本人愿意与苏中各界友好人士一道,大力推动苏中战略伙伴关系,为两国和两国人民带来更大的福祉。

表彰会结束后,大使馆组织中苏与会人员一起参观中苏友谊成果展和重点项目。秦军川和奥斯曼分在一个组,并乘坐一辆车,向喀土穆以北70公里处,一片被绿化带围绕的现代化厂区飞驰而去……

一起参观的苏丹代表在参观后纷纷说,不看不知道,一看吓一跳。中苏合作的成果,让人们大开眼界:中苏合资建设的喀土穆炼油有限公司提供了苏丹国内75%的成品油,中国公司承建的麦洛维大坝发电量满足了苏丹国内50%的电力需求,苏丹横跨尼罗河的第一长桥——杜维姆大桥由中国公司援建,中国援建的苏丹新总统府办公楼、友谊厅大楼已成为首都喀土穆的标志性建筑,喀土穆大学中文系是最受苏丹学生欢迎的院系之一……

返回途中,坐在秦军川一旁的奥斯曼一言不发,不眨眼地盯着车窗外闪过的厂房、高塔、大桥、高楼……秦军川问他有什么心事,他憨憨地笑着说:"我看不明白,我只觉得好、好!"说着他竖起两手大拇指使劲挥动着。

第十六章 香烟炖肉

苏丹的阿拉伯人以高粱、玉米、小麦、牛羊肉为主要食品，他们保持着自己所信仰的伊斯兰教的传统，忌吃猪肉，不吃怪形食物，不喜欢吃红烩带汁的菜，不饮酒。

苏丹的努比亚人喜欢吃在铁板上烙成的高粱面饼，副食主要是秋葵叶、药豆以及牛羊肉，他们爱饮用高粱、麦子或椰枣酿制的啤酒。

南方黑人以高粱、花生、秋葵荚、药豆、薯类为主食，还吃牛肉、羊肉、野味、鱼、蜂蜜。黑人的家常便饭是高粱面稀粥，里面掺上牛奶、肉汁或熟肉块，他们爱喝用高粱酿制的啤酒和烧酒。

苏丹的贝贾人爱喝鲜奶或炼乳与高粱面混合而成的"奶粥"，也爱吃煮肉和烤肉，但不喜欢吃蔬菜，也不吃鱼、蛋和飞禽之类的食物。牛奶和高粱酿制的啤酒是他们的主要饮料。

从中国驻苏丹大使馆授勋回来，奥斯曼在病床上再也躺不住了，要出院回医疗队干活帮厨。他上班的第一天干了一件队员们非常不理解的事，他往医疗队厨房的炖肉锅里放了许多烟叶。秦军川听到队员的报告后,先是一惊,但他没有马上去指责奥斯曼,而是装着什么也不知道,来到厨房想和奥斯曼拉家常,了解一下他为什么把烟叶放进锅里,以及烟草在苏丹民众生活中究竟有些什么讲究。

秦军川走进厨房的储藏间,见奥斯曼手里还在摆弄着南苏丹产的烟叶。他笑着走上前,从奥斯曼手中拿过来一片烟叶闻了闻,一股别样的香气扑鼻而来,那味道极具吸引力。秦军川不会吸烟,在国内有同事发烟时,偶尔会闻一闻,他只知道烟叶是制作卷烟的原料。奥斯曼看了看秦军川观赏烟叶的样子,哈哈一笑对秦军川说:"在这上千里的白尼罗河畔,味道辛辣的鲜烟叶既可做香烟,还可做食物防腐剂和烹饪的香料。"

秦军川噢了一声,晓得这里一定有讲究。他笑着说了声"稀奇、稀奇",要奥斯曼讲给他听。奥斯曼摆了摆手中的烟叶说:"我们南苏丹人平常吸食的烟叶,算是当地的传统种植作物,种植区大多集中在白尼罗河流域。我们朱巴郊外的白尼罗河两岸就有成片的烟田,农户还用棕榈树皮做成结实的栅栏,防止牲畜踩踏。"秦军川说:"我上次去南苏丹,见过高粱,对其他粮食作物没太注意。"他从阿明院长那里知道了,南苏丹属热带气候,全年分雨季(5月—10月)和旱季(11月—4月),雨季高温多雨,旱季炎热干燥。奥斯曼接着说:"这里旱季地面干裂,开挖很深也不见有水,人畜饮水都很困难,最耐旱的烟叶就成为两岸农民唯一的生活依靠了。"

秦军川又从奥斯曼似乎有些得意的叙述里知道了,南苏丹烟叶生长期一般在当年的10月至来年的3月间,在雨旱季交替时进行大田移栽,正好可利用发源于乌干达多个山地的河流聚集之水和白尼罗河丰富的水源进行灌溉,烟草收成较好。而受战乱、土地所有权和农业技术等因素制约,如果种蔬菜或粮食,很容易被野生动物偷吃或者被人偷抢,造成的损失会更大,不如种植烟叶卖钱更实惠。南苏丹独立之前,这一带是苏丹的主要产烟区,国家统一管理烟草种植和收购,并负责对当地的农民进行技术指导和物资扶持。南苏丹独立后,政府财政困难,未对烟叶进行生产、收购等方面的有效管理。因此,当地农民所种的烟叶除供给哈格烟草公司(被日本烟草公司收购),部分烟叶则通过民间贸易流入了肯尼亚、埃塞俄比亚等邻国。

听着奥斯曼的介绍,秦军川问奥斯曼说:"烟,在南苏丹除了卖钱外,当地人吸吗?"奥斯曼说:"我们南苏丹大多数人信奉基督教,城里有文化的基督徒一般不吸烟,你要递他烟,他会客气地摆手拒绝。当然,有一些部落人吸烟,你递给他烟,他接过后会在自己胸前画十字表示感谢。也有些当地人,看见你抽烟,会伸手索要,并问你要不要帮什么忙。不管你是大方给予还是拒绝给他,我纯朴善良的兄弟老少都会对你很热情,详细回答你的问题,尽心尽力帮助你。"

秦军川在南苏丹的角色转换很快,适应环境能力很强。他知道南苏丹独立时间短,战争尚未完全停止,工业基础薄弱,百废待兴,对于处在温饱线以下的大部分民众而言,卷烟作为一种非生活必需品可算是奢侈品。因此,南苏丹国内对高档烟的消费能力非常有限,低档烟则较有市场。最为常见的是乌干达、肯尼亚、埃塞俄比亚等邻国生产的 Sportsman、Gold mount 品牌卷烟,为 10 支装,一条 20 包。售价通常不高,Sportsman 零售 0.5 南苏丹镑一包(1 南苏丹镑约合人民币 1.5 元);Gold mount 零售 1 南苏丹镑一包,批发价格要略低,一条只需 18 南苏丹镑便可买到。在朱巴,卷烟品牌虽较多,但无一例外都是从邻国进口的。国际大品牌的烟草制品倒是没见到。

"秦队长,烟叶可是个好东西!做鱼加进烟叶非常好吃,它是当地人离不开的香料。"奥斯曼又向秦军川说起了烟叶的另一种用途,他说:"尼罗河里盛产有罗非鱼、大尼罗河鱼,渔民不仅靠它填饱了肚子,还制作咸鱼辫子贩卖,补贴家用。我的一个表兄弟就专门做这生意。他特意打来体型较长的鱼种,这些鱼晾晒后咸鱼辫子容易编制、形状规整,能卖个好价钱。鱼还活着时,他们就开膛去骨,把鱼头、内脏那些容易引起鱼肉变质的部分扔掉,然后撒上盐和烟叶磨成的粉末,挂在木杆上晾晒,直到鱼肉中的水分风干掉,咸鱼干就制成了,闻起来有一种独特的烟草香味。再把六条咸鱼干编成一个麻花辫子,然后扎成捆出售。旱季炎热,我们只有把鱼腌渍、晾晒才能长期保存。"

奥斯曼停了一下,接着说:"咸鱼辫子特别受游牧民欢迎,他们也常用牛羊肉、奶来交换。他们把鱼存储在巨大的葫芦里,然后用盐和烟末再次腌制起来,方便在长时间的游牧中食用。咸鱼辫子的烹饪非常简单。一定要把鱼肉切块下锅,加水和西红柿、洋葱、青椒一起炖。汤滚开后,往锅里放几根野葱、两小块盐,还有一把烟末,味道美极了!"奥斯曼还说等他抓到了鱼再为秦军川现场演示一番。

听到这儿,秦军川明白了,烟叶在苏丹是一种香料,奥斯曼是好心用它为队员们做美味佳肴呢。秦军川把这个知识及时向那几个队员讲了,他们这才明白自己错怪奥斯曼了,一再叮咛秦军川帮他们向奥斯曼道歉。

吃过下午饭后,秦军川看见奥斯曼在队里的俱乐部里锻炼身体,就有意走上去和他谈起运动锻炼的事。秦军川问他最爱什么活动,奥斯曼说:"摔跤。"秦军川说:"嘿,你们喜欢摔跤,那你给我说说你们的摔跤怎么决定输赢。"

奥斯曼笑着打开了话匣子,高兴地说:"我们南苏丹人,丁卡族、努埃尔族每个民族都喜爱硬碰硬的摔跤活动。在田间地头、草原牧场,常常会看见一群青年人摔跤角力。一年一度的部族摔跤邀请赛是丁卡族人的盛大节日。这一天，男女老幼身穿节日盛装，欢送本村优秀的摔跤手前往比赛场。摔跤手们个个从头到脚涂抹着一种用牛奶拌匀的灰土，上身赤裸，腰束土布，布上系着牛尾，对于以牧牛为生的努埃尔人来说，牛奶和牛尾意味着无穷无尽的力量。一会儿，各个山头的牛角号齐鸣，号声里比赛开始了。一对对丁卡族、努埃尔族摔跤手，缠斗腾挪、左闪右躲、各使怪招……观看的男男女女，老老少少手舞足蹈，呼喊加油，喝彩呐喊，一声高过一声。第一名的奖品只是一束嫩绿的树枝。别小看这一束普通的树枝，人们看得比古希腊人用月桂树枝编织的桂冠还珍贵。在丁卡族、努埃尔人的心中，它是世间最高的荣誉。比赛结束后，族人们抬着他们的英雄跑遍每个村落张扬炫耀，他像无敌的英雄，受人尊崇、敬仰。"秦军川插了一句话："英雄就该受人崇敬！"奥斯曼点点头又开讲了："按丁卡族、努埃尔族的风俗习惯，每个男孩从幼年起就要接受摔跤训练，满十三岁后，就得送往远离村寨的训练营地，接受老一辈摔跤手的专门训练。训练分为四等，经过多次淘汰赛，慢慢升级，只有升到第四级，也就是最高一级的选手，才有资格参加一年一度的邀请赛。一名好选手一般得在训练营地连续受训三至四年。摔跤手多数是未婚男子，丁卡族和努埃尔人认为，女人会消磨男人的意志和力量，所以一旦结婚，就必须退出竞技场，也就永远失去了比赛资格，没了争夺最高荣誉的机会。获得过努埃尔族摔跤冠军的人，不光活着受人崇敬，死后也受人敬仰。每一个摔跤冠军去世，人们都要为他举行隆重的葬礼。大群的牛被宰杀，作祭奠用。为了表达对死去英雄的深情纪念，有时多达五十头牛被宰杀。宰牛还必须由优秀的摔跤手来执行，他用锋利的梭镖直刺牛的心脏，将牛杀死，然后割下尾巴、耳朵和牛角，分赠给死者的亲友。葬礼结束后，即在墓前清理出一块场地，举行一场丁卡人和努埃尔的人摔跤比赛,以纪念逝世的冠军。"

奥斯曼的叙说,让秦军川听得入了迷,他感慨地说:"你们和我们一样啊,都有值得骄傲的传统习俗。要不,我们怎么能相聚在这里。嗨,这都是缘分、缘分!"

奥斯曼不失时机地补了一句:"也是主的安排!"

第十七章　苏丹风俗

> 风俗是特定社会文化区域内历代人们共同遵守的行为
> 模式或规范。人们往往将由于自然条件的不同而造成的
> 行为规范的差异，称为"风"，而将由于社会文化的差异
> 所造成的行为不同，称为"俗"。

太阳被沙尘暴打磨了一个晚上，清晨挂在澄净碧蓝的天空，显得特别耀眼明亮、光彩靓丽。这是苏丹旱季里特有的自然景象。

秦军川一大早和阿明院长来到医院广场的草坪上晨练，两人一边运动着身体，一边交谈着。

秦军川首先问阿明院长："今天是南苏丹独立两周年的日子，你怎么看待南苏丹的独立？"

阿明院长抬头望了望天空，又看了看身边的秦军川，说："2011 年 2 月 7 日，我们苏丹总统奥马尔·哈桑·艾哈迈德·巴希尔发表电视讲话，宣布接受南部公民投票最终结果。当天晚些时候，南部公民投票委员会在苏丹首都喀土穆公布苏丹南部 1 月公投最终结果，即 98.83％ 的选民支持南部地区从苏丹分离。至此，我们苏丹这个非洲面积最大的国家正式分裂为北南两个独立国家。究其分裂的原因，有很多，我认为主要有两个：一是文化体系不同。在非洲，苏丹这个地理名称的含义是'黑人的土

地',历史上泛指撒哈拉沙漠以南一片广袤区域,它从红海沿岸的东非一直横向延展到大西洋之滨。后来,在这块曾经遭受西方列强瓜分和殖民统治的土地上建立了好几个国家,其中苏丹共和国的面积为250万平方公里,是非洲幅员最辽阔的国家。苏丹全国有600多个部族。作为民族成分最复杂的国家,苏丹既不是纯粹的阿拉伯人家园,也不是绝对的非洲黑人土地。在苏丹,黑非洲风情和阿拉伯伊斯兰文化既对立排斥,又掺杂糅合。时至今日,独立近55年的苏丹'一分为二',除了政治、经济、社会、民族等方面的矛盾难以调和以外,宗教文化差异及其政策上的失误,也是助推分离的一个不容忽视的因素。

"苏丹北南分属不同的文化体系。在全国3900余万人口中,黑人占52%,阿拉伯人占39%,东部黑人贝贾人占6%,其他民族占3%。阿拉伯语为官方语言。70%以上的居民信奉伊斯兰教。南苏丹包括现在苏丹南部的10个州,面积约65万平方公里,人口800多万,多为土著黑人,信奉原始部落宗教及拜物教,少数人信奉基督教。

"你也知道,我们苏丹千百年来历经战乱、殖民统治,人民饱尝了屈辱、艰辛、困苦。二战后随着非洲民族意识的觉醒,苏丹也开始了争取独立的斗争,但北方的阿拉伯人和南方的黑人目标并不一致。阿拉伯人希望恢复19世纪末在宗教领袖穆罕默德·艾哈迈德领导下的独立状态,南方和北方建成政教合一的苏丹国。而黑人则认为,历史上苏丹的几次统一都是外部势力强加的,按照民族自决原则,南方有权建立一个与北方平起平坐的国家。

"二是宗教信仰不同。苏丹独立前和建国后在宗教信仰领域推出的政策失之偏颇,更加坚定了南方同北方分道扬镳的决心。早在1955年12月31日,苏丹临时宪法规定伊斯兰教为国教,就引起南方黑人的强烈不满。从1956年1月1日苏丹共和国成立之日起,'南苏丹解放运动'便揭竿而起。1972年3月,苏丹北南双方签署《亚的斯亚贝巴协定》,南苏丹停止武装斗争,换取一定的自治权。

"20世纪80年代初,尼迈里总统剥夺南苏丹自治权,强制推行'伊斯兰化',导致苏丹再次爆发内战。而在1991年,巴希尔总统在全国范围内实施伊斯兰法,以《古兰经》和《圣训》作为制定政治、经济、社会、文化生活方针政策的准则。虽然巴希尔并没有强求南方部分州区也这么做,但这一举措同样激起南苏丹人的愤怒。2005年1月,苏丹北南双方签署《全面和平协议》,第二次苏丹内战结束。数十年来,内战共造成苏丹200多万人死亡,500多万人沦为无家可归的难民,资源丰富的苏丹因此成了世界上比较贫穷的国家。

"现在,南苏丹人民通过公投即将实现独立的诉求。我们总统巴希尔形容即将诞生的南苏丹是在'苏丹子宫内孕育出的婴儿',足见北南双方保持联系和加强合作的重要性。苏丹北南双方毕竟在一个国家内共同相处了很长时间,即使'和平分家'后,双方通过谈判可以划定一条地理边界线,但彼此在政治、经济、社会、文化等方面的联系永远不可能一刀两断。"

对于自己祖国古往今来历史的讲述,阿明院长是动情了,讲得十分激动。秦军川知道阿明院长是一个不主张苏丹分裂的人士,他连忙递给阿明院长一条毛巾,说:"你讲解得真好!让我增长了不少的知识,也使我对苏丹和南苏丹的历史、文化、风俗有了更深的了解。下边分的事我们先不说了,我还想和你说说合的事。"

阿明院长正用秦军川递过的毛巾擦汗,听秦军川要和他说合的事,他一时弄不清楚秦军川葫芦里装的什么药,忙问道:"什么'合'的事?"

秦军川笑着说:"'合',我们中国词典里有'结合在一起'的意思。你就说说苏丹人婚姻方面的事。"阿明院长也笑了起来,说:"你真有意思,这有什么说的。我们苏丹,男子满15岁,女子满10岁便可结婚。苏丹允许一夫多妻,但最多只能娶四个妻子。可是娶四个妻子的人很少,一般都是有财力的大官员大老板,普通人也就只娶一个。四个妻子之间不分大小,一律平等,教义规定丈夫必须没有差别地爱每一个妻子。四个妻子,都承担同样的家务,照顾丈夫,并且各自过各自的生活,也不存在争风吃醋的事情。一个人如果娶了四个妻子,那么他的财产要分成五份,五个人一人一份,如果丈夫要离婚,妻子就可以获得她的那份财产离开,所以并不怕丈夫提出离婚。"听到这儿,秦军川调侃了一句:"这个还是挺保护女性的嘛!"阿明院长又笑着说:"当然了。妻子一般不会主动要求离婚,毕竟结过婚,再找也不容易,一般都会从一而终。你问这个,是不是想在我们苏丹给你找妻子?"阿明院长笑话起秦军川来。

"哪是我呀!我是想给奥斯曼找个妻子,你看他一天孤单得像个失群的公羊,连抬头的精神都没有。"秦军川连忙向阿明院长解释道。

"奥斯曼的婚姻我们一起来想办法。你也该给我说说你去南苏丹的感受吧?"阿明院长结束自己的晨练,边整理衣服边问秦军川。

秦军川喝了一口矿泉水,用手擦了擦嘴说:"我去的时候是雨季,感觉南苏丹比北部要潮湿一些。当地人说雨季大概是从五六月份开始的,雨水明显多起来了,下过雨之后,天气清爽得让人难以置信。宿舍楼道里成群的蛐蛐爬来爬去,走路特别怕踩到它们。这让我想起小时候在石堆里费劲逮蛐蛐的场面,如果那里组织斗蛐蛐大赛,那真是不愁找不到参赛选手。那里的蚊子太狡诈了,不知什么时候潜伏在蚊帐里,等人一进去睡觉,就开始狂叮乱咬,叫人恼火。宿舍里快要成蜥蜴和壁虎的天下,它们经常快速地从眼前爬过。蛇也挺多,在小道上见过一条小蛇,长度不足一米,昂着头,看着我们过去。还好宿舍里还没有遇到,但为了安全,临睡前还是要把鞋子的口收紧,免得早起穿鞋时脚被钻进鞋里的蛇咬到。听说有一个人曾经把他的裤子拿到太阳底下晒,抖出来一条正在冬眠的蛇,也不知跟他同床共眠了多久。"他说着笑了起来。"这日子过得还真惊险!"阿明院长也补了一句。

"我们驻地附近有一个小水塘，那是我们钓鱼的好场所。站在水塘边，清凉的感觉扑面而来。不知名的鸟在附近叫着飞来飞去，非常漂亮，有白色的，有黑色的，有长脖子的，有短脖子的……在池塘边我还看到只黑色的大鸟，学名是秃鹳，俗名垃圾鸟，喙长长的，脖子上吊着个小袋子，正趴着晾翅膀，我估计它的翼展得有两米。我过去摸它，跟它合影它也不站起来，后来才知道是头一天爪子被铁丝网弄伤了。我弄了两条钓上来的小鱼给它吃，它挺爽快就吞了。不知道现在是不是好些了。这种鸟喜欢长时间地站在高处比如水塔之类的地方，下过雨之后，很多小动物比如满地蹦的小青蛙，它就跑来吃。它吃得很杂，什么都吃，人不是走得很近的话它们也不怕人。

"南苏丹人，在我看来是典型的黑人，身材高瘦，肤色黝黑黝黑的，扁扁的鼻子。有时乘车会路过好几个他们的村子。说是村子吧，其实就是五六间或更多一些的茅草屋。在平坦的大草原上，这些茅草屋显得完全没有遮挡。女人们在屋子外边劳作，或是搬运一些东西。她们搬运东西全是用头，不管多大多沉，拿头一顶也走得很稳，北方很多妇女也这么干。孩子们就在家门口玩耍。还有一次见到几个孩子在玩跳大绳，很是快活。

"在南苏丹让我最伤心的事，就是因暴乱、饥饿和疾病，死去的人越来越多。如果世界上少一些野心家，少一些独裁者，就可以增加无数有尊严地活着的人。但这个世界从来不缺少野心家和独裁者，他们就活在我们每个人的心中。但是我们心中还有些别的东西，如平等、自由、博爱……土地上的资源对人类的生存来说还是相当丰饶的，每个人完全有能力通过劳动过上自由幸福的生活。虽说正义完全战胜邪恶是不可能的事，但我们有办法让邪恶只能存在于阴暗的角落。这就是我所理解的文明，是南苏丹很多地方极度缺乏的东西。

"特别是那里的安全形势更不容乐观，经常可以看到街上停着十来辆迷彩皮卡，上面的重机枪用迷彩布包着，上面坐几个穿迷彩衣的大兵。

我看这个国家和平的到来还有很长很长的路要走。"

　　"是的,我和你有同感!"听完秦军川在南苏丹的感受,阿明院长摇了摇头,说了这句话后,便告别秦军川向医院走去。秦军川明白,他该吃早餐了。

第十八章　尼罗美味

尼罗河是一条流经非洲东部与北部的河流，与中非地区的刚果河以及西非地区的尼日尔河并列非洲最大的三个河流系统。尼罗河长 6670 千米，是世界上最长的河流。尼罗河有两条主要的支流，白尼罗河和青尼罗河。白尼罗河与青尼罗河在苏丹首都喀土穆附近相汇，形成尼罗河，然后向北流向埃及。所经过的地方均是沙漠，成为埃及文明的发祥地。

"军川队长，最近我听说医院里有好几位黑妹妹追你噢！"周末，阿明院长请秦军川和奥斯曼到他家过礼拜日吃午饭时，阿明院长开起秦军川的玩笑来了。

"是呀，我也听说了，几位黑妹妹都长得像乖巧的母羊一样漂亮好看呢！"奥斯曼也在一旁调侃着。

"是有这回事。"秦军川没有隐瞒。话说到这儿，秦军川故意卖起关子来，慢慢地喝了几口奶茶，把阿明院长、奥斯曼好奇的胃口高高地吊了起来。

"快说嘛，快点说嘛！"奥斯曼有些着急了。秦军川看了阿明院长和奥斯曼几眼，慢条斯理地说："医院的姑娘们，听说我孤家寡人来到苏丹工作,时间长了,医院里那些可爱的女医生、女护士对我有了想法。我告诉她们,我在中国有一个妻子和一个儿子。她们都很不在意,说苏丹男子可以娶四个妻子,她们不嫌我有一妻一子。"

"就是嘛。我一个叔父在朱巴非常富有,娶过 19 个老婆,生了 30 多个子女呢。"奥斯曼乘机添油加醋。

秦军川抬手打了奥斯曼一掌,说:"我虽然在苏丹工作,但必须得讲中国的道德,遵守中国'一夫一妻'的法律规定。"说完,秦军川摆出了一副很无奈的样子。

"你做个'胆小鬼',却伤了好几个我们苏丹女医生、女护士的心呀!"阿明院长说话的语气中多少有些丧气的感觉。"烤鱼好了,吃烤鱼了!"阿明院长家的仆人端来几盘香喷喷的烤尼罗河野生鱼。

秦军川看了一眼有点打不起精神的阿明院长,用手指了指盘中的烤鱼说:"阿明院长,别拿我开玩笑了,还是给我们说说这都是些啥鱼,介绍介绍尼罗河的美味吧!"

阿明院长是一个钓鱼高手,对尼罗河的鱼了解得比对自己的老婆了解得还多。阿明院长用一个小盘盛了一条烤鱼给秦军川,并示意奥斯曼自己动手给自己拿。做完这些他打开了他的话匣子——

"尼罗河全流域总共有 115 种鱼类,在苏丹垂钓和苏丹鱼市场中,我所看到和知道的有 20 多种,其中按照数量多少排序主要有罗非鱼类、鲇鱼类、鲈鱼类、龙鱼类、梭子鱼和胭脂鱼类,还有称为斑马狗头的河豚类。今天给你们烤了三种鱼吃,一种是你们现在拿在手中的罗非鱼。

"罗非鱼隶属于鲈形目、鲈形亚目,罗非鱼属亦称丽鲷属,有 600 多种,目前被养殖的有 15 种。罗非鱼是中小型鱼类,它的外形、个体大小有点类似鲫鱼,鳍条多荆似鳜鱼。属广盐性鱼类,海淡水中皆可生存。耐低氧,一般栖息于水的下层,但随水温变化或因鱼体大小改变栖息水层。

"罗非鱼食性广泛,大多为植物性为主的杂食性,甚贪食,摄食量大;

生长迅速,尤以幼鱼期生长更快。罗非鱼生长与温度有密切关系,生长温度 16℃ ~38℃,适温 22℃ ~35℃。

"第二种是鲇鱼。我们在苏丹尼罗河里看到的鲇鱼主要是革胡子鲇,俗称埃及塘虱、埃及胡子鲇,大量产于非洲尼罗河流域。你们中国广东省 1981 年 11 月从埃及引进过。这种鱼的形态与你们中国南方产的胡子鲇相似,区别在于背鳍和臀鳍的基部更长,鳍条数目更多……"

"院长先生,你连我们广东哪年引进鱼类都了如指掌哟!"秦军川惊讶了。

"你没听说过吧,有人还称我'鱼博士'呢!"阿明院长骄傲地挥了挥手,继续讲了下去:"鲇鱼头部扁平,头后侧扁,头背部有许多呈放射状排列的骨质突起,胸鳍硬刺短而钝,不刺手;鱼体光滑无鳞,体色深灰色或黑色,体两侧具有灰黑色蚀状斑块,胸腹部白色;一般体重 10 克以上的个体所有鳍条边缘都有淡红线环绕。口宽、横裂、齿利,口稍下,有触须 4 对,上下吻各 2 对。上下颌和犁骨上密生绒毛状细齿。鳃耙密集,数目多达 52 个 ~90 个;鼻须和颌须稍短,均不达胸鳍。它原产非洲尼罗河流域,属于底层鱼类,性情温驯,喜温怕寒,在池塘中不打洞筑巢,夜间活动频繁,常成群结队觅食。适宜生长的水温为 18℃ ~32℃,最适宜的水温为 22℃ ~32℃,15℃ 以下摄食量很少,生长慢。当水温降至 7℃ 时则会冻死。另外,革胡子鲇能够生存于一般鱼类不能生存的低氧、浅水和污染的水域中,只要其体表保持湿润,离开水几天仍能生存。由于它的胸鳍外缘有一根坚硬粗壮的硬刺,能在陆地上爬行,它能越过障碍物,从一个鱼池迁移到另一个鱼池。它的四对口须颇长,且能灵活转动。这种鱼偏肉食,最大能长到 10 公斤、1 米左右长。曾有一位专家把整头猪投入塘中,不一会儿,猪就被吃得只剩下骨头。

"第三种是尼罗尖吻鲈鱼。尼罗河鲈身体银色中带有淡蓝色。它们有特别黑的眼,外圈呈鲜黄色。它们是较大的淡水鱼,最长近 2 米,重达

200公斤。成年鱼可栖息于有充足含氧量的环境中,幼鱼则被限制在沿岸或有屏障之处。尼罗河鲈是凶猛的鱼,以自己的同类和其他鱼类的幼鱼为食,被列入世界100种最具危害的鱼类之一。

"由于过度捕捞,尼罗河鲈的数量也在减少中,这使得部分濒临消亡的原生鱼种有了繁育的空间。原生尼罗河鲈以各种水生鱼虾肉类为食,但由于食物种类的锐减,目前尼罗河鲈主要以小虾和鲤科小鱼为食……"

阿明院长把各种鱼的习性、营养价值说得头头是道,秦军川和奥斯曼两人听得不住叹奇。阿明院长赶紧喝了几口水,话锋一转问奥斯曼说:"你对象谈得怎么样了?别等黑娃娃出世了,再告诉我们。"

奥斯曼一本正经地回答道:"我都不敢想这事,哪里还能来个黑娃娃呢!"

"别骗我和秦队长了,谁不知道你心里爱着我们院的护士艾玛。"阿明院长的话一下子戳到了奥斯曼的心里,他脸上的血液循环明显加快,刚才还润红而黑色的脸一下从深黑红到了脖子……

第十九章　苏丹咖啡

　　因为工作需要，我们有幸踏入这块古老而又神秘的土地。在工作生活中，我们逐渐发现，苏丹人特别喜欢喝咖啡，可以说上至达官贵人，下至平民布衣，无不饮用咖啡。无论你走到哪里，只要有人生存的地方，甚至是路边，总有当地妇女摆着一个小摊，为人们准备着咖啡。那三五个小摊连在一起，组成一道道风景，然是好看。

　　踏上苏丹这个临近赤道的国家，高达56℃的高温下，只要你一打开门窗，苍蝇蚊子就会成群结伙地往屋里钻，你就是穿上厚厚的牛仔裤，它们也会照样攻击你。在这种恶劣的环境下，秦军川感染上了疟疾。在注射了中药针剂青蒿素，服用了奎宁药片后，他的病好多了。在他身边忙来忙去的奥斯曼捧着一大把苏丹椰枣来到他的床前，说："这是艾玛护士送来的。"

　　秦军川看了看奥斯曼手中的椰枣说："艾玛人呢？咋不让她进来坐？"

　　"艾玛护士把椰枣送给我后，说了声祝你早日康复的话，人就被叫回科室上班去了。"奥斯曼有些愤愤不平地回答道。

　　"扶我坐起来。"秦军川示意奥斯曼把椰枣放下，帮他一把。

秦军川坐好后，拿起床头柜上的椰枣吃了一颗说："真甜呀！"

"什么东西真甜呀？"秦军川卧室的门被推开了，医院的班德拉廷副院长走了进来。

"噢，是班副院长。你咋来了？"秦军川忙让奥斯曼搬椅子让班副院长坐下。

"好些了吧！本来说早点过来看你，一直忙，这不，刚送走埃及医疗访问团，得了个空就过你这儿来了。"班副院长一边说一边接过奥斯曼递来的茶杯。

"好多了，谢谢你们的关心。"说着，秦军川拿起几个椰枣递给班副院长吃。

"这可是好东西，我们苏丹的大补品呀！"班副院长放下茶杯，边吃边说。

"嗬！还是大补品，你给说道说道。"秦军川像一个学生一样向班副院长这位老师询问了起来。

班副院长说："椰枣，阿拉伯语 Tamr，在中东和北非地区作为日常食物已经几千年了。最早产地是波斯湾周边地区，公元前 6000 年以前，在西南亚地区和古埃及就被广泛种植，晚些时候的史前 4000 年，在东阿拉伯也有种植，这些被现在的考古学者发现并定论。后来，阿拉伯人把椰枣引进到北非和西班牙，1765 年，西班牙人又把它带到了墨西哥和美国西海岸。埃及人喜欢说椰枣来自他们那里，他们说考古证明早在 7000 年前埃及人就在尼罗河流域栽种椰枣。在迦太基遗址的博物馆中，你会看到腓尼基人近 3000 年前的工艺品上装饰有椰枣叶的花纹。在利比亚西南的古达米斯古城，考古学家确认 5000 年前就有人类居住，而他们的主要食物也是椰枣。无论如何，椰枣一经传播，在整个北非、西亚，就和水一样，成为人类生命一刻也不能没有的必需品。在古时候，无论是原住的柏柏尔人、埃及人、喜克索人，还是作为移民的腓尼基人、希腊人、罗马人、汪达尔人、拜占庭人、阿拉伯人,他们的生存和繁衍都离不开椰枣。直到今天,椰枣还是一些生活在撒哈拉沙漠深处和高原荒野中的居民的主食。

"我们苏丹人最喜爱的食品莫过于椰枣了。椰枣是阿拉伯地区的传统农作物,也有数千年的栽种历史,阿拉伯人喜食椰枣。伊斯兰教的穆圣曾嘱咐其弟子说:你们要尊敬你们的姑祖母——椰枣。因为椰枣和人祖阿丹是用同一种泥土造成的。'伊斯兰教十分重视遵循'逊奈',故此,椰枣就成为穆斯林喜爱的食品了。

"穆罕默德先知特别强调把椰枣作为其信众的日常食品,特别是每年一次的 Ramadan 期间的食用品。先知在《古兰经》中多次提及椰枣,他认为椰枣也是生活在天堂中的人民享用的食品。这个宝物被人们视作神奇无比,说它能够治疗百种疾病……

"椰枣是最有营养的干果,它被称为沙漠面包。椰枣的三分之二为糖分。古埃及人视椰枣的生长为丰收的象征,而罗马和希腊人则以椰枣庆祝胜利和迎接凯旋的将士。全球的椰枣就有 600 多个品种。"

"椰枣的历史还这么神奇!"秦军川显然被班副院长所讲的椰枣的传奇故事给吸引住了。

"椰枣不光历史神奇,还有十分神奇的保健作用呢!"班副院长显然又从保健专家的角度讲起了椰枣。他说:一是椰枣具有调节和收缩的药效,可以刺激子宫,有利于妇人生产。奇妙的是,《古兰经》中居然就有这样的描述:朝向你,摇动椰枣树的树干,椰枣落地,你也降生! 二是椰枣中的糖分很容易被吸收和消化,和牛奶、蜂蜜混合常常用来治疗儿童的肠胃病、痢疾。北非还流传着一整套治疗儿童疾病的传统方法呢。他们把仔细咀嚼过的椰枣泥敷在新生儿的嘴上,并轻轻揉动,之后小心地喂他们吃下。穆罕默德先知或许曾经通过这种方法并委托大夫沿袭这种方法来传递他们对孩子的博爱。嗨,还有三四五六七八种功能哩,一时我难以说完,总之我们的先知说过'手有椰枣,全家不饿。'它还能帮酗酒者醒酒、戒酒、驱魔抗毒。"

讲到这儿，班副院长停了下来，突然大笑了起来，说："我是不是在给椰枣做广告？"秦军川也跟着笑起来："有点像，就是没有人给你付广告费哟。"

"光顾着和你说话了，把正事都忘了。"班副院长说着从口袋里掏出一个袋子，递给秦军川。秦军川接过来，闻了闻说："是咖啡吗？""是，你的鼻子可真好使呀。"班副院长有些得意地笑了。

秦军川踏入苏丹这块古老而又神秘的土地后，他发现苏丹人特别喜欢喝咖啡，可以说上至达官贵人，下至平民大众，人人都有饮用咖啡的嗜好。无论你走到哪里，只要有人生存的地方，甚至路边，总有当地妇女摆着一个小摊，为人们准备着咖啡。她们身着五彩缤纷的服装，那三五个小摊连在一起，远远望去组成的一道道风景，很是诱人。走近后，看她们个个仪态端庄、举止大方、待人热情，与其攀谈中，似有一种娇羞、腼腆的神情，令人觉得熟悉而又陌生，顿生一种想去攀谈的冲动。司空见惯的咖啡摊实际上是苏丹人民工作生活中的一部分。

秦军川知道，国人喜欢饮酒品茶，对于咖啡并不十分感兴趣，只是偶尔品尝一下，要么是加糖咖啡，要么是牛奶咖啡。然而，在苏丹则不然了，随便走近一个咖啡摊，摊前都摆着几个小木凳。这些小木凳有两种：一种是绳子编织的凳面，凳腿是木头的，尽管看上去很简陋、很原始，但坐上去很舒适。另一种是木制的凳面，较粗糙，有点古朴的味道，是用来放杯子的，较平稳。苏丹妇女事先在简易的木炭炉上放上一壶水，需要煮咖啡时，先将壶里的一些水倒入一个有把的铝罐里，随手将铝罐放在炉上加热。水温约80摄氏度时，先加入少量姜粉，慢慢搅匀后放入适量咖啡，继续搅拌，当咖啡起泡沫时，火候也就到了。这时将煮好的咖啡经过滤网倒入事先加入糖的杯子里，然后端着盘子非常大方地走到你面前，将杯子递到你手里，同时给你一个甜美的微笑。

在苏丹喝咖啡不要着急，要像品茶一样，先是小啜一口，在嘴里打两个弯，停留数十秒钟，一种香甜、辛辣感浸透你的味蕾，顿觉神清气爽。饮第二口时，你会感觉胃肠有一股热流在涌动，让你觉得好似一味荡气回肠的良药。再饮时，其香味、辛辣味更浓，真是沁人心脾，妙不可言。难怪苏丹人常说，饮咖啡，消疲劳，长精神。

苏丹咖啡有两大特点：一是姜粉，使其味道别具一格；二是咖啡是当地人自己加工制作的。先将咖啡豆爆炒至焦、脆、香味弥漫时起灶，然后将其捣成粉末状即成。

苏丹人喝咖啡的神态、举止犹如英国老派绅士。在苏丹喝咖啡要有耐心，不然，你就无法品出苏丹咖啡的香醇味道，你就很难熟悉苏丹人的生活习俗，也就很难了解苏丹人的内心世界，更无法感受苏丹人的情怀了。

苏丹人究竟从什么时候开始喝咖啡的，这恐怕很难考证了，就像中国人喝茶一样，应是年代久远了。咖啡滋养了苏丹文化，咖啡包含了苏丹人的喜、怒、哀、乐、忧、思、愁；咖啡给苏丹人带来了舒适、恬静、悠闲、安详；咖啡充满了苏丹人浓浓的生活气息；咖啡也赋予这个民族特有的生活方式、工作方式及特有的情感世界。有时，秦军川在苏丹工作累了，也会惬意地煮上苏丹产的咖啡，体味一下异国咖啡文化和异族风情。

"好香呀，奥斯曼，快帮忙煮上一壶，我们一起品一品。"秦军川忘了自己的病情，忘记了他身在医院里。

奥斯曼从秦军川手中接过咖啡煮去了。秦军川难得有时间和班副院长聊天。他说："昨天我看电视，主持人问了一个问题，我一直没有弄明白，你能不能给我说说。"

"什么问题？"班副院长严肃了起来，他不知道秦军川要他回答什么样的问题。

秦军川说："西方颜色革命，临近苏丹的利比亚、也门都发生了内乱，为什么苏丹没有呢?"

班副院长说:"今天早上,我陪同埃及医疗访问团时,一名英国翻译和我也谈论了这个话题,显然他是一副兴高采烈的样子。他说这样的变革太美妙了,显然北非、中东的阿拉伯年轻人终于意识到改变了,他还对给在这些地区开展业务的中国和亚洲国家经济活动造成了影响表示同情。显然又是一副兔死狐悲的'假怜悯、真解气'。我没有和他针锋相对,但我反问他了这样一个问题:苏丹还没有乱,你们如何解释呢?'英国翻译支吾了一阵,说:巴希尔总统不是表态说不会寻求连任了吗?'不说和英国翻译斗嘴的事了。我想我们苏丹为什么没有乱,应该说,苏丹没有乱,并不代表就一切太平。

"前不久,苏丹新闻部门说,苏丹反对党有意在近期发动游行示威活动,抗议巴希尔的独裁和专政,安保部门提醒我们出门小心。其实,这样的提醒早在多天前,当地媒体上已经嚷嚷得到处都是了。

"然而,就在反对党宣布活动的三天里,喀土穆街头静悄悄的,根本就没有什么集会活动,倒是一些妇女跑到酒店,大搞女性派对,欢庆妇女节。在此之前,苏丹似乎也不过妇女节。

"我曾经和一些铁哥们儿私下探讨,如果有苏丹反对党组织游行,他们会参加吗。

"众口一词回答:'绝对不会!'进而,我和他们进行了充分的沟通,通过沟通,我大概总结了苏丹不乱的一些原因——

"一是,团结大于抗争。2011 年 1 月苏丹南部的独立公投结果让北苏丹人伤心欲绝,虽然他们尊重南苏丹人的选择,但在这个时代由自己见证着非洲的最大国家一分为二实在是悲愤!我们真不敢相信这是现实,然而目前唯一能做的就是接受现实,同时还要表达一种气概,就是不怕输的气概!如果这个时候乱,只能说明我们北方人自己不行!所以我们必须团结,民主抗争固然重要,但现在最重要的还是团结。

"二是,苏丹足够民主。苏丹向来是个民主的国家,这个早在1956年苏丹从英埃殖民统治中独立时就已经表现出来了。那个时候就是全民公投决定摆脱埃及托管的愿望。2010年,苏丹又经历了史上最大规模的民选总统过程,人民的意愿刚刚行使过,巴希尔就是他们自己选出的,如果半年刚过就反对他,岂不是否定自己嘛!"

班副院长越说越激动,秦军川劝他慢慢讲下去。他摆了摆手又接着说:"我们政府与民众关系密切。苏铁说,巴希尔虽然作为总统,但他是平民总统,在他家院子里就住着他老家好几十个穷亲戚,他并没有为他们安置什么好的政府位置,家乡也没有因为他当上总统而沾多少光,相反那里的人还骂他!巴希尔还常常出席群众演说,也用不着清场和戒严,就混在我们中间大声用唱歌的麦克风讲话,有些人还和他斗嘴。对总统和政府有意见也可以公开提。苏铁这番话让我想起来一件事,我曾经出席过的苏丹中南部穆格莱德长大会,在那个大会上,该省副省长就被晾在太阳下面,而当地长老则坐在帐篷下面,理由就是那个省长没有践行诺言。

"还有,近几年北苏丹大搞基础设施建设。在苏丹获得石油收入后,与南苏丹广泛存在的贪腐不一样,北部喀土穆政府全力抓水电、农业以及城市综合基础建设,大家实实在在感受到了苏丹北部的发展……秦队长,你也看到了我们国家日新月异的变化,我们的政府自勉自励,削减官员工资,禁购小轿车,大力投资基本建设,尼罗河上耸立着大桥、水电站。警民一家,新闻网络自由,你有不顺心的事,可以随时宣泄,这一切,任谁都否定不了。西方国家的制裁,你们中国政府的帮助,我们的民众心中是有数的……"

"咖啡煮好了。"快人快语的奥斯曼打断了班副院长慷慨激昂的讲说,他一见两人的神情,不好意思地点了点头,分别给他们一人捧上一杯咖啡。秦军川说:"你送来的咖啡,正好给院长助兴。来,端起!"班副院长随口说："好，借此祝秦队长早日康复。都端起来！"奥斯曼在班副院长的提醒下，也给自己倒了一杯咖啡。"好！"三人笑了起来，举起的杯子轻轻地碰在了一起……

第二十章　送礼大袍

从沙特阿拉伯迁徙到苏丹的阿拉伯人，占领了中北部富庶的尼罗河盆地。 在这里，伊斯兰风情别具一格：到处是身着长袍、头戴小帽的阿拉伯男子；而妇女们则用一段长长的布料，极其认真地将自己从上到下严严实实地包住，只能看到她们那褐黄色脸上乌黑的眼睛和纤细的双手。

阿拉伯民族文明礼貌，待人和善，人们见面总要将张开的右手平平地伸向前方和对方打招呼。 据说，这表示"我的手中并没有拿砸你的石头"。

人们初次见面，只能握手，只有久别重逢的老朋友，才可以相互拥抱，拍打对方的肩膀。 而男人千万不可以亲吻阿拉伯女人的脸，尤其是年轻的女人，如果你不小心这样做了，那就要承受一顿暴打……只有阿拉伯女人的近亲长辈，才可以亲吻她们。 不过，也只能亲吻她的上额，绝没有像西方人亲嘴或者亲脸的，这些部位，是丈夫或同性女人的专利，其他人是绝不能使用这些动作的。

在秦军川队长和阿明院长这两个"月老"的撮合下，奥斯曼和护士艾玛好上了。每次他俩约会,都说要送给秦军川队长一件礼物,但是送什么呢?他俩一直定不下来。于是,他俩把这一心思说给了阿明院长。阿明院长对奥斯曼和艾玛护士说:"你俩还是对儿有良心的羊羔子。我建议做一套我们苏丹的大袍送给秦队长。""这个主意好,这个主意真好!"奥斯曼和艾玛护士举双手赞成阿明院长的建议。

"羊儿吃草要赶茬,牛儿喝水要赶趟。我们给秦队长做大袍必须尽快,可别羊儿吃草草蔫了,牛儿喝水河干了。"从阿明院长那儿回来的路上,奥斯曼一个劲地对艾玛重复这句话。艾玛对奥斯曼说:"你别像一只没驯化好的百灵鸟似的,说唱个不停。我们下午就拉秦队长去做大袍。"

"怎么才能把秦队长叫去做大袍呢?明说给他做,他肯定不去,我们必须想个办法才行。"艾玛护士一边提醒奥斯曼,一边走到医院的一棵芒果树下。奥斯曼快速跟了上来,他走到艾玛前面绕着艾玛转了好几圈,突然一拍脑门对艾玛说:"我这狐狸般聪明的脑袋告诉了我一个好主意。下午你去找秦队长,说我在衣服店做衣服欠了钱,人家不让回来,必须请他去付钱领人。"艾玛听奥斯曼这么一说,觉得这个主意不那么阳光,但也没有更好的办法,勉强同意了。

艾玛护士采取这个办法,很顺利地把秦军川"骗"到了喀土穆的一家专做苏丹大袍的服装店。一进门,秦军川看见奥斯曼坐在一个木桌旁,和服装店的老板有说有笑的很是投机,顿生诧异。

见秦军川到了,奥斯曼向服装店老板递了一个眼色,秦军川还没有明白是怎么回事,就被老板带进了量衣间。老板什么也不说,就开始给他量身高肩宽袖长……他顿时一脸茫然。

秦军川不懂服装店老板和奥斯曼说的苏丹话,但从服装店老板、奥斯曼和艾玛护士嘀嘀咕咕交流的手势眼神来看,他觉得肯定有什么玄机。他还是客随主便地配合服装店老板,完成了他的工作程序。紧张忙活完了的服装店老板开口问秦军川,这件大袍选用棉布、纱类、毛料还是尼绒做材料。秦军川没有听懂服装店老板的阿语,他用英语加手势要和服装店老板交谈。服装店老板点点头,表示可以用英语交谈,高兴而且挺自信地答应着秦军川。

秦军川这才明白自己上当了,是奥斯曼和艾玛护士要给他做件大袍。他知道这是奥斯曼和艾玛的心意,这在苏丹民众的习俗里,朋友的馈赠,无论如何是不能拒绝的。我们不是有句古话嘛,"恭敬不如从命",何况自己对他们民族的装束也感兴趣,特别是苏丹大袍,做一件就做一件吧,到时想办法把费用给奥斯曼就行了。于是,他冲奥斯曼和艾玛笑了笑,说:"两只机灵的羊羔……"他的话还没说完,奥斯曼和艾玛异口同声说:"羊羔不会忘记青草流水的恩惠!""两只机灵的羊羔。"秦军川说罢,转身和服装店老板聊起了苏丹大袍的做法和穿着的讲究来。

服装店老板看秦军川是一位十分和气、谈吐文雅的中国人,高兴地对秦军川说:"你问我们苏丹的穿衣讲究,那就问对人了。"说着服装店老板给秦军川倒了一杯咖啡,示意秦军川坐下来听他慢慢说。

秦军川把奥斯曼和艾玛也叫到自己的身边,和自己一起坐在了一张圆桌旁,服装店老板站在他们三人的面前。秦军川和奥斯曼、艾玛边喝着咖啡边听服装店老板讲起关于苏丹大袍以及穆斯林的趣事来。

"那我们先说说苏丹男人的装束吧。苏丹是有悠久历史、灿烂文化和传统风俗的国家,随着社会的前进、科学技术的发展、东西方文化的交流,民族传统的生活习俗也随着演变,人们的审美观、穿戴、居住既蕴含着传统色彩又带有时代气息。男子身着大袍,外加披风,包头巾上戴着头箍,是阿拉伯人留给东西方的具体形象。阿拉伯大袍多为白色,衣袖宽大,袍长至脚,做工简单,无尊卑等级之分。它既是平民百姓的便装,也是达官贵人的礼服,衣料质地随季节和主人经济条件而定,有棉布、纱类、毛料、呢绒等。宽松舒适为阿拉伯大袍的特点,但做工装饰各地有些细微差异:沙特人的大袍为长袖、高领、镶里子;苏丹人的大袍无领,胸围和袖子肥大,呈圆筒形,长至脚踝,前后都有袋兜,侧面还有腰兜,可两面轮换穿;阿曼人的大袍无领,领口处有一条约30公分长的绳穗垂于前胸,穗底部有一花萼状开口,可向里边喷洒香水、放香料。阿拉伯大袍的颜色除白色外,也有深蓝、深灰、深棕色和黑色。他们的内衣,各地区也不尽相同,上衣多为条纹长衫,也有白色汗衫,夏季许多人不穿内衣,下身穿着奇特。也门、阿曼等国流行男穿裙子女穿裤,偏僻地区的部落或穷人仅用一块布把下身一围了事。利比亚、突尼斯等国的男士是喜欢穿肥大的灯笼裤。由于阿拉伯男子一年四季大袍不离身,内衣的式样和色彩就没有多少显露的机会。随着社会的发展,阿拉伯各国受到西方文化的冲击,但传统服装白大袍并没有被冷落,至今仍相当流行。即使是赶时髦的年轻人和公务人员,上班时西装革履或牛仔服,一到家仍都换上大袍。国家元首、高级官员身着大袍出席盛宴和庆典活动也屡见不鲜。有一些人土洋结合,在大袍外穿西装,或西装外披大袍,可谓各有喜好。人们服饰衣着历经千载而不改大样,是因为它对生活在炎热少雨地域的阿拉伯人有无法替代的优越性。生活实践证明,大袍比其他式样的服装更具抗热护身的优点,无论白色或其他颜色的大袍,在吸收外来热量的同时,里面形成一个通风管,空气自下而上流通,犹如烟囱一样,使人体感到凉爽。披风在阿拉伯人看来,是节日盛装,男人在大袍外加件披风,显得神采奕奕,有男子汉气概。披风花色繁多,质量也不相同。如科威特的披风市场上,男式、女式,夏天穿的透明纱披风、冬季穿的羊毛、驼毛、尼绒披风样样俱全;有平民穿的物美价廉的普通披风,也有王室成员及富人们喜欢的做工精细、镶有金银丝的豪华披风。阿拉伯人的包头巾,也是为适应沙漠环境而制作的,起着帽子的作用,夏季遮阳防晒,冬天御寒保暖。这种头巾是块布,将其放于头上,再套上一个头箍固定;色彩多为白色,也有其他颜色;布料有优劣厚薄之别,随季节和条件而定。头箍多用驼毛做成圆环状,多为黑色,偶有白色,粗细轻重不等。年轻人喜欢粗重的头箍,再系根飘带,显得潇洒、英俊。有些阿拉伯国家，如半岛上的也门和北非的毛里塔尼亚，男人们头上缠一条白色的长头巾，不戴头箍。他们的头巾除起帽子的作用外，还有其他用途：睡觉时做铺盖，礼拜时当垫子，洗脸时做毛巾，买东西时当包袱，刮风时蒙在脸上挡风沙。阿曼男子只披头巾，不戴头箍，头巾的颜色有等级之分，多为白色或素色，王室人员用红、蓝、黄三色为基调的特制头巾，其他人员禁用。头巾下再戴一顶小白帽是许多阿拉伯人的习惯，在非正式场合，他们更喜欢只戴小白帽而不包头巾。埃及、利比亚、阿尔及利亚等国的部分男子不用头巾，不戴小白帽，只戴一顶红色或黑色土耳其式的高筒毡帽。一些人爱在毡帽下缠一条白布，更显艳丽新颖。佩物，也是阿拉伯各部落长期传统的装饰习惯，其式样繁多，各有千秋，尤以也门和阿曼的腰刀最具特色。腰刀最初是用以防身自卫的武器，后逐渐成为珍贵的装饰品和民族风俗。阿拉伯人觉得只有佩带腰刀，才能显示男子汉的侠义、潇洒和英武；不佩带腰刀的男人不算好汉。同时，佩带腰刀也是男孩子长大成人的标志。至今还有些部落，当男孩长到15岁就为他举行佩带仪式，以示祝贺。腰刀的制作，在也门已有2000多年的历史。现在不少城市仍有制造腰刀的作坊，有机制也有手工制作，做工考究、精良。腰刀多为双刃，呈弯钩形，刀鞘饰有银环，与宽皮带或绣有精美图案的丝带联结，便于佩带。在阿曼，腰刀是国家的象征，其图案绘在国徽上。阿曼国的地形也酷似一把腰刀。腰刀柄的制作也很讲究，有牛角、羊角和木质的，最名贵的是用犀牛角或长颈鹿角制成，用金银镶上图案或经文，光彩夺目，价值很高；有的还镶上主人姓氏、制作年代，代代相传。名为腰刀，并非都挎于人们的腰部，有的别在金银彩线绣成的腰带上，更多的插在胸前特制的宽皮带上，每当人们高歌起舞时，常以腰刀伴舞。腰刀几乎不离身，如从主人身上夺下腰刀，是对主人最大的轻慢与侮辱。也门政府规定，佩带腰刀的人打架斗殴，治安人员和部落酋长有权扣押他的腰刀，罚他在若干天内只能带刀鞘外出，晓谕人们他正在受过。所以，无论何时，都不可随便摘掉别人身上的腰刀。毛里塔尼亚人的佩物与其他阿拉伯国家有所不同，几乎人人身带护身符，有的甚至要带几个。护身符装在皮制的小袋里，除美饰外，主要是图吉利。"

秦军川、奥斯曼和艾玛听得入了神，为服装店老板渊博的知识所折服，赞叹声连连。一旁的秦军川说了句："不在哪条河里走，就不知哪条河的深浅哟！"

"那女人的服饰呢？"艾玛护士作为女性，更关心女同胞服饰的特点。服装店老板说："别急呀，我从你的眼睛里，早看出你要问的问题了。让我喝口咖啡，润润嗓子嘛！"

在喝了口咖啡后，服装店老板接着说："伊斯兰世界女子的服饰，头戴黑面纱、身穿黑大袍是伊斯兰教义规定的阿拉伯妇女形象。妇女们的黑面纱很薄，戴上面纱，外人见不着主人的脸，主人却能透过纱网视物如常。有少数妇女戴双层黑纱，视物困难，常需儿童帮助；有人用一块黑纱盖住头发，另一块遮住面部和嘴巴，露出眼睛；有人在黑纱上开一个或两个小洞，便于视物。黑纱有大小，小的罩住头及脖子，大的蒙在头上，四角可垂至胸部，甚至腿部。多数妇女除戴黑纱外，里面还戴有做工精细、镶嵌饰物的帽子。黑大袍是阿拉伯妇女的传统服装，做工简单，式样和花色因地而异。如沙特妇女的黑袍是一件宽大的黑斗篷。也门女子服式有两种：一种是头顶黑纱，将头部盖住，再披块黑布（或花格子布）裹着全身；另一种是分头部、上身和下身三部分，头顶黑纱至脖子，上身黑披肩垂至腰部，在胸前系牢，下身穿条黑裙子盖至脚面。埃及妇女的黑袍是块长方形的黑布，就是将5米长的布一分为二，两边缝在一起，根据个人喜好绣上花边，穿、披均可，灵活方便，还可随意袒露身体的某一部分。苏丹妇女爱穿拖地长袍。长袍是一块布，可裹全身，黑色、白色皆有。利比亚妇女外出时，常用一块类似被单的花布把全身裹得严严实实，只露出双眼。阿拉伯妇女看起来衣着简单，甚至赤脚，其实不然，她们浑身几乎戴满各式金银首饰：头戴银头箍,头箍系银链,前额挂金银链,鼻饰镶花,耳坠一环又一环,项链一圈又一圈,十指戴戒指,手腕挂镯子,脚饰脚镯与足铃……十分别致,充分显示出披金戴银的雍容华贵。蕴藏量极大的石油财富改变着中东这块古老的土地,改变着人们的生活方式,也改变着人们的审美观。如今,阿拉伯人的传统服饰除在边远地区仍保留着原本的质朴以外,大城市已进化改良得土洋结合,进入了款式千姿百态、各显华丽的新时代。尤其青年一代男女装束更喜欢追赶时髦。埃及女装的主流是表现女性的体态美丽,不拘一格。西装、夹克、套装、长裤、连衣裙、超短裙、牛仔裤……都很流行,传统斗篷式长袍,仍然有人喜欢穿着。在利比亚,传统服装虽仍占主导地位,但年轻男人常是西装革履,女士们也身着西装套裙,庄重高雅,欣赏和追求'淡化'了的西方化妆术,胭脂、口红,轻描淡抹,染指甲、洒香水、戴耳环、项链等纯金首饰。即使是伊斯兰教规最严格的沙特阿拉伯,服饰也在发生变化。妇女们虽仍戴面纱,大袍也依然如故,但大袍里边却是五光十色,年轻的学生身穿牛仔服、T恤衫,上流社会的女子也穿上潇洒的西装。嗨,我讲得太远了吧？真不好意思了。"

"不,不,不。你给我上了一节阿拉伯民族服装课,拿上学费,我还真不知该在哪儿拜老师呢！"秦军川说着紧紧握住了老板的手,使劲地摇着。

第二十一章　中国中医

　　苏丹前总统尼迈里身患多种疾病，应苏方要求，中国
第26批援苏医疗队成立了专门的专家小组，制订了科学
周密的诊疗方案，经过针灸、推拿、拔罐的中医治疗，他
的症状明显改善。 尼迈里对中医的神奇疗效赞叹不已，
盛情邀请医疗队队员到他的家乡东古拉做客，并在合影时
特意移开凳子间的茶几，风趣地说："中国和苏丹的友谊
是不允许任何东西挡在中间的！"前总统对中医药疗病的
亲身体验和评说，在苏丹政府上层产生了非常积极广泛的
影响。

　　苏丹总统助理贾兹先生是一位热心推动中苏友好的苏丹政要之一，
他兼任着中国和苏丹友好协会的副主席。这样一位日理万机的苏丹领导
人，患腰痛病多年，被苏丹陆军医院诊断为腰椎间盘突出，建议手术治疗。
一天，他听说中国援苏丹医疗队有位医生，治疗腰椎间盘突出不打针、不
吃药，用手一摸，病就好了。他半信半疑，没有向身边的任何人打招呼，便
一人来到中国援苏丹医疗队在苏丹总统府开设的针灸治疗室。医疗队的
针灸大夫秦有学让他躺在床上，采用中国中药传统疗法，以娴熟的手法，
结合针灸、牵引、药物综合治疗，数周后贾兹先生的腰不痛了，再去检查后

发现痊愈了。为了表示对中国援苏丹医疗队的感谢,贾兹先生向中国医疗队发出邀请,请秦军川带所有队委、针灸大夫到他家做客,并同时交代卫生部官员通知苏丹恩图曼中苏友谊医院的院长阿明和同自己一起被中国政府表彰为中国非洲友好人士的奥斯曼一起陪同赴宴。要到贾兹这位苏丹政要家赴宴,秦军川不敢马虎,生怕哪里礼节不到犯了主家忌讳,他打电话把阿明院长请到自己办公室,想就有关赴宴的礼仪、风俗请教一下阿明院长。

对于秦军川提出的去总统助理贾兹先生家做客应注意的事项,阿明院长也不含糊,他仔细地讲给秦军川听。他说:"苏丹人信仰伊斯兰教,人际交往十分重视礼仪。相见时,先要互相问安,然后再交谈。在言语中,反对使用'发财''得胜''高贵'一些词语,喜欢用'天仆''天悯'等词语。宗教领袖、教长、清真寺的主持人、什叶派政教领导人尊称为伊玛目,主持清真寺教务者尊称为阿訇,教坊首领尊称为教长阿訇,经文大师尊称为开学阿訇,伊斯兰学者尊称为毛拉。见到酋长应直立敬礼,同辈相见行握手礼,十分亲密的友人行拥抱吻礼,见面互相敬礼的同时,还互相用祝词祝贺对方。上门拜访,一定要征得主人家同意方可入门。子女在晨礼前、午时脱下衣装后、宵礼后,要进入长辈卧室,必须先征得长辈同意。伊斯兰教提倡孝敬父母,善待亲属,怜恤孤儿,救济贫民,亲爱近邻、远邻和同伴,款待旅客,宽待奴仆。尤其是把孝敬父母提到敬拜安拉之后的高度。穆斯林握手、端饭、敬茶均用右手,用左手被视为不礼貌。

"伊斯兰教对饮食有严格的规定,不食猪和不反刍的猫、狗、马、驴、骡、鸟类及没有鳞的水生动物等。不食自死的动物以及非穆斯林宰杀的动物和动物血液。穆斯林杀生,要念经祈祷,采用断喉见血的方式,不用绳勒棒打、破腹那些屠宰法。不食生葱、生蒜等有异味的东西,伊斯兰教严禁饮酒。

"伊斯兰教讲究衣着规矩,提倡穿衣要符合自己的社会地位和身份。

男子禁止穿纯丝织品制成的衣服、色彩鲜艳的衣服、戴金银饰物。到清真寺做礼拜，参加葬礼，则必须戴弁。弁是上小而尖、下大而圆的帽子。穆斯林妇女有戴面纱、盖头的习惯。

"第二是做客要脱鞋。如果苏丹朋友邀请你到他家中做客，你能非常爽快地答应，并准时抵达，主人会欣喜，有时会高兴得手舞足蹈。一旦你推辞，苏丹人觉得十分扫兴，甚至从此断绝与你的来往。这是因为，在当地人的传统观念中，拒绝朋友的邀请，不仅是瞧不起人的表现，而且是有侮辱人格的意思。

"当应邀到苏丹朋友家中做客时，入室前应主动将自己的鞋脱掉，即使主人说穿鞋进去没有关系，那也只是句客套话，因为当地人都有进门脱鞋的习惯。

"第三是吃饭要悠着点。苏丹人爱留客人吃饭，而且在招待客人时非常慷慨，菜肴很是丰盛。不要急，更不能抢着吃。哎，我们民族这些讲究，你觉得……"

秦军川对阿明院长说："好的好的，你讲的这些，对医疗队队员来说都是不得不遵守的铁规，因为外交无小事。我们的祖先也有一句'入乡随俗'的教诲呢！"

一切都按阿明院长说的，秦军川对参加宴会的队员反复叮咛，连阿明院长和奥斯曼都觉得秦军川在这件事上有些婆婆妈妈的，十分啰唆。由于秦军川做了充分的赴宴准备，整个宴会进展得十分顺利。当贾兹先生招呼所有客人坐定后，宾客们也有说有笑时，贾兹先生突然问了秦军川一个问题，他要秦军川向他介绍一下神奇的中国中医。

秦军川站起来向贾兹和其他客人行了一个穆斯林式的问候礼，十分自然地向贾兹先生及在座的苏丹客人介绍起中国的中医药来。秦军川说："贾兹先生，那就先介绍一下中国中医药的历史吧。"贾兹先生向秦军川点了点头。秦军川说："在远古时代，中华民族的祖先发现了一些动植物可以解除病痛,积累了一些用药知识。随着人类的进化,开始有目的地寻找防治疾病的药物和方法,所谓'神农尝百草''药食同源',就是当时的经验总结。中国夏代(约前2070—前1600)的酒和商代(前1600—前1046)汤液的发明,为提高用药效果提供了帮助。进入西周时期(前1046—前771),开始有了食医、疾医、疡医、兽医的分工。春秋战国(前771—前221)时期,扁鹊总结前人经验,提出'望、闻、问、切'四诊合参的方法,奠定了中医临床诊断和治疗的基础。秦汉时期(前221—220)的中医典籍《黄帝内经》,系统论述了人的生理、病理、疾病以及'治未病'和疾病治疗的原则及方法,确立了中医学的思维模式,标志着从单纯的临床经验积累发展到了系统理论总结阶段,形成了中医药理论体系框架。东汉时期,张仲景的《伤寒杂病论》,提出了外感热病(包括瘟疫等传染病)的诊治原则和方法,论述了内伤杂病的病因、病征、诊法、治疗、预防等辨证规律和原则,确立了辨证论治的理论和方法体系。同时期的《神农本草经》,概括论述了君臣佐使、七情合和、四气五味等药物配伍和药性理论,对于合理处方、安全用药、提高疗效具有十分重要的指导作用,为中药学理论体系的形成与发展奠定了基础。东汉末年,华佗创制了麻醉剂'麻沸散',开创了麻醉药用于外科手术的先河。西晋时期(265—317),皇甫谧的《针灸甲乙经》系统论述了有关脏腑、经络等理论,初步形成了经络、针灸理论。唐代(618—907),孙思邈提出的'大医精诚',体现了中医对医道精微、心怀至诚、言行诚谨的追求,是中华民族高尚的道德情操和卓越的文明智慧在中医药中的集中体现,是中医药文化的核心价值理念……"

"讲得好,讲得好!"贾兹先生情不自禁发出连声感慨。在座的众人把目光集中到他的脸上。贾兹先生站了起来,说道:"心怀至诚,言行诚谨啊,我从你们的身上看到了中国朋友的高尚品德!"秦军川和众人鼓起掌来。

秦军川站了起来，说："感谢您，贾兹先生。"贾兹说："原谅我打断你的述说，请你再讲下去。"秦军川笑了笑，环视了一下听得神情专注的各位，又讲了下去："明代（1368—1644），李时珍的《本草纲目》，在世界上首次对药用植物进行了科学分类，创新发展了中药学的理论和实践，是一部药物学和博物学巨著。清代（1616—1911），叶天士的《温热论》，提出了温病和时疫的防治原则及方法，形成了中医药防治瘟疫（传染病）的理论和实践体系。清代中期以来，特别是民国时期，随着西方医学的传入，一些学者开始探索中西医药学汇通、融合。

"中国的中医药在数千年的发展过程中，不断吸收和融合各个时期先进的科学技术和人文思想，不断创新发展，理论体系日趋完善，技术方法更加丰富，具有鲜明的个性特点——

"第一，注重整体治疗。中医认为人与自然、与社会是一个相互联系、不可分割的统一体，人体内部也是一个有机的整体。重视自然环境和社会环境对健康与疾病的影响，认为精神与形体密不可分，强调生理和心理的协同关系，重视生理与心理在健康与疾病中的相互影响。

"第二，注重'平'与'和'。中医强调和谐对健康具有重要作用，认为人的健康在于各脏腑功能和谐协调，情志表达适度中和，并能顺应不同环境的变化，其根本在于阴阳的动态平衡。疾病的发生，其根本是在内、外因素作用下，人的整体功能失去动态平衡。维护健康就是维护人的整体功能动态平衡，治疗疾病就是让失去动态平衡的整体功能恢复到协调与和谐状态。

"第三，强调个体化。中医诊疗强调因人、因时、因地制宜，体现为'辨证论治'。'辨证'，就是将四诊（望、闻、问、切）所采集的症状、体征等个体信息，通过分析、综合，判断为某种症候；'论治'，就是根据辨证结果确定相应治疗方法。中医诊疗着眼于'病的人'而不仅是'人的病'，着眼于调整致病因子作用于人体后整体功能失调的状态。

"第四，突出'治未病'。中医'治未病'的核心重在'预防为主'，重在'未病先防、既病防变、瘥后防复'。"

"嗯，未病先防……"贾兹先生脱口而出。他看了在座的各位，又补了一句："科学、科学，有道理、有道理。"众人不约而同会心地笑了起来。

秦军川向贾兹先生说了声"谢谢"后又说道："中医认为可通过情志调摄、劳逸适度、膳食合理、起居有常等，也可根据不同体质或状态给予适当干预，以养神健体，培育正气，提高抗邪能力，从而达到保健和防病作用。还有，中医诊断主要由医生自主通过望、闻、问、切等方法收集患者资料，不依赖于各种复杂的仪器设备……""嗨，这就更神奇了!"贾兹又一次发出慨叹。看着众人齐聚在他身上的目光，他歉疚地笑着说："我失态了，请各位原谅!"秦军川如数家珍的讲话调动了众人更高的情绪，他接着说："医疗手段简便，有药物，也有针灸、推拿、拔罐、刮痧等非药物疗法。许多非药物疗法不需要复杂器具，其所需器具，如小夹板、刮痧板、火罐等，往往可以就地取材，易于推广使用。趁此机会，我再王婆卖瓜，多说几句……"这几句话令在座的人听得面面相觑，大家交头接耳，不明就里。

秦军川瞬间明白了，他讲的"王婆卖瓜"让大家犯迷糊了，他把"王婆卖瓜"的故事讲了一遍，惹得客人们笑声一片。

秦军川收起笑容，接着又讲道："我可以骄傲地说，中国中医药已传播到183个国家和地区。据世界卫生组织统计，目前103个会员国认可针灸疗法，其中29个国家设立了传统医学的法律法规，18个国家将针灸纳入医疗保险体系。中药逐步进入国际医药体系，已在俄罗斯、古巴、越南、新加坡和阿联酋等国以药品形式注册。有30多个国家和地区开办了数百所中医药院校，培养本土化中医药人才。总部设在中国的世界针灸学会联合会有53个国家和地区的194个会员团体，世界中医药学会联合会有67个国家和地区的251个会员团体。中医药已成为中国与东盟、欧盟、非洲、中东欧等地区和组织卫生经贸合作的重要内容,成为中国与世界各国开展人文交流、促进东西方文化交流互鉴的重要内容,成为中国与各国共同维护世界和平、增进人类福祉、建设人类命运共同体的重要载体。

"近年来,中国政府致力于推动国际传统医药发展,与世界卫生组织保持密切合作,为全球传统医学发展做出贡献。中国总结和贡献发展中医药的实践经验,为世界卫生组织于 2008 年在中国北京成功举办首届传统医学大会并形成《北京宣言》发挥了重要作用。在中国政府的倡议下,第 62 届、67 届世界卫生大会两次通过《传统医学决议》,并敦促成员国实施《世卫组织传统医学战略(2014—2023)》。目前,中国政府与相关国家和国际组织签订中医药合作协议 86 个,中国政府已经支持在海外建立了10 个中医药中心。

"在促进国际中医药规范管理上,中国推动在国际标准化组织(ISO)成立中医药技术委员会(ISO/TC249),秘书处设在中国上海,目前已发布一批中医药国际标准。在中国推动下,世界卫生组织将以中医药为主体的传统医学纳入新版国际疾病分类(ICD－11)。积极推动传统中医药监督管理国际交流与合作,保障传统中医药安全有效。

"在中医药对外援助方面,中国在致力于自身发展的同时,坚持向发展中国家提供力所能及的援助,承担相应国际义务。目前,中国已向亚洲、非洲、拉丁美洲的 70 多个国家派遣了医疗队,基本上每个医疗队中都有中医药人员,约占医务人员总数的 10%。在非洲国家启动建设中国中医中心,在科威特、阿尔及利亚、突尼斯、摩洛哥、马耳他、纳米比亚等国家还设有专门的中医医疗队(点)。截至目前,中国政府在海外支持建立了10 个中医药中心。近年来,中国加强在发展中国家特别是非洲国家开展艾滋病、疟疾等疾病防治,先后派出中医技术人员 400 余名,分赴坦桑尼亚、科摩罗、印度尼西亚等 40 多个国家。援外医疗队采用中药、针灸、推拿以及中西医结合方法治疗了不少疑难重症,挽救了许多垂危病人的生命,得到受援国政府和人民的充分肯定。"

听完秦军川的介绍,贾兹先生指了指在座的苏丹卫生部的负责人后说:"我们苏丹也应该向中国学习中医药方面的先进技术,造福我们苏丹人民呀!"苏丹卫生部的官员和所有在座的苏丹客人对贾兹先生的感慨之言表示极大的赞同,纷纷向秦军川和所有参加宴会的队员行大礼,希望援苏丹医疗队在这方面为苏丹多做贡献。秦军川被这洋溢着盛情的氛围感动了,站起来对贾兹先生说:"中国医疗队在向苏丹传播和引进中国中医药方面,一定会尽全力而为!"

贾兹先生激动地说:"愿我们两国人民的友谊,像滔滔的尼罗河水,长流不断,流向永远。来,举杯,为我们的友谊干杯!"

欢快的笑声,飞出庭院,飘荡在空中……

第二十二章　村长思友

　　人民网南苏丹瓦乌 1 月 28 日电：马普尔 DDR（弃武、复原、安置）培训机构，是联合国在南苏丹建成的首个为帮助前战斗员迅速融入社会的过渡营，但因缺少水源一直没有投入使用。为了赶在联南苏丹团特别代表视察瓦乌基地前完成此项工作，DDR 部门主管帕特里克找到了中国工兵。受领任务后，我维和官兵多次到实地勘察并确定打井点，面对土质坚硬的荒野丛林，有过 4 次维和经历的工程师梁云海带领战士日夜奋战，经过一个星期的努力，成功开挖出 5 眼水井。对此，帕特里克激动不已。

　　"看见沙漠想起水，见了骆驼念故人。"奥斯曼的好友莫塔村的村长杜鲁布拉嘴上时常哼唱起这两句南苏丹民歌。和奥斯曼在朱巴一别，他经常夜里不敢观看月亮，因为望见头顶上的月亮，就会自觉不自觉地想念好友奥斯曼！他和奥斯曼虽然不是一只母羊生的一胞羊羔，但自小关系亲密得就像同胞兄弟一样，经常惹得双方的亲兄弟们生气和眼红。杜鲁布拉是一个小酋长的后代，祖上的功德让他当上了村长，管理着上百号的族人。而奥斯曼祖辈以放养和屠宰牛羊为生，放牧和屠牛杀羊成为奥斯曼的营生。两人没有因地位相差悬殊而影响他俩的兄弟情谊。

每当一方有难有险时，另一方都能不惜一切去救助。杜鲁布拉刚继位村长时，19 岁的他被一个异教部落绑架敲诈钱财，报警后警察以人手不足为由，迟迟不肯出手相救。奥斯曼毫不犹豫将自己的 20 只羊和 3 头牛送给警察局长，警察局长这才亲自带上警察去救人。生死交锋 3 个昼夜后，警察把只剩下半口气的杜鲁布拉村长从绑匪手中救出，交给了奥斯曼。奥斯曼在朋友的帮助下，把杜鲁布拉村长背回自己家里，静养了 3 天后又亲自把杜鲁布拉村长送回村，全村人齐刷刷地跪谢奥斯曼的见义勇为和救村长之恩。

当然，奥斯曼遇到难事时杜鲁布拉村长也不含糊。奥斯曼 19 岁那年，向第一个妻子求婚时，妻子一点没有嫌弃他，而她的父母却嫌弃奥斯曼是个杀牛宰羊的屠夫，没有一点社会地位，也没有多少家产和成群的壮牛和肥羊，看不上奥斯曼。奥斯曼几次上门求亲，都被拒之门外。这事让杜鲁布拉村长知道了，他让人把奥斯曼和奥斯曼女友的父母及族人请到自己的家里，并吩咐家人杀了骆驼，以本部落族人最高的礼仪招待他们。奥斯曼知道杜鲁布拉村长这些安排是为了给自己长脸，要把心爱的女子娶到手，自己也没有更好的办法过女友父母这一关，杜鲁布拉村长帮自己请客，奥斯曼觉得也是没有办法的办法。他深知杜鲁布拉村长这是在不惜一切地帮他，自己就得早点去帮忙干活，不能像个外人似的，像电线杆一样竖在那儿不动。他先一步来到杜鲁布拉村长家里，想去帮着杀骆驼，因为他知道一会儿要把骆驼峰和驼肝做成烤串，送给自己女友的父母及族人。因此，他一进杜鲁布拉村长家门，就直奔厨房去串驼肉。杜鲁布拉村长知道后，一把将他从厨房拉到客厅，递给他一杆水烟袋让他坐着吸烟，并叮嘱他今天什么也不干，只管堂堂正正吸水烟陪客人。

果然，奥斯曼女友的父母及族人一来，见杜鲁布拉村长如此高看奥斯曼，又高规格地宴请他们，顿觉脸上有光，当即允下了奥斯曼和自己女儿的婚事,愉快地收了奥斯曼的聘礼,一家人高高兴兴地赶着牛羊回去了。

杜鲁布拉村长更记得他和奥斯曼一起遭遇枪林弹雨的那一幕。那是先年10月初的一天凌晨,杜鲁布拉村长和奥斯曼相约去瓦乌办事,刚刚走到中国驻南苏丹维和步兵营营地外一公里的地方,突然间营区外枪炮声大作,无数的曳光弹划亮了黎明前的天空,不时有子弹从他们身边飞过。奥斯曼伸手把杜鲁布拉村长从毛驴背上拉下来,两人一起趴在地上躲避着头上不时飞过的流弹。借助着黎明前天空微弱的光亮看去,两人发现数十名携带各种武器装备的当地武装分子,从中国驻南苏丹步兵营营地外的草丛中,向附近的南苏丹政府军营地发起了猛烈攻击。他俩被夹在了攻击区域,枪炮的射击密度使他们无法抬头和脱身。这处平地毫无遮挡,那两头不会卧倒的毛驴被流弹击中倒在了地上。奥斯曼见自己和杜鲁布拉村长一时走不了,又无地可躲,急中生智躲在两头被打死的毛驴中间,嘴里祈祷着,盼着天亮后有人救援。

奥斯曼和杜鲁布拉村长胆战心惊地在毛驴尸体中间趴着,上午9时激战还在继续。突然,奥斯曼和杜鲁布拉村长听见中国驻南苏丹维和部队的大喇叭向交战双方喊话,警告双方结束交战,撤离维和部队的任务区。果然不久,在中国驻南苏丹维和部队的震慑下,双方的交火逐渐停止,攻击政府军的当地武装分子分散逃走了。惊恐中的奥斯曼和杜鲁布拉村长从两头死驴中间爬起来,飞步跑回杜鲁布拉村长的家。缓过神来的杜鲁布拉村长对奥斯曼说:"奥斯曼兄弟,你这头骆驼还真聪明,要不是你拿死驴给咱挡枪子儿,咱俩也变成死驴了。"奥斯曼苦笑了一声说:"那就谢谢神圣的主吧!"

杜鲁布拉村长每每想起自己和奥斯曼同生死、共患难的点点滴滴,总让他无限地思念奥斯曼,他不知道被歹徒绑架的奥斯曼是不是还在人间,他觉得自己应该去中国驻南苏丹维和部队找李营长去问问。想到这儿,他赶上自己的毛驴车,拉上大水桶,一边去中国驻南苏丹维和步兵营拉水,一边打听消息。到营区后,他没有像往常一样马上去接水,而是把驴往营区的水泥桩上一拴,向营区里面走去。站哨的中国维和士兵大多都认识这位邻居杜鲁布拉村长,就问他有什么事。杜鲁布拉村长说要找李营长。哨兵告诉杜鲁布拉村长李营长已轮换回国了,接替他的是刘政委。杜鲁布拉村长说那他就见见刘政委。哨兵不知道杜鲁布拉村长有什么急事,但他看得出来杜鲁布拉村长见刘政委的心情很急切,边安慰杜鲁布拉村长边用哨位上的电话联系刘政委。很快,刘政委指示哨兵把杜鲁布拉村长带到他的办公室。"是,首长!"哨兵答应了一声后,便向另一位哨兵交代了一下,然后带着杜鲁布拉村长向刘政委的办公室走去。

中国驻南苏丹维和部队步兵营的营房是搭建的活动房,蓝蓝的顶、洁白的墙组成了一个四四方方的大院子。快速运兵车、防爆车、大型工兵装备整齐地列阵在院子周围;一队队、一列列中国维和部队士兵正在院中操练。约莫走了5分钟,杜鲁布拉村长望见原先李营长的办公室门口站着一位和李营长一样高大威武的中国军人。看见这位军人热情地向他迎了过来,杜鲁布拉村长猜想肯定是他要见的刘政委。

刘政委和杜鲁布拉村长友好地握手拥抱后,杜鲁布拉村长被刘政委让进了办公室。刘政委很快地冲了一杯南苏丹人爱喝的咖啡端给杜鲁布拉村长说:"欢迎你的到来!我听李营长说你可是我们维和部队的老朋友了,给我们维和工作帮了不少忙呀!"

杜鲁布拉村长见刘政委这么一说,反而不好意思坐着了,他站起来说:"你们来到我们这里,为我们带来了和平与安宁,是我们心中的主呀!平时帮你们一点小忙,那些都是不值一提的小事情。今后刘政委有什么需要,请交代,我一定会像雄鹰一样守时守信地完成好。""我相信,我相信你,杜鲁布拉村长!"刘政委和杜鲁布拉村长说着说着,两人的手又激动地握在了一起。

"刘政委,我这次来有个事想问问你。""啥事?你说说看。"刘政委爽

快地答应道。"我是想问问你知不知道我朋友奥斯曼的下落。"说到这儿
杜鲁布拉村长有些哽咽了。"噢,你问的是勇救我们中石油员工的奥斯曼
吧?李营长走时让我转告找奥斯曼的人,奥斯曼他现在在中国援苏丹医
疗队,在苏丹首都喀土穆生活得好着呢!"刘政委一脸笑容地对杜鲁布拉
村长说道。听刘政委说奥斯曼还活着,而且在中国援苏丹医疗队,杜鲁布
拉村长惊喜得连连点头,他热泪盈眶地说道:"这是真的吗?我的奥斯曼
兄弟还活着?!"刘政委笑着从自己的文件柜里拿出中国驻苏丹大使馆给
他们发来的奥斯曼的照片和身份文件,递给杜鲁布拉村长看。杜鲁布拉
村长接过文件和照片,特别是看到奥斯曼的照片,他连声说道:"是奥斯
曼,真是奥斯曼……"说着说着他竟大声哭了起来,这哭声把维和部队营
区的喧闹声都压住了。

刘政委的眼睛也湿润了,他从杜鲁布拉村长的哭声中听到的不是伤
心,而是喜悦的歌声,那是一个人发自内心的感恩的歌唱……

第二十三章　卡利救灾

　　人民网喀土穆 8 月 29 日电：中国驻苏丹大使罗小光今天代表中国红十字会向苏丹红新月会移交 30 万苏丹镑现汇援助并签署交接证书。仪式上，罗大使代表中国政府、红十字会、驻苏丹使馆及在苏中资机构向苏丹灾区民众表示深切同情和慰问，表示中方愿与国际社会一道，积极参与苏丹抗洪救灾及灾后重建工作。

　　苏丹红新月会秘书长奥斯曼高度评价苏中友谊，感谢中方在苏遭遇严重洪灾之际向苏施以援手，表示愿进一步加强红新月会与中国红十字会的合作与交往。

　　8 月 27 日，中国驻苏丹使馆和苏丹比尔特瓦苏慈善组织共同举行了驻苏使馆及在苏中资企业捐助救灾物资移交仪式。罗小光大使，苏第一副总统夫人、比尔特瓦苏慈善组织主席法蒂玛出席仪式并签署交接证书。法蒂玛主席在仪式上盛赞苏中友谊，感谢中方在苏遭受严重洪灾之际伸出援手，积极帮助苏方开展抗洪救灾及灾后重建工作。

　　世人都说苏丹地处赤道，炎热干旱。然而谁能料到，秦军川到苏丹的第一个雨季就碰上了暴风雨和水灾,苏丹全国 18 个州有 13 个暴发了洪水,3 天时间,数十万人受灾,80 余人死亡。

暴雨洪灾无情人有情。灾难发生后,中国政府尽显大国责任,第一时间向苏丹政府无偿捐赠 10 万美元,指示中国驻苏丹李大使送到苏丹政府,并要求中国援苏丹医疗队配合苏丹政府救灾。

接到国内的指示后,秦军川立即和苏丹卫生部取得联系,获准配合苏丹恩图曼友谊医院,前往水灾最为严重的青尼罗州开展医疗救援。任务明确后,秦军川立即召开队委会,决定将医疗队 30 余名队员分成三个小分队,由自己和两个队委分别带领,配合阿明院长和两位副院长带领的三支医疗队。一切安排好后,就在秦军川收拾行装准备出发时,奥斯曼挡住了他,说自己也要和秦军川一起去。秦军川说:"奥斯曼呀,你不懂医,这是医疗队,你去帮不上忙。"听秦军川这么一说,奥斯曼不服气了,他说:"我可以帮你们抬病人、帮你们做饭。再就是我会说苏丹话,必要时还可以当翻译。"看着奥斯曼一脸坚决的样子,秦军川知道奥斯曼的犟劲上来了,就说:"那好吧,跟我一组,可别乱跑。"一听秦军川同意了,奥斯曼高兴地回答:"我会像羊羔一样听牧人的话!"

秦军川带领的医疗队的任务区为卡利县的塔哈镇。迎接秦军川的卡利县哈力县长说:"卡利县面积为苏丹首都喀土穆的四分之一,受灾人口近两万,倒塌房屋 9000 多间,伤病约 500 多人。目前,县上在塔哈镇开了两个救灾医疗门诊,现在中国医疗队来了,灾民健康这一块我就不用过多地操心了。"和哈力县长简单交谈之后,秦军川便和阿明院长一起,带领着医疗救灾第一分队,赶到了塔哈镇,迅速展开医疗救援工作。

奥斯曼这个看似闲人的人,在救灾现场倒成了最忙的人,雨中他帮着抬病人,泥泞中他为病人送药,稍闲一点他又帮着分发宣传材料……忙了这个又忙那个,一刻也没闲着。他说:"我是匹笨骆驼,就会干这笨手笨脚的活儿。"

医疗救灾工作展开后，由于需要消毒清洗的人多，医疗队携带的消毒水很快就用完了，影响到几台手术无法进行。秦军川和阿明院长十分着急，指示医务人员抓紧配制。可是，这时的塔哈镇已被洪水淹了，找干净的水源十分困难。打电话让医院送，路远不说，公路被淹，一时半会儿也送不进来。

奥斯曼看着秦军川和阿明院长急得团团转，他怯怯地走到两人面前，说："有个办法，不知行不行。""什么办法？"秦军川急切地问道。奥斯曼说："我的家乡南苏丹气候多变，洪水多发。当地部落遇到了这种情况，会用芦苇草和沙子过滤沉淀，把泥水弄清。""能行吗？"秦军川有些半信半疑。阿明院长说："他说的有道理，不妨试一下。""大概5年前，有一次打猎，我迷路了就用这个方法喝过河水。"奥斯曼十分自信地对秦军川说。"那好，我们就按你说的办法试试。"

秦军川和阿明院长叫上几名队员跟着奥斯曼，在当地老百姓的帮助下，大家齐动手，挖了一个2米多宽、4米多长、2米深的土坑。坑深0.8米处用碗口粗的圆木摆成行，两边用石块固定好，圆木上盖2厘米厚的芦苇草，再往草上倒上3至4厘米厚的石子和粗沙，平平地覆盖在芦苇草上，然后在土坑中放上十几个接水的桶。准备完这些，奥斯曼把一桶桶从河里取来的泥水慢慢地倒到沙石上，直到将沙面上的空间倒满。这时候，奥斯曼顾不得擦去脸上的汗水，又钻到土坑下边。大约过了半个小时，奥斯曼就把好几桶清水提到秦军川和阿明院长的面前。秦军川忙问负责消毒工作的医生说："这水能用吗？""加上些消毒的药物，既可医用，也可饮用。"听到这儿，秦军川满意地看了看奥斯曼，对阿明院长说："看来，我把奥斯曼带来是带对了。"阿明院长也顺着秦军川的兴奋劲，夸赞说："奥斯曼可是南苏丹草原养育出来的一只智慧之鹰啊！"

秦军川和阿明院长带领医疗分队赶赴灾区时，想着灾区救灾药品肯定用得多，后勤保障只要路通，肯定没问题，所以粮油菜一些生活物资随车带得少。这一判断失误了。灾区病人再加上房毁屋塌生活无着的村民,不能不管,要吃饭的人数遽然增多,他们很快就断粮了。派人到当地购买,也因灾情严重,没有采购到多少。打电话给当地政府和后方医院,都因路断、水急等原因一时送不上来,就是派人送,最快也要两天时间。看着秦军川和阿明院长又一次急得一个嘴上长了泡,一个牙疼肿了脸,奥斯曼心里也急得火烧火燎。

奥斯曼不想看着院长和秦队长焦急的样子,没有吭声,拿着自己随身的小刀和渔具出去了。秦军川看见了,望着奥斯曼远去的身影也没有吭声。半天工夫,奥斯曼回来了,肩上扛着两扇羊肉,手里的水桶里装满了各种鱼。秦军川惊喜地问道:"这些东西从哪里来的?"奥斯曼笑着说:"鱼是在河里钓的,羊是从洪水中捡的。"秦军川想不通,他这么短时间搞来鱼又搞来羊肉,不会有什么问题吧?有些好奇地刚要追问时,奥斯曼开口说:"欺骗恩人,主是要惩罚的!"他把羊肉和鱼放好后对秦军川说:"我会钓鱼你是知道的。当地苏丹人不吃不带鱼鳞的鱼,因此河里的鱼很多,一边钓一边用木刺刺,两三个小时就能搞到二三十条。在我钓鱼刺鱼忙得不可开交的时候,河里漂来一只死羊,我捡来杀开一看,血还是新鲜的,说明还可以吃。我把这些全弄回来了,烤给大家吃,救救急。"听奥斯曼这么一说,秦军川觉得自己刚才有些误会他了,忙握住奥斯曼还没洗净的手说:"对不起呀,奥斯曼!你用你当牧民时的生活经验,又一次救了我们的急。"奥斯曼又憨厚地笑了起来:"你可别这么说,我们本来就是一家人嘛,自己应该帮助自己!"

秦军川和奥斯曼说话的时候,忽然听人说道:"艾玛护士的手背让蝎子蜇了,她越揉越肿了,痛得她直流眼泪。"秦军川和奥斯曼立即赶了过去。奥斯曼先秦军川一步赶到艾玛护士面前,拉起艾玛的手看了看,他交代艾玛千万别揉,并说他去找药。说完奥斯曼就踩着泥泞的路向他刚刚钓鱼的方向奔去。

　　秦军川赶紧让艾玛护士坐下，让她不要紧张，同时问身边的医生护士有什么好办法。医生和护士说只有消毒的药水，涂到伤口上艾玛感觉更痛了。秦军川不知道奥斯曼去找什么药，自己一时又想不出什么好办法，只能焦急地等着。约莫半个小时后，奥斯曼手里捧着一些从老乡家要来的碱面回来了。他把一些碱面用水化开，然后用棉球一点一点，一遍又一遍地擦敷艾玛的伤口，几分钟后艾玛护士感觉伤口明显没有刚才那么钻心地痛了。艾玛问奥斯曼怎么知道用碱水为她止痛的，奥斯曼说："这是我们家乡猎人常用的办法，今天给你用上了。""就你能!"在场的人看艾玛护士说这句话的时候，满脸的害羞与喜悦。

第二十四章　酋长等客

阿布欧舍是一个在普通的苏丹地图上很难找到的小镇，但因为中国医疗队的到来而声名远扬。 在阿布欧舍医院，中国第 22 批医疗队骨科专家运用显微外科技术，成功地完成了断指再植术、正中神经束膜吻合术、淋巴管静脉吻合术等。 第 28 批医疗队颌面外科专家为两名下颌骨肿瘤患者实施了下颌骨肿瘤切除、肋骨移植—下颌骨成形术，填补了医院在这一领域的空白。 妇产科专家成功实施的"足月妊娠剖腹产并巨大子宫肌瘤摘除术"，属高风险、高难度手术病例。 口腔科专家完成了"上颚部巨大混合瘤摘除术"……如今，方圆百里甚至邻国慕名到阿布欧舍医院就医的人让小镇热闹非凡，这座长期见证中苏友谊的医院，也被当地老百姓亲切地称为"中国医院"。

1995 年，按照中苏两国协议，援苏丹医疗队要整体迁至中国援建的恩图曼友谊医院工作。 谈到这件事时，阿布欧舍的老镇长对记者说，医疗队的撤离对于一起相处 20 多年的阿布欧舍地区的群众来说是无法接受的。 大家都明白，没有中国医生，阿布欧舍医院就得瘫痪。 因此，当地群众采用各种方式要留住中国医疗队，最终两国

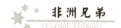

　　政府同意给阿布欧舍留下一支医疗分队。老镇长说：
"中国医疗队是真主给苏丹人民派来的白衣天使，他们不
能走。"

　　酷热的阳光下，一位80多岁的老酋长，穿着洁白的伊斯兰大袍，手拄
着黑木拐杖，站在阿布欧舍医院的楼顶上，时不时地朝着苏丹首都喀土穆
方向眺望着。他头顶上的苏丹国旗和中国国旗迎风飘扬，五彩的光亮时
不时地闪烁在老酋长的脸上和身着的白色大袍上。老酋长叫穆罕默德·
丁，他既是他脚下阿布欧舍镇的镇长、部落酋长，还是中国援建的阿布欧
舍医院的名誉院长，至今他在院长这个位置上已工作了46年。那么，今
天腿脚已不十分方便的他，让仆人把他扶上楼顶瞩目远望，紧盯着喀土穆
方向，老酋长在看什么、等什么呢？

　　这时的秦军川也已从喀土穆医疗队总队驻地出发，乘车赶往阿布欧
舍医疗队分队的驻地，赴约参加穆罕默德·丁老酋长、老院长的80大寿。
秦军川知道，穆罕默德·丁老酋长是位德高望重并对中国友好的上层人
士，是第一位支持中国政府在苏丹建中国友好医院的部落酋长。前国家
主席胡锦涛和副主席李源潮访问苏丹时，分别接见过这位对华友好的苏
丹老人。老人经常把阿布欧舍医院叫"中国医院"。原来老人站在楼顶
是在等秦军川，秦军川也把出席老酋长的80大寿作为中苏友好的大事来
对待，一大早就和队委章宝峰从恩图曼中苏友谊医院出发了。

　　秦军川的车沿尼罗河西岸向南行驶了150公里，来到位于苏丹杰济
拉州的阿布欧舍医院，也叫中国医院。中国援苏丹医疗队在这里工作已
经46个年头了。

　　秦军川的车刚到镇子入口处，就看到许多人和车辆等在医院的大门

口,已从楼顶下来的穆罕默德·丁老酋长、老院长也在人群里。看到穆罕默德·丁老酋长这么大年龄,还到门口迎接自己,秦军川连忙迎上前去,和队委章宝峰一起向老酋长行了苏丹的问候大礼。穆罕默德·丁老酋长一边还礼,一边把秦军川他们让进医院他的会客厅,让人捧上奶茶后微笑着对秦军川说:"一路辛苦了!""不辛苦,不辛苦! 让老酋长亲自接我们,您辛苦了!"秦军川十分尊敬地对老酋长说。"秦队长是第一次来阿布欧舍医院的吧?"秦军川忙抱歉地对老酋长说:"是,我从国内来苏丹时间不长,这里平时的事务都交给队委章宝峰来处理。不到之处,请老酋长、老院长批评。"看秦军川十分礼貌的样子,穆罕默德·丁老酋长笑了,用手将了将胡子说:"我们是一家人,不需要客气。既然你是第一次'回家',作为'家人',我就给你说说咱们这个家。1971 年,中苏两国政府给咱们选址建这个家的时候,是我找到中苏两国政府负责这个项目的领导,要求他们把中苏友好医院建在阿布欧舍。我当时说了两点理由:一是杰济拉州位于苏丹中部,阿布欧舍又位于杰济拉州中部,是苏丹的地理中心,在这里建医院可以方便全国的苏丹人。二是我作为当地的酋长和镇长,我表态会动员我们一切力量,全力支持医院建设。见我这么坚决地表态,中苏两国负责项目的领导一致同意,决定把医院建在阿布欧舍。"说到这儿,老人又一次骄傲地将起胡子来。

看着老酋长穆罕默德·丁一脸幸福的样子,秦军川刚要起身说些什么,他的手机突然响了。他站起身来,向老酋长示意了一下,便走出了会客厅来到走廊。电话是医疗队队委柳小刚打来的,他在电话中告知了秦军川两件事:一是中国政府已经同意阿布欧舍医院第二期扩建工程,苏丹政府决定明天在阿布欧舍举办开工仪式;二是中国驻苏丹大使馆闻知今天是穆罕默德·丁老酋长的 80 大寿,决定赠送老人和医院 10 台笔记本电脑作为礼品表示祝贺,他已安排奥斯曼随阿明院长的车将10台笔记本电脑一起送来。听完队委柳小刚传来的喜讯,秦军川自己也是激动不已。

他立即反身回到会客厅,这次他没有回到自己的座位上,而是来到穆罕默德·丁老人的身旁,提高嗓门说:"尊敬的穆罕默德·丁酋长、院长,各位朋友!今天是穆罕默德·丁酋长、院长、镇长的80岁寿辰,我代表中国援苏丹医疗队全体队员,对老人80岁生日表示热烈的祝贺!用我们中国的话,祝老人家'寿比南山,福如东海'!"一阵掌声之后,穆罕默德·丁老人站了起来,重复着这句话:"嗯,我明白了山高、海深,山高、海深……"他笑得合不拢嘴,片刻之后他示意大家静下,听秦队长讲下去。

秦军川环视了一下在座的客人,大声说道:"同时,我也代表中国驻苏丹大使馆李大使授权宣布,为了进一步增强中苏友谊,提升阿布欧舍中苏友好医院的医疗水平和就诊环境,中国政府决定扩建阿布欧舍医院。苏丹政府决定开工典礼安排在明天,就在咱们阿布欧舍医院举行,这是其一。其二,中国政府为了祝贺穆罕默德·丁老人80大寿,向老人和医院捐赠10台笔记本电脑。"秦军川的话音刚落,全场又响起了雷鸣般的掌声……

在热烈的掌声中,穆罕默德·丁老人激动地站了起来,他示意大家控制一下激动的心情,听他说几句。他当场宣布:"我决定将自己的80大寿庆祝活动也推迟一天,和医院的改扩建开工典礼一块儿举行!"老人说完自己的决定,按捺不住内心的兴奋,举起手中的拐杖,不停地在空中舞动。第二天上午10时,开工典礼按计划进行。苏丹总统助理贾兹、卫生部部长萨迪克·加斯姆拉、杰济拉州州长祖贝尔·巴希尔·塔哈、人道主义政府官员、NGO领导人、中苏友好人士、中国扶贫基金会赴苏代表团、中国驻苏丹大使馆、中石油尼罗河公司、其他在苏中资企业代表、中国援苏医疗队代表,以及中苏两国媒体朋友和阿布欧舍当地群众共千余人参加了开工典礼活动。老酋长穆罕默德·丁特意安排当地学生组成了男女方阵的表演队伍,献上苏丹民族只有在重大节日才表演的喜庆舞蹈,为隆重的典礼助兴。他们的服装是那样的繁复而艳丽,他们的神情是那样的庄重和明快⋯⋯

开工典礼仪式上,杰济拉州州长祖贝尔·巴希尔·塔哈发表了讲话,对中国政府无私的援助表示衷心感谢;苏丹卫生部部长萨迪克·加斯姆拉、中国驻苏丹全权特命大使李成文、中国石油尼罗河公司副总裁卢宏、国务院扶贫办规划财务司司长蒋晓华、中国扶贫基金会副会长兼秘书长王行最等人也分别讲话。最后,穆罕默德·丁老酋长、老院长、老镇长为中国驻苏丹全权特命大使李成文、中国石油尼罗河公司、中国扶贫基金会、比尔特瓦苏慈善组织代表戴上由鲜花编织成的花环表示谢意,并热情邀请李成文大使、卢宏副总裁、陈开枝副会长、秦军川队长和医疗队队员跳起苏丹舞蹈。激越的鼓声和着欢快的笑声,在阿布欧舍的空中飘荡。穆罕默德·丁老人在井然有序的舞蹈场上,对李大使和秦军川队长说:"今天,是我有生以来最高兴、最开心的一天!我要能再活80岁,愿天天和中国来的朋友在一起!"

典礼结束后,穆罕默德·丁老人邀请参加典礼的代表团全体成员及苏丹其他人员一同参加了他的生日宴会,让与会人员品尝他的家人亲手特制的苏丹美食。

招待完所有客人,送别秦军川时,穆罕默德·丁老人又一次拉住秦军川的手说:"听说,阿布欧舍医院的扩建项目,将新建一座面积1700平方米的门诊楼,并铺设院内道路,改善院区整体面貌。嗨,到那时,一座具有苏丹民族特色的医院将矗立在阿布欧舍,我们阿布欧舍百姓的就医环境也会大大改变了!"秦军川说:"那我们就共同等着竣工那一天的到来吧!"

穆罕默德·丁老人激动地摇着秦军川队长的手说:"我会等到那一天,我……"他用生硬的汉语又说道:"会南山、东海!"金色的阳光温和地停留在两个握手话别人的脸上,大地上一片淡淡的金色中,"再见,再见!"一声连着一声……

第二十五章　尼罗夜晚

　　喀土穆是两条尼罗河的交汇处，青尼罗河在与白尼罗河汇合前的河床中央有一小岛叫"土堤"。土堤将青尼罗河一分为二，南边一股水在小岛南侧同白尼罗河相遇，向前流去，又在小岛北端同其另一股水汇合。青白尼罗河由此合二为一，称为尼罗河，然后一直向北流往埃及。由于两河上游水情以及流经地区的地质构造不同，两条河水一条呈青色，一条呈白色，汇合时泾渭分明，水色不相混，平行奔流，犹如两条玉带，堪称喀土穆一大景观。

　　喀土穆有"世界火炉"之称，气候炎热干燥，年平均气温为28.7℃，最高气温达47.2℃。每年3月到11月，白天一出门，滚烫的热浪扑面而来，宛如步入桑拿房。人们晚上10点钟去散步，地面仍散发阵阵的热气。四五月份是来自撒哈拉沙漠的沙尘暴肆虐的季节，狂风卷着漫天的沙尘气势汹汹、昏天黑地地一刮数天。漫天黄沙无孔不入，人在屋中，也能感到阵阵土腥味，甚至有时睡梦中也会被憋醒。到了七八月份雨季，倾盆大雨说来便来，大雨过后，没有下水道的整个城市到处积水，成为"水乡泽国"。冬季到来，白天，阳光明丽，蓝天高远；

118

酷热散去，空气清新；花艳草绿，百鸟鸣唱。夜晚，天幕幽深，旷远无涯；星月晶亮，近在咫尺；夜风习习，笑语喧喧。

秦军川到苏丹任医疗队队长半年后，他认为相交最好的两个非洲朋友，一个是来自南苏丹的奥斯曼，另一个就是苏丹恩图曼友谊医院的苏丹院长阿明了。

从抗洪一线回来，虽然大家都很累，但秦军川觉得在这次中苏两国医疗人员共同战斗中大家更加熟悉了，工作上的配合更加默契了，之间的友谊也进一步地加深了。秦军川在休息了两天后，找到阿明院长说："周末能不能一块儿出去聚聚，野炊一下，好好地放松放松。"阿明院长对秦军川说："好啊！那我这边安排两位副院长和艾玛护士一起去；你那边可别忘了奥斯曼，这也是治疗他精神忧郁症的一个好机会。"秦军川冲阿明笑了笑说："明白，同时我还要带上两个队委一起去，地方你定好后告诉我。"说完告辞出了阿明院长的办公室。

周五的上午阿明院长去清真寺做完礼拜后，打电话给秦军川说下午3点钟来接他们，一起到青白尼罗河的交汇处，在那片美丽的草地上野炊。

大家如约来到尼罗河图提岛的尖部青白尼罗河的交汇处。秦军川看着眼前"青白分明"的河水，流淌500米后融为一体奔向天边的有趣神奇，陷入深深的思考中。阿明院长见秦军川看得入迷，大声对他说："秦队，有意思吗？我们苏丹人把这个现象叫尼罗河'结婚'！"

秦军川笑了笑，用手指着河畔上的桃花心树，对着正在湍急的深褐色河水边忙碌着的奥斯曼说："喂，你听见了吗？河都结婚了，你啥时和艾玛结婚呀！"奥斯曼朝不远处的艾玛护士看了看，没有言语。阿明院长见秦军川以此喻彼、语犹未尽，就往秦军川身边走了几步说："苏丹人说青尼罗河代表'雄性',因为它源自埃塞俄比亚,热烈而疯狂。白尼罗河流到苏丹前,经过南苏丹沼泽地带的漫长磨炼,流到喀土穆时平静而安详,显现'雌性'特征。所以,这两条河在我们脚下的图提岛尖部交汇,青白双色幸福地融为一体,你说像不像结婚呢?"秦军川正听得入迷,不远处传来一阵阵击鼓声,他抬头望去,一群身着伊斯兰白袍的苏丹青年男女聚集在桥下的火堆旁,高声呼喊着:"我快乐,我幸福!"并随着鼓点扭动着身体,舞姿劲健,歌声也更加高亢。

秦军川被那动听的鼓声、优美的舞姿陶醉了,忽然一阵风刮来,把他的注意力从领悟尼罗河风情和眼前苏丹青年高歌劲舞的氛围中吹醒。他一回头,看奥斯曼正在用两块石头搭建的野炊灶上做着苏丹风味的面糊,艾玛正忙着串羊肉和骆驼肉串,恩图曼两位副院长和医疗队两位队委也忙着准备野炊的吃食,只有阿明院长和他两人闲着。他对阿明院长说:"我们也过去动动手!"他俩想去帮忙,却被众人挡了回来。阿明院长见无事可干,就和军川队长闲聊了起来。

"你刚才看了,这河都在我们苏丹结婚了。我可是看上了你们医疗队好几个好大夫,真想给他们找个苏丹老婆结婚,把他们留下来帮我们苏丹提高医疗技术,成为永远不离开苏丹的中国大夫。"阿明院长和秦军川开起玩笑来。

"咋啦!看上我们哪几位大夫了?"秦军川故意拉长了脸问道。

"第一个让我看上的是你们马健大夫。"

"你眼睛够毒的呀!那可是我们医疗队的'宝贝',博士生、我们省里有名的麻醉师。人家马健从国内第一天来,刚到医院报到的第一天,还是晚上,你们就把人叫到手术室做手术去了,也够狠的!"秦军川故意向阿明院长发起牢骚来。

"对不起噢!那天确实有些为难马健大夫了。我那也是没有办法了嘛!"阿明院长一个劲地向秦军川道歉和解释。"不过,秦队长,这个马健大夫的医术的确厉害。最近,我看了一篇他写的来我们医院援助工作的体会文章,确实写得好,我可以给你背几段听听。"

"看把你能的,那是英语写成的,你能背得出来?"秦军川有些不相信阿明院长。

"那你好好听着,我背给你!"阿明信心十足地说道。

"那好,那好,你背吧。"秦军川向阿明院长摆了摆手,意思说你开始吧,别耽误时间。

阿明院长真的开始背了。他用标准的英语背诵起马健大夫的文章《为了希波克拉底誓言》:

"到达苏丹恩图曼医院当天的夜晚 11 点半,我被院方叫到妇产科手术室,我用娴熟的英文从苏丹大夫那里了解到,原来是一例第三次行剖腹产的手术,胎儿剖出后产妇出现失血性休克,血压 80/35mmHg,心率 145 次/分,手术进行了两个多小时,患者烦躁异常。一路外周液体,由于休克,液体速度缓慢。这里没有深静脉穿刺包,我用普通留置针迅速进行颈内静脉穿刺,快速输血,紧急行气管插管全麻,采取措施稳定了产妇的生命体征。我和苏丹妇产科医生也进一步探查,感到病人情况复杂,于是,及时联系医疗队外科和泌尿科专家会诊,重新制订方案,切除了子宫。凌晨 3 点,产妇在手术室内安全拔管,平安返回。事后我才得知,实施手术的这位妇产科倔强的老太太在苏丹医疗界享有一定声誉。

"这次手术后,在我的主持下,恩图曼友谊医院苏丹糖尿病患者术前血糖控制开始按照国际标准执行,成为外科手术前准备的规范。苏丹手术患者,往往是从家里直接来到手术室,术前准备不充分。我们麻醉医生更是病人术前的最后一道防线,我每次提前半小时先将病人详细情况了解一番已是常规。很多患者连最基本的检查都不愿意做,在这种没有检查的情况下手术是非常危险的,我时常提醒我的苏丹同行。一次遇到一例高血糖病人做胆囊切除术,血糖 13.9mmol/L,术前未使用药物控制血糖。苏丹外科医生坚持要进行手术,作为麻醉师的我坚持标准和制度,手术最终停止。事后,我几经努力,找到国际上通用的《术前准备指南》中的糖尿病患者术前控制标准和控制方法,将血糖控制不良的围术期风险详细讲给苏丹同行并同他分析探讨,使我的同行苏丹大夫心悦诚服,他连声说:'偏执和轻率是医生的大敌,大敌!'

"碘缺乏症是苏丹地区长期存在的公共健康问题。巨大甲状腺肿手术极多。甲状腺肿大压迫气管,导致患者气管偏移,气短,不能平卧,给麻醉造成非常大的难度,每年都有因气管插管失败,不能通气导致死亡的病例。况且这里条件艰苦,仅有普通喉镜,没有纤维支气管镜、可视喉镜、光棒等插管设备,连国内最常用的短效肌松药司可林、阿片类药物,甚至降压药也没有。因此,遇到巨大甲状腺肿的病人,麻醉风险非常高。根据当地的实际情况,我采用了改良的保留自主呼吸,经鼻盲探气管插管(Blind Nasotracheal Intubtaion,BNTI)方法,在巨大甲状腺手术麻醉中取得了良好的效果。这种插管方法的优点在于整个插管过程插管成功率高,能在气管插管成功之前保留患者的自主呼吸,避免患者由于不能通气,窒息死亡的危险。现已成功完成数十例此类患者的插管,总结出了较为纯熟的经验。同时,我十分注意给苏丹医生灌输国际输血标准,改变了他们凭主观臆断,见出血就输血的轻率做法,并要求对每一例患者在输血前必须由两个人认真核对后才能输血,必须按国际通用标准,控制不必要的输血,减少因输血产生的并发症。

"超声引导下外周神经阻滞和血管穿刺技术成为当前国际麻醉技术主流。由我提议,和同期在苏丹援助的我院B超科李尚安主治医师的努力下,从B超科借来超声机器才使得这项技术得到认可,已在恩图曼友谊医院展开。从简单的腹横肌平面阻滞到上肢臂丛神经阻滞,最后到下肢深部的神经阻滞。成功的神经阻滞减少了患者手术中的疼痛和应激,减少麻醉费用,还可以为患者术后保持长时间的镇痛作用,受到了外科医生们的响应和支持。"

秦军川怎么也没有想到,阿明院长竟然能把马健的体会文章一字不漏地背了下来,他情不自禁地竖起大拇指说道:"佩服、佩服!"

阿明院长笑着说:"是他精妙的文章,打动了我的心哪。他是中国医生的骄傲!"

"你还看上谁了?"秦军川又故意逗问起阿明院长来。

"针灸科的赵大夫、妇产科的刘大夫等人,我都看上了。怎么样,你全给吗?"阿明院长也将起秦军川的军来。

"好了,好了!两位领导别斗嘴了,吃烤肉吧。"艾玛护士把一串串烤肉端到秦军川和阿明院长的面前,奥斯曼又把熬制好的苏丹糊糊端了上来,其他几位副院长和队委也一起与秦军川、阿明院长围坐一圈,边吃边给秦军川和阿明院长评起理来。

大家的欢笑声、祝福声,随着尼罗河水流向远方……

第二十六章　光明行动

人民网喀土穆 1 月 16 日电："感谢中国医生，他们不仅给我带来了光明，还给我免除了治疗费用，帮我解决了经济困难。"15 日，一位名叫奥马尔·贾巴尔的苏丹男子激动地对记者说。 这是近日在苏丹举行的"中苏友好光明行"活动的一个镜头。

15 日上午，位于苏丹首都喀土穆南郊的双尼罗河大学附属眼科医院，中国医生正在免费为苏丹白内障患者做手术。 在医院大厅，记者看到几十名苏丹患者坐在候诊区，等待术后复查。 记者来到一位 35 岁、名叫瓦达德·娃哈卜的苏丹妇女面前，伸出左手："请问，这是几？"

"五！"她回答。 "你看得清楚吗？""非常清楚！"头戴围巾、眼睛还戴着眼罩的娃哈卜乐得合不拢嘴，并用浓重的苏丹阿拉伯语方言对记者说："我从内心里感谢中国政府派来白衣天使！"

中国和平发展基金会秘书长徐镇绥告诉记者，中国医生在 4 天的"光明行"活动中，共为 150 多名苏丹患者进行了白内障摘除手术，使他们重见光明。

难得的一个凉爽的下午,那种舒适感使人昏昏欲睡。

恩图曼是一个懒洋洋的城市,人们一般工作到下午 3 点。不值班的或没有急事的人员,都可以回家歇着啦!

秦军川也不例外,他安排完手头的工作,也准备趁着凉爽的好天气,美美地睡一觉。但天不遂人愿,就在秦军川刚刚把头挨到枕头上的时候,他的手机响了。

秦军川打开手机一看,是中国驻苏丹大使馆经商处周参赞打来的,周参赞告诉他明天上午 10 时整,中国援苏丹"光明行"项目启动仪式在喀土穆双尼罗河大学眼科医院举行,到时苏丹总统助理、发展对华关系委员会副主席贾兹,苏丹卫生部部长伊德利斯,双尼罗河大学眼科医院院长阿塔夫;中国驻苏丹大使馆李大使,中国援苏丹"光明行"的 12 位医生护士,中国驻苏丹中资机构负责人,还有中国中央电视台、新华社、人民日报社;苏丹国家电视台、日出电视台、苏丹通讯社等 30 多家媒体共 200 多人参加启动仪式。秦军川听了半天,也没有见周参赞给自己安排什么事,因此一直听着手机,没有吭声。

可能是周参赞说得太快了,在手机那边咳嗽了好几声。秦军川以为周参赞要挂断手机了,没想到周参赞喝了几口水,又高声对秦军川说:"说了半天把正题都忘记了。明天你也得参加启动仪式,而且把医疗队的 3 名眼科大夫带上,帮助援苏'光明行'医疗队工作。"听到这儿,秦军川算是明白了,他知道接了周参赞这个通知后,他就别想睡觉了。第二天上午 9 点钟,秦军川和 3 名眼科大夫赶到喀土穆双尼罗河大学附属医院,这里既是启动仪式现场,又是中国"光明行"医疗队的工作地点。因为距启动仪式还有一些时间,秦军川便带着 3 名眼科大夫走进了医院门诊大门。室内,随处可见"光明行"的宣传展板。医院的检查室里有几名中国医务人员正在忙碌着。

秦军川上前打问,找到了他们的队长、来自西安某眼科医院的李忠院长,向他说了大使馆周参赞让援苏医疗队安排3名大夫来帮助工作的事。李忠十分高兴地拉住秦军川的手说:"秦队长你真是及时雨!我们来了12个人,可是每天患者有上百人,我们实在忙不过来,就向周参赞求援,没想到他这么快就把你们的大夫调过来了。这下我可以松一口气了,也有时间去参加今天的启动仪式了。"秦军川用手轻轻地拍了拍李忠的肩问:"怎么工作还没有正式启动,就有这么多病人?""我们这个活动,是先摸底,有病人来了就给做,启动仪式是个形式,其实我们的手术已经进行好几天了。""那你们可真够辛苦的!"秦军川边说边看了一下表。

这时医院启动仪式那边的暖场音乐声已经响起来了,秦军川对李忠说:"我们先去参加启动仪式吧,完了再谈。"李忠院长说:"好的,那我们一起去现场吧。"

启动仪式于上午10时准时开始,中国驻苏丹大使馆李大使,苏丹总统助理、苏丹发展对华关系最高委员会副主席贾兹先生剪彩、讲话之后,又与参会官员一起看望了等待检查的手术患者。当两位贵宾为前几天手术过的患者揭开面纱时,70岁的苏丹老人艾哈迈德情不自禁地站了起来,拉住李大使的手说:"雄鹰有了一双明亮的眼睛,才能穿云破雾飞得更高更远!感谢中国的医生,是他们让我重见光明。我会永远记住中国、记住中国大夫的!"

为了在有限的时间里多做手术,最大限度地惠及当地民众,李忠院长带领的医疗队不辞劳苦,一连几天都是4个手术台同时运作,每天完成20~30例手术,大家都是满负荷工作。两个多月来,中国的医务人员从早上7点半就开始上班,常常要到晚上七八点才能结束工作,中午就简单吃口面包,为保障手术顺畅,连水都不敢喝。为了更好地与病人沟通,大伙儿都自学了几句阿拉伯语,"向左看""向右看""好了,闭眼",这些话比"你好""再见"说得都顺溜。

根据苏丹白内障患者糖尿病、高血压等慢性病高发,角膜较薄、内皮细胞活力不够等特点，医疗队每天都开会总结手术经验，因地制宜、因人而异地采取针对性强的术前准备措施，尽最大可能控制术中风险，并联系附近综合性医院做好预防急救措施。在紧张有序的日子里，医疗手术都十分顺利，恢复视力的病人都会拥抱亲吻中国医生，表达朴素而真挚的感激之情。

秦军川在医院术前等候室看到，刚忙完一台手术的李院长和中国医护人员将病人送出，向苏方护士叮嘱完有关事项，马上就开始对下一个病人进行检查，并引到手术间。手术医生有时实在太累了，为了保证手术精力，就利用术后观察的间隙，在设备储存间的地上铺几块泡沫板打个盹，一有需要便立马打起精神投入下一台手术。

眼科医院的医生助理哈巴卜一直在协助医疗队工作，他对秦军川说："你们中国大夫护士真了不起，他们想尽办法多帮助人。这么短时间就高质量地完成了近千台手术，我们不仅从他们那儿学到先进的医疗技术，他们忘我的工作精神也令我们敬佩。"朝夕相处，中方医疗队与当地医护人员结下了深厚情谊。在他们眼中，中国医生既是良师益友，又是兄弟姐妹。秦军川看到眼前的场面，听着苏方大夫恳切的话语，也激动地说："我们的先祖常讲，'医者，仁心、仁术'。我们的医务人员无论在什么时候，无论在什么地方，都会不顾一切救死扶伤的！"

年近五旬的当地眼科医院院长阿提夫谈起中国医疗队十分感慨："我是中国医疗队的老朋友，在20世纪70年代，中国就向苏丹派出了医疗援助队，我家乡阿布欧舍就有一处中国医生的工作点，平时家里人都会去那里看病，一直受他们的恩惠，周末还会去他们那里看中国电影！"阿提夫表示，就是在中国大夫的耳濡目染下，他走上了从医的道路，现在又与中国医生通力合作，"这真是一种奇妙的缘分，这种情谊将深深扎根在苏丹人民心中。"

每天超负荷工作，周末又加班，使中国援苏丹"光明行"的医生护士们疲惫不堪,但谁也不愿开口说"休息休息",都咬牙坚持,默默谨慎地努力工作着。苏丹双尼罗河大学的校长,把这些看了眼里,他让眼科医院阿提夫院长邀请李忠院长、秦军川队长和全体队员去他家做客,也放松缓解几天。这一安排使大家顿时群情激动,不由得大声嗨了起来。

李忠院长、秦军川和队员们共 15 人乘车到达喀土穆城北的一处住宅区,穿着伊斯兰大袍的阿提夫院长和他穿着红色的传统服装也是医院护士的女儿阿丽亚在门外等候。李忠院长和秦军川走到阿提夫院长跟前时,李忠对阿提夫院长说:"尊敬的院长先生,您这件苏丹大袍好漂亮哟!"阿提夫院长握着他的手说:"我们苏丹人只有接待尊贵的客人时才穿成这样!"大家在笑声中走进阿提夫院长的独院三层别墅。

院子里有一处修剪得很好的小草坪,这在地处沙漠边缘,惜水如金的喀土穆很少见,看得出主人是一个有修养、热爱生活的人。阿提夫院长和女儿带秦军川他们走进屋里,阿提夫院长的父母——两位和蔼的老人,三位姐姐、两个哥哥、三个外甥女和一个外甥,一大家子一起欢迎秦军川和李忠院长他们的到来。

为了安排好这次聚会,阿提夫院长和女儿特地请了他的邻居Joseph,这是一位专业 DJ,还有两位同事 Dalal、Raghda 帮忙招待客人们。他们组织了一场中苏歌会,他家的音响和麦克风不错,可就是没有中文歌曲,他们想办法自己在音乐网站上找到要唱的歌曲,然后拿着手机找到歌词唱出来,效果出乎意料地好。李忠院长的一曲《北国之春》首先赢得了满堂彩。每个人都亮出自己的绝活,Joseph,那位 DJ,演唱了一首《无须知道太多》(*Don't know much*),还有随李忠院长之后的赵大夫的一支歌曲《我的中国心》,绝对是专业水准。

欢笑声中,阿提夫院长招呼了一声女儿阿丽亚,面对秦军川和李忠以及客人们说:"我的女儿特意为尊贵的客人准备了一个节目,在这里让她献给大家!"阿丽亚大方地走出来,虔诚地鞠躬之后,扬头唱了起来:

你带来了春风，驱散浓雾愁容

你带来了春雨，滋润干涸心灵

啊！中国医生，中国医生

你让盲人看见光明

你让疟疾不再横行

你让病痛得到医治

你让哭声变成笑声

啊！中国医生，中国医生——

　　阿丽亚饱含激情的歌声，让在座的中国医生激动得流下了滚烫的泪水，阿提夫院长也不时地抹着眼泪。

　　最后的高潮是几位苏丹姑娘邀请所有中国客人站起来，跳苏丹民族舞。大家在一起载歌载舞，其乐融融。秦军川队长舞动到坐在一旁的阿提夫院长身边说："看着大家兴高采烈的样子，我真有'梦里不知身是客'的感觉啊！"阿提夫院长说："咱们原来就是朋友加兄弟的一家人嘛！"

　　夕阳正慢慢滑落，晚宴时间到了。端上的食物令秦军川、李忠和所有中国队员大开眼界：法式面包、炸鸡、土豆牛肉、沙拉、意大利式羊肉米饭……非常丰盛。最特别的是一道当地特色——Shorba（汤），非常美味。秦军川有点疑问，这和自己平时见到的苏丹食物不太一样。阿提夫院长道出了原委。原来细心的他怕中国客人不习惯苏丹食物，就请教他在法国驻苏丹大使馆工作的父亲，他父亲建议以西式食物为主，兼顾民族食物。为了这顿晚餐，他父亲从购买食材到加工制作，忙碌了整整一天。阿提夫院长细致缜密的安排，精心周到的服务，令秦军川、李忠他们十分感动，他们一再地对阿提夫院长表达了由衷的感谢。阿提夫院长说："这没什么，能够请到中国医疗队来做客，是我们全家的荣幸。"

　　所有人就座后,大家发现只有阿提夫院长和他的朋友作陪,就问他,为什么其他家庭成员不来欢聚。他说:"家里人怕你们感到生疏,放不开而拘束,在别处就餐了。"秦军川站起来说:"感谢阿提夫院长全家这么好客、这么热心周到,让我们在感受美食的同时,享受到一份家庭的温馨!"

　　晚饭后,秦军川和李忠他们正打算和阿提夫院长聊一会儿就告辞,让他全家休息,突然停电了。停电在喀土穆是很常见的事。阿提夫院长知道队员们要走,极力挽留,并催促他弟弟启动他家的发电机,很快家里又灯火通明。阿提夫院长为大家准备了苏丹咖啡和红茶。苏丹咖啡很有名,他特别告诉队员们,喝苏丹咖啡的"3B 原则":不加糖"Best",加一点糖"Better",加很多糖"Bad"。享受着香浓的咖啡,别有一番滋味。过了一会儿,阿提夫院长又为队员们倒上一种饮料。喝着它甜中带酸、很特别的味道,队员们你看着我,我望着他,咂着嘴想问个究竟时,他神秘地笑笑,拿出了一个椭圆形的切开一半的东西来,里面有点像我们中国常吃的柚子,但果实是干的,他让队员们再尝尝。酸酸甜甜的,和饮料是一个口味儿。阿提夫院长告诉队员们:"这是我们非洲特有的猴面包树果实,很少见。今天特别拿出来让大家品尝品尝!"

　　队员们喝着咖啡、品味着猴面包树果饮料,享受着美味的餐后甜点,阿提夫院长为大家点上香熏,顿时房间里弥漫着一种特别的香味,让人身心愉悦。阿提夫院长告诉秦军川:"这是'Bakhoor',就是松香,是可以吃的。"说着示范给队员们看,他一直在嘴里嚼着。队员们每人尝了一块,没什么特别的味道,就直接咽下去了。阿提夫院长见队员们把松香咽下去,哈哈大笑说:"松香不能咽下去。"队员们一下子紧张起来,担心身体会不会有问题。阿提夫院长片刻不语,把队员们环视一圈后,才笑着说:"没事,没事的。"队员们这才感到是虚惊一场,不约而同地笑了起来。

　　夜深了,要回驻地了。队员们依依不舍,纷纷感谢阿提夫院长让他们度过了非常愉快的夜晚,体验了苏丹的美食、苏丹的音乐、苏丹的咖啡,和

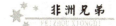

苏丹大家庭的温暖,觉得远在万里之外的异乡,和在故土没有什么区别,一样舒心温暖。

风轻轻地吹着,深蓝色的夜空星光璀璨,人们的情绪也高昂起来,有说有笑。同车一路上话语不多的李忠院长对秦军川说:"忙完了'光明行'活动后,我还有一件事要请你帮忙呢!"秦军川问:"什么事?"李忠院长对秦军川说:"别急嘛,到时我再给你说!"

第二十七章　院长说父

2012 年 3 月 5 日，驻苏丹大使罗小光在经商参赞郝宏社等人陪同下，前往阿布欧舍医院，看望在该医院工作的第 31 批援苏医疗队队员。

罗大使一行在医疗队驻地同医疗队队员亲切交谈，详细询问队员们的工作生活状况，并在医疗队秦队长、院长穆罕默德等人的陪同下，参观了苏中阿布欧舍友谊医院，深入了解医疗队在当地开展工作的情况。罗大使表示，阿布欧舍是中国政府援苏医疗队的老根据地，医疗队自 1971 年来到苏丹，中国医疗专家已经在这里辛勤工作了41 年，克服了生活条件艰苦、医疗器械简陋、水电设施不完备等困难，为阿布欧舍及周边地区 40 多万人提供了优质的医疗服务，赢得了苏丹政府和当地民众极高的赞誉，为中苏友好事业做出了巨大贡献。希望第 31 批在阿布欧舍工作的医疗队队员，继承和发扬援苏医疗队的光荣传统，在艰苦环境中继续加强团结、努力工作、注意安全、保重身体，认真做好援外医疗工作。

医疗队队员感谢使馆领导对医疗队队员们工作和生活的关心支持，表示将继续以热情周到的服务和精湛的医疗技术为苏丹患者服务，不辜负党和国家赋予的光荣使命。

那天晚上从阿提夫院长家回来的路上，李忠院长一句"我有事找你"的话，让秦军川几天难以忘怀。

不是这句话有什么不妥之处，想来也不是那么紧要得让人着急的事，而是听李忠院长对自己说这句话时沉重的语气，让秦军川觉得他有什么隐情藏在这句话背后。

秦军川在反复想这句话时，越想越觉得李忠院长在说那句话时，神情是庄重严肃的，冥冥之中似乎和自己脑海中的另一位重要人物十分相像，那就是前中国援南苏丹维和部队工兵营的李副营长。秦军川不敢想象这会是真的，他觉得自己可能是太想念已经回国的李副营长了，也许是因为自己太忙，脑子糊涂了。

秦军川很快从胡思乱想中静下心来，严密配合李忠院长他们完成了3000例苏丹白内障患者的手术任务。在20多天的医疗工作中，除了工作交流之外，秦军川和李忠也没有深入地交谈过。

李忠院长他们的任务完成后，准备离开苏丹的前一天，他来到医疗队秦军川办公室，一是来告别，二是来办自己未办的事情。

秦军川和李忠院长一起坐到沙发上，各自端起了护士兼秘书柳丽早已泡好的铁观音。李忠院长闻了闻产自祖国的香茶的味道，轻轻地品了一小口，长长地呼了一口气，说："真香，真香呀！能在万里之外的异国喝到来自祖国的铁观音，真是一种别样的享受。这种舒心的感觉，使人更加地想念祖国和家乡的亲人了。"

秦军川说："是呀！平时都不敢喝铁观音，一喝就想家、想亲人。你很快就可以回国了，而我们还有一年多才能回去。"

"好了，秦队长，咱别说茶了，我得和你说说找你的正事了。"李忠院长说着从口袋里掏出两张照片递给秦军川。

秦军川接过来一看，一眼就认出来了，他对李忠院长说："一张照片是阿布欧舍医院的老院长、老镇长、老酋长穆罕默德·丁，另一张是我们医疗队的南苏丹帮工奥斯曼。你怎么会有这两张照片？"秦军川有点疑惑。

"这照片哪是我的呀！一张是我父亲要找的人，一张是我哥要找的人。"李忠院长连忙向秦军川解释说。

秦军川想尽快弄清楚是怎么回事，不由得站了起来，着急地问："你父亲怎么认识穆罕默德·丁老人，你哥又怎么会认识奥斯曼的呢？"

李忠院长摆手示意秦军川喝口茶再说。秦军川觉得自己的急性子把李忠院长逼得有些太紧了，坐回沙发说："咱不急、不急，喝口茶你慢慢说给我听。"

"我的父亲叫李文武，今年80多岁了，是中国援苏丹医疗队第一批队员。当他得知我要带领眼科大夫护士到苏丹开展'光明行'活动后，把我叫到他的床前，给我讲起他来苏丹医疗队援外的事情。1970年，他们医院接到了卫生部下发的挑选援外医疗队队员的通知。当时他是医院的医疗骨干，也被叫去听文件。院领导指示，挑选医疗队队员首先是挑业务，在各个专业里面选最拔尖的，学历以大学本科为主，多是主治医师、科主任。为了显示技术过硬，还采取高职低派的做法，主治医师派出去当住院医师用，年轻的外科医生当护士用。然后是政审，条件是：没有港澳台关系；直系亲属没有历史问题，没有复杂的社会关系；平时表现好，工作积极，没有出过医疗事故。政审非常严格，要查至少三代，有一点点不符合上述条件的都不行。什么都要有旁证。

"紧张而严格的选拔，在高度保密的状态下进行，他和许多人接到通知时，离出发仅有3天时间了，还得让他去一趟人事科听安排意见。时年38岁的他，已有11年的临床工作经验了。

"人事科长告诉他，准备出差。他问去哪里，被告知是非洲的苏丹。

他一听就蒙了,问出去搞什么事。人事科长说,去搞医疗队。他问去多久,人事科长说,去半年,做一年的准备。

"3天后,他拎了一个小皮箱,带上几件衣服,去了市卫生局报到。走时,连他所在的科室主任都不知道,只有怀孕7个月的爱人为他送行。爱人很支持他,但要他给肚子里的孩子留下名字。他已经想好,说生男孩叫李兵,生女孩叫李彬。

"3月中旬,他们第一批医疗队队员从各地到省城集中,一共20个人。每人发给置装费500多元,这差不多是当时一个医生一年的工资。自己选布料定做衣服,一人一套西装、一套中山装、一件秋大衣、一套睡衣、两双皮鞋,还让他们买了箱子、挎包等一些日用品。剩下几十块钱,他还要上交。

"在省城培训的半个月时间匆匆而过,每天忙着做各种准备工作:注射疫苗、学习英语和阿拉伯日常用语。外事部门专门请了一位刚回国的苏丹大使夫人,给医疗队队员讲外交礼仪:怎么用刀叉怎么喝汤,女同志不先伸手就不能握手,上电梯女同志在前男同志不能挤,在外面不能喝酒,等等。

"出发前,省卫生厅领导给他们开会,交代说,这是新中国成立以来,陕西省第一次派医疗队出国,任务艰巨。外面情况不熟悉,要做三种准备:第一种,就是到那里扎下根,能够挺下来;第二种,挺一段时间,实在不行就撤回来;第三种,去了以后,情况异常,马上撤回来。

"几天后,医疗队第一批20人,从省城坐火车到北京,再从北京出发前往苏丹。对首次派出的医疗队,中国驻苏丹大使馆非常重视。苏丹大使馆来人把他们接进了使馆的招待所。他们在使馆吃第一顿饭时,一个戴眼镜的工作人员第一句话就跟他说'这里不定量,尽量吃'。那时,三年困难时期刚过,吃饭吃不饱,他身上都是浮肿的,腿上一按一个窝。

"在苏丹首都喀土穆稍做停留后,他们乘车抵达了医疗队工作地点,位于苏丹中部的阿布欧舍的一个英国人留下的军马场。

"那里靠近撒哈拉沙漠,人口中大部分是草原牧民,生活贫苦,体质虚弱,发病率和死亡率都很高,临时医院医疗设备简陋。

"他们有思想准备。当时国内领导就说,哪里艰苦就到哪里去。所缺的设备和药品,他们医疗队造了表,报回国内。医疗队在阿布欧舍工作期间,国内用船运了两三批药品设备过去,包括显微镜、抗生素等。

"从 6 月份开始,国内又陆续来了两批队员,医疗队队员全部到齐,共 24 个人,其中 22 个共产党员,两个团员。中国医疗队很快全面接管了医院工作。

"他们医疗队真正得到认可,是在眼科医生做过白内障手术以后。白内障在当地被认为是无法医治的病,那些重见光明的人惊喜交加、奔走相告。所以必须有过硬的技术,要不哪里能站得住脚?

"为了继续扩大中国医疗队的影响,医疗队进一步提出'深入农牧区,面向农牧民'的口号,在阿布欧舍医院之外开辟新的巡诊基地。几名医疗队队员被派到南苏丹医院工作,负责门诊和 80 张病床。此外,中国医疗队还负责一些农牧区门诊点和一个妇幼保健站的工作。

"工作之外,他们医疗队要过的还有生活关。

"他们第一批队员出发一个月后,卫生部收到紧急电报,希望国内派个厨师过去。

"他们大部分是陕西人,习惯吃面食,但苏丹人主要吃面包,又细又长的那种;土豆打成泥和面糊糊,像喂婴儿一样;牛排 3 公分厚却有 2 公分生,切开后还带着血水,令人难以下咽。

"中国厨师来了之后,医疗队第一次吃到油泼面和馒头,他吃得撑了瘫在那里动不了。

"医疗队的管理非常严格。医疗队设党支部,由正副队长兼任党支部正副书记,直接由苏丹大使馆党委领导,具体工作由使馆文化处负责。

一个月过一次组织生活，一般是传达使馆的意见，有时候使馆参赞也过来讲话。

"每天晚上都集中起来政治学习，或学习英语、阿拉伯语。基本上没有休息日，反正就是不让你一个人待着胡思乱想。两个队长完全像管理部队一样把他们管着。

"和国内的联络都通过外交部的信使。信使两人一组，每月往返一次，用 X 光都不能照射透的袋子装信件，由外交部转交。他曾好几个月没有收到信，心急如焚，后来才知道，爱人生了个儿子，正坐月子，不能写信。

"医疗队规定，不能随便外出，有事必须先跟队长报告。男队员可以两个人一起出去，女队员要有两个男队员陪着。

"在这里，有些东西前所未见。仙人掌长得像树一样大，还结果子。有一次他在街上看见有人买来吃，非常好奇，可是又不好意思买来尝，因为要注意'新中国医务人员'的形象。

"当时，他们的生活补贴是正副队长每月 140 苏丹镑（2 苏丹镑约等于 1 元人民币），教授 120，副教授 100，主治医生和厨师 70，由国家财政拨款。国内的工资照发。

"一年多的援外工作中，他认识了阿布欧舍医院的院长穆罕默德·丁。那时他俩年龄相仿，兴趣爱好也多有共同之处，他们成了好朋友，一起钓鱼，一起跳舞，一块儿聚会。这么说吧，只要是工作之余，他俩基本在一起玩，一起交流，一起畅谈人生。

"他离开苏丹回国时，穆罕默德·丁院长给他送了一套伊斯兰民族服装大袍，他至今都保存着，没舍得穿。说到这儿，父亲让我从他衣柜里拿出那套大袍。好多年过去了，还是那么新。父亲看了大袍好久，忽然转过头对我说：'你去苏丹到阿布欧舍去找找穆罕默德·丁，把我存的那枚毛泽东主席像章带去送给他。如果他还在人世，说我很想念他。'我父亲对我说到这儿时,已是泪眼汪汪了。"

听李忠院长讲到这里,秦军川对李忠和他父亲李文武老人肃然起敬。他对李忠院长说:"没有想到,你是子承父业,两代都为苏丹人民做过贡献。我告诉你,穆罕默德·丁老人还健在,我这就通知阿布欧舍分队队长、队委柳小刚把老人尽快接到恩图曼友谊医院来,完成你父亲的心愿。"李忠院长说:"那就谢谢秦队长了。""和我还客气啥!"秦军川说着走出了办公室,在院子里喊了两声奥斯曼,然后又回到办公室。

十分钟不到,奥斯曼气喘吁吁地来到秦军川的办公室,忙问秦军川:"队长找我?"秦军川用手一指李忠院长对奥斯曼说:"不是我找你,是李忠院长找你。"奥斯曼看了看李忠院长,突然上前抱住李忠院长,惊奇地喊道:"啊!李营长、李营长,我的救命恩人!"这一喊秦军川没有吃惊,因为在李忠院长把奥斯曼的照片给他看的一瞬间,他料定了他心中的猜测可能是真的。奥斯曼的举动把李忠院长吓了一跳,忙一个劲儿地对奥斯曼说:"我不是李营长,李营长是我哥李兵,我是他弟李忠。"听到李忠院长的解释,奥斯曼迟疑了一下:"你和李营长一个样,这怎么能错、怎么能错呢?"

秦军川也想听李忠院长解释,忙劝奥斯曼坐下来:"咱坐下请李院长从头讲!"李忠院长稳了稳情绪,看了看秦军川和激动的奥斯曼说:"李营长是我的同胞兄长,他从陕西入伍到济南军区。部队给南苏丹选配兵员时,已是中校副团长的他也积极报名,当了高职低配的副营长。这下你们明白了吧!"秦军川听了李忠院长的解释后,用手指了指奥斯曼问道:"你听明白了?""不明白!"奥斯曼摇了摇头。"一头羊生了两个羔。这下明白了吗?"秦军川大声向奥斯曼进一步地解释道。奥斯曼还是一直在抓着自己的卷发。看奥斯曼还是半懂不懂的,秦军川和李忠院长无奈地对视了一下,哈哈大笑起来。

笑声中,李忠院长从自己随身的包里拿出一个中国产的 OPPO 手机,递给奥斯曼说:"我哥哥李兵知道你在医疗队,在我临走时买了这个手机,让我带给你当礼物。请你收下。"奥斯曼接过手机,眼睛看着秦军川,用眼神问秦军川:"收,还是不收?"秦军川知道奥斯曼在犹豫什么,忙说:"收下吧,奥斯曼。朋友的礼物,应该收下,不然李营长会生气的。"奥斯曼这才兴奋地拿着手机跑出去了,那喜悦劲儿真像一个受到表扬的小孩。

第二十八章　替父探友

"阿布欧舍"这个地名，在普通的苏丹地图上很难找到，而那里的中国医院，在苏丹却是家喻户晓。

这所医院的全称是"苏丹杰济拉州阿布欧舍医学院"。这是一所外观简易、规模不大的普通医院。中国援苏医疗队曾把这里作为工作基地长达40年之久，至今仍有一个中国医疗分队在这里工作。这家医院被苏丹人亲切地称为"中国医院"。

在秦军川的精心安排下，李忠院长很快就和穆罕默德·丁老人见面了。当李忠院长把他父亲李文武带给穆罕默德·丁的毛泽东主席纪念章送到老人手中时，穆罕默德·丁老人有些激动了，他一边用自己丝质的手绢轻轻地擦拭着纪念章，嘴里一边不停地念叨着："你父亲李文武还记得我们分手时的约定，他真是一个讲信用的有心人呀！"

老人说着，从自己的口袋里掏出来一张已经很旧的黑白老照片，对李忠院长说："这是我和你父亲第一次见面时的合影，那天可是惊心动魄的一天，也是难忘的一天呀！"老人说着说着，表情变得严肃起来。

"那天凌晨5点多，也就是你父亲所在的医疗队刚到阿布欧舍的第一个早晨。

"砰砰砰……一阵枪声,我和所有医疗队队员被一阵激烈的枪声惊醒,惊魂未定,又被急促的电话铃声吓了一跳。电话那头传来阿布欧舍警察局局长紧张的声音:'我们得知,一伙反政府的武装人员突然从南苏丹袭击北苏丹,奔向首都喀土穆,在阿布欧舍镇外与安全部队发生枪战。'我们都吃了一惊,一下子清醒过来:这是真的枪对枪的战斗呀!

"快、快、快,立即拯救受伤兄弟的生命!这是我和你父亲及所有医疗队队员心中唯一的念头。一路上,四周都是密集的枪声。安全部队已经在镇内主要街道设置路障,盘查过往车辆和乘客,装甲车封锁了通往城市的主要道路,只有部队和医务人员能通行。要说不害怕,那是假的。你父亲生长在和平年代,第一次听见真正的枪声,置身于枪林弹雨之中更是想都没有想过,可这一切就这样突如其来地出现在我们面前。

"所幸一路未正面遭遇反政府的武装人员,我们顺利赶到医院,然后仔细地检查了医院的各个角落。医院尚未受袭,但病人们都吓得瑟瑟发抖,躲在床下,我们立刻安排病人向相对安全的房间和隐蔽处分流。

"可就在那时候,第一批伤员被抬入医院,而大部分苏丹医护人员还没有赶到。缺医生、缺护士、缺器械、缺药品,怎么办?为拯救苏丹兄弟姐妹的生命,你父亲他当机立断,和我商量将中苏两国医疗人员分成两组,让翻译去疏散住院病人,我和他对刚送进来的伤员做紧急处理和抢救。

"遍地都是人,满耳都是枪炮声和喊叫声。我们在伤员中来回穿梭,很快也变成了血人。可看着伤员汩汩流出的鲜血,听着他们疼痛的呻吟,鲜活的生命在眼前变得奄奄一息,我们恨不得长出八双手,快些、再快些,把所有的弹片都取出来,把所有的伤口都缝上!

"战斗仍在继续,苏丹医务人员也陆续赶到了。伤员一批批送来,我们中苏两国医疗人员一边抢救一边指挥,工作越来越有序,清创、缝合、手术、安置病人……日落时分,枪声渐息,反政府武装被击退,安全部队胜利了。我们中苏两国医疗人员干了一整天,当最后一位伤员的伤口缝合好时，大家一屁股坐到地上，手脚都软得抬不起来。

"看着一个个伤员得到妥善处置、转危为安，我们的心里别提有多高兴了，因为拯救生命是我们医生的天职，我们别无选择，再大的困难都压不垮我们中苏医生结成的战斗集体。

"经过战争的洗礼，我们变得更加果断和自信，我们中苏医生护士的关系更加紧密了。战斗结束时，我和你父亲拍了这张黑白照片。

"你父亲是一名麻醉科医生，麻醉器械就是他拯救生命的武器。你们国内六七年前就已用上一次性的硬脊膜外麻醉包，可是我们的阿布欧舍医院，却连一支硬脊膜外麻醉针都没见到。

"没有麻醉器械怎么开展工作？他到医院的仓库，翻箱倒柜反复搜寻，终于找到两支硬脊膜外麻醉针和几支锈迹斑斑的注射针头，这些器械在仓库至少闲置了10年以上。捧着这几支针，你父亲喜出望外，如获至宝！用消毒液擦拭、用食用醋熏煮……花了一整天时间尝试了各种办法，才把几支针头上的锈斑除去。没有手术孔巾，他便跑到华侨开的百货店里，让他们帮忙找来几块棉布，用缝纫机缝成手术孔巾，又在仓库找到了两个饭盒，打包成一个简易的麻醉包。

"麻醉包有了，可手术室设备却不齐全。你想想，全院仅有两瓶医用氧气瓶，还只供急诊科急救病人使用，手术室居然可怜得不能提供医用氧气。为了防止手术过程中病人出现呼吸意外，他只能在手术麻醉过程中把病人盯得更紧，实时观察病情变化，发现病人呼吸异常，就立即用呼吸气囊辅助呼吸。就在这种没有配备医用氧气、设备简陋的情况下，他在一年半的时间里，为700多位病人成功实施了多种手术的麻醉，此外，还指导抢救了数十例休克病人和多名新生儿重症患者。

"我至今还清楚地记得你父亲和外科大夫成功救活一名苏丹儿童沙丽拉的情景。沙丽拉是一个9岁的苏丹女孩子，正处在活泼好动的年龄，但她患有严重的肺隔离症，反复的高热、咳嗽，活动耐力下降，她无法像其他同龄人一样自由活动。为了治愈疾病，家人带着她来到了我们医院胸外科病房，恳请大夫和你父亲为她进行手术。

"这样一台对于成年人来讲十分普通的手术，却给胸外科和麻醉科医生带来了严峻的挑战。沙丽拉的畸形动脉特别粗大，需要精细分离血管，稍有不慎就可能导致大出血，甚至危及生命，这对手术过程中的肺隔离提出了极高的要求。对于成年患者来说，实现肺隔离的首选方法为插入支气管双腔管，然而当时即使是最小型号的成年人双腔管，对于9岁的孩子来说，也显得过于粗大。另外一种常用的方法为先插入单腔管，再通过单腔管插入支气管封堵器，然而适合沙丽拉使用的单腔管的管径不能同时容纳纤维支气管镜和封堵器，操作可行性极低。其他的备选方案还包括将单腔管插入右主支气管或使用喉罩加封堵器，但这些方法的安全性都无法适应手术的需求，一时间大家都为采取哪种操作方法犯了难。

"你父亲和外科大夫反复认真阅读了沙丽拉的相关检查材料后，大胆提出尝试采用旁轴法封堵器置入术。你父亲和外科大夫认为，可以先置入支气管封堵器，然后在封堵器旁进行气管插管，气管插管后可通过气管插管置入纤维支气管镜，引导封堵器进入左主支气管，从而实现肺隔离。给沙丽拉进行肺隔离对你父亲这个麻醉医生来讲是很大的挑战，采用旁轴法封堵器置入术可以为儿童患者成功实现肺隔离。你父亲根据外科大夫的意见，缜密而详细地制订了麻醉方案。手术当日，在大家的共同努力下，你父亲严格按照术前制订的方案，成功实现了肺隔离，配合外科医生出色地完成了手术。沙丽拉术后无麻醉并发症发生，痊愈出院。

"你父亲工作的医疗队在苏丹一待就是整整两年，直到1973年10月才回国。

"后来听接替你父亲在苏丹工作的新队员讲，你父亲回国第一次见到儿子时，这个叫兵的孩子，已经两岁了。他不知所措地看着眼前陌生的爸爸，在大人们的起哄下，张口就叫你父亲'哥哥'，这是真的吗？"穆罕默德·丁老人的问话引得大家一阵大笑。

"后来看新闻,我才明白,正是有你父亲这样告别家人,远赴非洲,为非洲人民服务、为非洲人民健康而无私奉献的医疗队队员,你们中国和中国人民才得到了非洲人民的尊重和支持,才有了1971年在第26届联合国大会上,阿尔及利亚与苏丹等23国联合提出了恢复中华人民共和国在联合国一切合法权利的'双阿提案'。提案获得通过,中国重返联合国……"

"噢,有这回事?!"秦军川和李忠几乎异口同声,慨叹不已。

"嗯,是这样,是这么回事。你父亲那批队员服务期满要回国了,我和你父亲难舍难分,为了纪念我们的友谊,我做了件苏丹大袍送给他。你父亲接过大袍后,问我需要什么,我说有机会送我一枚毛泽东主席的像章。谁知,这小小的请求,让他惦记了几十年啊!"

第二十九章　第三分队

　　中国援苏丹医疗队第三分队的驻地达马津医疗点，是中国援非"八项举措"项目之一，由前国家主席胡锦涛于 2007 年 2 月访问苏丹时宣布援建。该院总建筑面积 5850 平方米，有 88 张床位，是达马津地标建筑。

　　应苏丹政府请求，2013 年 10 月 31 日，中国第 31 批援苏丹医疗队达马津分队从广州白云机场出发，前往苏丹执行援外医疗任务，于当地时间 11 月 1 日下午 18:25 分顺利抵达苏丹首都喀土穆。医疗分队在援苏丹医疗队恩图曼中苏友谊医院总队驻地休整后，于 2013 年 11 月 5 日到达距离首都 500 余公里的达马津医院医疗分队驻地开始执行援外任务。达马津分队共有包括内窥镜、骨科、麻醉、放射科、针灸医生和翻译、厨师在内的 7 名队员。

　　"我有一个心愿，想去你的家乡看看。"秦军川在和阿明院长谈完一周的工作之后，临告别时对阿明院长说了这句话。

　　"我家乡距离喀土穆很远，在苏丹南方与南苏丹一河之隔的青尼罗州省会达马津。"阿明院长说着说着，一股思乡的念头涌上心头。

　　秦军川听到阿明院长说出"达马津"三个字，浑身一震。他连忙问阿明院长说:"是不是我们中国即将援建的苏丹第三个援非医院所在地?"

"是,看把你兴奋的!"阿明院长十分肯定地告诉秦军川。

"是那儿就好。请你陪我去一趟,大使馆安排我这几天去那里验收新建成的中国援苏丹达马津医院的中国专家楼工程。"秦军川向好友阿明院长发出了真诚的邀请。阿明院长思考了一会儿,又看了看桌上的工作安排表后,对秦军川说:"可以去,不过要快,我只有三天时间陪你。"

"好吧,我回去就安排,我们尽快动身去,也顺便看看你的家乡。"说完,秦军川心满意足地回医疗队去了。

秦军川哪能不知道好友阿明院长的家乡呢!他是接受了大使馆给他去达马津的任务后,感觉需要找一个熟悉当地情况的人同行,因此,采用欲擒故纵的办法,终使阿明院长同意陪他去达马津了。对于自己小小的成功,秦军川心里美滋滋的。

第二天一大早,秦军川和阿明院长及队委柳小刚一起出发了。一上车,秦军川就对阿明院长解释说:"达马津医疗点是中国援非的八大举措项目之一,由前中国国家主席胡锦涛于2007年2月访问苏丹时宣布援建。该医院总建筑面积5850平方米,有88张床位,建成后中国政府将增加7名援外医疗队队员进驻该院。咱们今天就是验收这7名专家住的宿舍楼。"

听秦军川这么一说,阿明院长不禁赞道:"你们中国又给我们苏丹人民和我的家乡达马津人民办了一件大好事!"

车出喀土穆后,苏丹司机穆沙驾驶车子向南冲去。金色的旭日升上来了,碧空如洗,显得高远而透亮。车边那条古老的尼罗河尽入眼底,河岸上一望无际的灌木丛和金黄色的茅草交相辉映,一排排草屋与水泥房院错落有致，安静地矗立在旷远苍莽的苏丹大地上。

正当人们被路边的景色吸引时，阿明院长说："喀土穆地处赤道，属热带气候，干燥酷热。而我的家乡地处亚热带，雨林气候，雨水多。我们越向达马津走，景色会更加迷人的。"

的确如阿明院长说的，车过苏丹重镇迈达尼后，浑浊的尼罗河水变得静静的，没有了"奔流到海不复回"的汹涌势头，给人一种"一棹春风一叶舟，万顷波中得自由"的独特感觉。绿色的植被越来越多，牧人们放养的羊群牛群越来越多。野生动物随着汽车向南的飞驰，时不时地出现在秦军川他们的视野。秦军川第一次看到了大象群，大象小象们正在低头吃草；成群鸣叫的珍珠鸡在树丛中摇摆着尾巴觅食；数不清的羚羊排成队，匆忙地嚼着合欢树叶；远处还有野牛、河马在沼泽里抢食……

一景送过一景迎。走了 230 公里的路，4 个多小时他们就进入了达马津地界，长时间的车程不仅没有使秦军川感到累，反而还感到浑身轻松舒坦。阿明院长也是思乡心切，久违的家乡美景也使他满面的喜悦，时不时地为秦军川介绍他家乡的美景和风俗。

车快要进达马津城区了，秦军川对穆沙说："我们先去达马津医院中国筹建处。"穆沙还未及开口，阿明院长对秦军川说："别先去工程处，我带你去参观一下，你们中国人在达马津建了一个闻名于世的水利工程，也是给上千万苏丹人民带来光明的幸福工程。"

"在哪儿？"秦军川好奇地问阿明院长。

"不远，我给你们带路。"在阿明院长的带领下，穆沙的车朝达马津城外开去。

车辆行驶中，阿明院长对秦军川说："我们苏丹有世界第一长河尼罗河，是古埃及文明的发祥地之一。然而由于种种历史和自然原因，我们这个非洲面积最大的国家却一直没能依傍这条母亲河实现繁荣与文明。

"就在不久前,由中国公司在苏丹境内尼罗河上承建的麦洛维大坝成功实现了主河道截流。作为一项充分利用水资源的大型水利枢纽工程,麦洛维大坝的建成将使尼罗河真正造福当地人民。这也是尼罗河干流上继埃及阿斯旺大坝后兴建的第二座大型水电站,还是中国中标承建的最大的国外水电工程。大坝由中国水利电力对外公司作为牵头公司,和中国水利水电建设集团公司组成联营体承建。大坝10个发电机组的电站总装机容量将达到125万千瓦,相当于苏丹全国现有60万千瓦装机容量的两倍还多。"

车子开到了建设工地,秦军川他们看到几十辆装载着土石方的自卸卡车,在中方总指挥的命令下,进行着有条不紊的截流填堵。数分钟内,汹涌奔腾的尼罗河水被拦腰截断,急流通过新建的泄洪道冲向下游。

"中国人截断了世界第一长河,真了不起!"从苏丹各地特意赶来达马津观看主河道截流盛况的苏丹民众纷纷赞叹道。中方工程负责人、截流现场总指挥杨忠自豪地说:"麦洛维大坝的建设对于苏丹来说,不亚于三峡工程对于中国的意义。为了早日造福苏丹人民,也给中国人争光,中方全体员工克服了许多困难。苏丹有'世界火炉'之称,大坝工地地表温度经常超过40摄氏度,加上这里基础设施差,施工条件异常艰苦。中方施工人员攻坚克难,终于使工程建设取得了预期的成果,同时也赢得了苏丹政府的赞誉。"

第二天,秦军川和阿明院长在达马津医院苏丹院长奥马尔的陪同下,对中国专家楼和达马津医院大楼进行参观和验收。验收结束时,达马津医院所在的上尼罗州州长阿而肯对秦军川说:"随着中国援助苏丹医疗队达马津市分队骨科、针灸科、腔镜科、影像科等科室对苏丹民众的正式开诊,标志着中国援苏医疗队北起首都喀土穆、经中部齐吉拉州阿布欧舍市、南到青尼罗州首府达马津市,全长 530 公里的'三点一线'医疗援助工作格局全面完成。这一格局的形成,使中国援苏医疗队目前的门诊量增加了三分之一以上,辐射面由苏丹的 3 个州增加到 5 个州,前来医疗队就诊的埃及、利比亚、埃塞俄比亚及苏丹周边国家由 5 个增加到 8 个,进一步扩大了援外医疗工作的影响力。"

第三十章　中国菜香

7月1日上午，中国援苏丹医疗队厨房灶台前，衣着华丽的西加扎勒河州州长哈桑的夫人戴尔琳忙着烧菜。经中国大厨的严格考核，戴尔琳的中国菜烹饪考试过关。

贵为州长夫人，为何到中国医疗队学习厨艺？ 原来，有一次瑞达克·哈桑和夫人到医疗队做客，中国菜让他们胃口大开，连连称赞。 宴会后，州长向秦军川提议让他的夫人过来学习中国厨艺。 两周后，心灵手巧的戴尔琳就掌握了辣子鸡、酸辣土豆丝、西红柿炒鸡蛋等中国菜肴的做法。 州长夫人学做中国菜这一消息传出，一时间中国菜风靡西加扎勒河州首府。

恩图曼中苏友谊医院护士艾玛感到自己认识中国援苏丹医疗队队长秦军川以后，最大的收获是，秦军川像神圣的主一样，给她送来了一个大宝贝——奥斯曼。

她一个人独处时常常想，自己来到这个世界上，特别是与父母在南苏丹的战乱中失散后，几次去寻找亲人都没有音信，自己就像一只从南苏丹流落到喀土穆的孤独的小羊羔，无依无靠、备感凄凉。就是在这个时候，她认识了同是南苏丹人的奥斯曼。在苏丹的经历、共同的风俗文化，使他们心心相印,彼此有了好感。再加上有秦军川队长和阿明院长的一再撮合,她越来越觉得奥斯曼是一个正直善良又有责任感的好男人,在与奥斯曼越来越多的交往中,她觉得奥斯曼一身的优点。这是不是就是爱情的感觉? 自己越来越离不开奥斯曼了。

每一次与奥斯曼见面,每一次热谈中,他俩都觉得秦军川队长人好,又有知识,像他们心中的神似的。他俩觉得要永远地和秦军川队长做朋友,把秦军川当作最亲的亲人;他俩也必须学习和掌握一项本领,那就是学习中文、学习中国的传统文化,像阿明院长一样成为一个"中国通"。

一个礼拜天的下午,在清真寺做完礼拜的阿明院长偕夫人戴木林与奥斯曼、艾玛护士一起来到秦军川的办公室。一见面,阿明院长向秦军川提出了要吃中国餐的要求。秦军川爽快地答应了,并立即安排主管后勤的队委章宝峰去做准备。

见章宝峰去了,秦军川转过身来问阿明院长夫妇和热恋中的奥斯曼及艾玛护士说:"各位,还有什么要求,今天我一定满足你们。"

阿明院长说:"不瞒你说,今天我是受人之托,向你拜师来了。"阿明院长说着用手指了指奥斯曼和艾玛。

秦军川也看向奥斯曼和艾玛说:"咱们天天见面,又是老熟人,有事就直接说嘛,还找阿明院长转个弯到我这儿。"

"你也别责怪他俩,人家觉得人熟礼不熟,想拜你为师,没有我这个'见面礼'哪行!"阿明院长替奥斯曼和艾玛解围。

"想学什么,我尽力而为。"秦军川爽快地答应道。

"从学吃中国菜开始!"阿明院长开门见山地回答道。

"你葫芦里卖的什么药呀? 我咋有点蒙了。"秦军川挠了挠头。

阿明院长用手一指秦队长办公室墙上挂的一幅书法说:"烹饪、国画、汉语、武术是你们中国文化的精华。他俩要学习你们中国传统文化,是不是得从吃开始呀!"听到这儿,秦军川明白了,拍了拍自己的头说:

FEIZHOU XIONGDI

"嘿！原来是这样。看来奥斯曼、艾玛找你这说情人还真是找对了。"

"菜好了！"队委章宝峰说着，一手端着宫保鸡丁，一手掀开门帘走进了秦军川的办公室。秦军川连忙收拾好办公桌，木耳炒肉、西红柿炒鸡蛋、红烧鸡块等八盘中国菜一盘一盘地端放在了秦军川办公室的桌子上，秦军川招呼阿明院长和戴木林、奥斯曼和艾玛他们坐好。秦军川又叫队委章宝峰和柳小刚来陪同，大家以中国铁观音茶和苏丹芒果汁为饮品，相互碰杯开席。

阿明院长夫人戴木林和艾玛护士被色、香、味俱全的八大盘中国菜的美丽造型和色彩搭配惊呆了，她俩称赞真是一盘盘精美的工艺品，迟迟不肯动手。秦军川对阿明院长和奥斯曼说："我们中国人讲究夫人的菜可得由她先生来夹的，这我们可不能帮忙呀。"阿明院长听到秦军川在提醒自己，忙对奥斯曼说："笨牛，还不和我一起用勺子给女士盛菜。"

戴木林和艾玛仔细地品尝了一口宫保鸡丁，直夸道："香、香，这是我们吃过的最香的菜了。"

阿明院长看了一眼夫人戴木林说："有那么神奇的香吗？我尝尝。"

阿明院长在自己品尝时，也让奥斯曼陪着自己一起尝。菜刚入口，阿明院长和奥斯曼都被菜的香味陶醉了，连续吃了好几勺，吃一口说一声香。

秦军川看了他们几位一眼，说："我们的厨师庄红星可是中国一级厨师，在国内可是餐饮界的一位大师呢，做的菜能不香嘛！"

阿明院长夫人戴木林和艾玛护士一听，不吃菜了，一起走到秦军川面前，对秦军川说："我俩要拜庄红星为师，跟他学做中国菜。学会做菜，我俩还要向中国医疗队队员学说中国话。"

"可以，你们有空就到医疗队来，我安排庄红星教你们。至于学习中国话，你们和中国医疗队队员交流口语，慢慢学习汉语就可以了。"看秦军川光顾着答应着女士们，阿明院长也向秦军川提出了一个请求，他说：

"如果说中国的传统饮食只是满足了我们的口腹之欲,那么中国的字画则是我的最爱,也是我喜欢收藏的。有一天我到中国维和医疗队视察工作,看到板房上悬挂的中国画,笔端处五彩尽显,方寸间美不胜收。听说这些画皆是医疗队一位队员所作,我得知这位队员是一名军旅画家,工于花鸟、山水画,我真诚地向他求一幅牡丹图,想挂在我的办公室,其他人也纷纷向他求画,一时苏丹纸贵啊!"

"我也要学。"奥斯曼也急着说道。"你要学什么呀?"秦军川对奥斯曼的举动有些好奇。

奥斯曼说:"我看中国电影,认为中国武术很厉害。中国功夫电影在南苏丹影响很大,在当地人看来,中国人个个都是武林高手,尤其是中国维和军人和警察。在南苏丹时,我认识一个中国维和警察李振举,有一次他到当地警局,路上遭遇当地歹徒的袭击,李振举三下五除二就把袭击者制服了,当地警察看得目瞪口呆。不打不相识,自从那次遇袭之后,李振举成了当地警察的武术教练。在瓦乌市文化艺术节上,中国维和官兵应邀参加了武术表演。7名战士手持双节棍,上场亮相,腾挪舞棍、翻摔带风、虎虎生威,柔韧中刚性十足,我和场下观看的苏丹观众手都拍疼了。他们都想学习中国的东西,我想向中国医疗队队员学习中国武术,特别是太极拳。"

秦军川见大家对中国传统文化这么感兴趣,便表态说:"你们刚进门时,我就说过,你们今天提的要求,我尽力都满足你们。""好!"阿明院长提议,大家的杯子再一次碰在了一起。

酒足饭饱后,大家都端起中国的铁观音茶来品味。品茶过程中,阿明院长对秦军川说:"这几年我当院长,管的行政多了一点,回到医生的岗位给病人看病少了一些,所以我有时都不知道如何当好一个合格的医生了。"艾玛护士听阿明院长这么一说,也对秦军川说自己想自学做医生:"你管着这么多优秀的中国医生、护士,给我和阿明院长讲讲如何当好一名医生吧。"

秦军川见阿明院长和艾玛护士真心向他求教,笑了笑说:"你俩把师拜错了,在这方面,我们队委柳小刚是我们医生中的佼佼者,他这方面的经验多,让他给你们讲讲他的体会。"说着,秦军川把队委柳小刚举荐出来。柳小刚见秦军川把自己推到了众人面前,又没有拒绝的理由,用手推了推眼镜说:"阿明院长、艾玛护士,那我就结合自己的体会说几句。""好,好!请柳队委说。"阿明院长打开自己的手机录音功能,并静心地注视着柳小刚。

"那我就开始说了。我认为要当一名好医生应做到三点:第一是要当能自我完善的临床医学家。医生是一个需要终生学习的职业,不断拓宽自己的知识面,构建丰富合理的知识体系是从事诊断治疗工作必备的基本条件。因此,要做好医生就要不断与自己的惰性思维做斗争,要把时间花在临床工作中,脚踏实地不断提升自己的工作能力。

"患者之间的细微差异都可能预示着属于不同的疾病,病情的点滴变化都会影响治疗决策,所以医生要克服粗枝大叶、囫囵吞枣的不良工作习惯。临床医生要理清各类症状、不同体征之间错综复杂的关系,训练合理的逻辑思维,通过分析症状、体征的演化过程,推测现象背后隐藏的病灶和病理生理过程,预测疾病发展趋势,推定治疗干预措施可能产生的结果。不善于思索就不会进步,不能把自己变成一台不会思索的机器。

"要有同情心和担当精神。发自内心地对患者的关爱,会让患者体会到人间的温暖并鼓起战胜疾病的勇气。要唤醒我们的良知,摈弃唯我独尊的心理,杜绝简单粗暴的语言和行为。医生在关键时刻要勇敢地做出理性决策,分秒必争,绝不能错失最佳治疗时机。遇事瞻前顾后、优柔寡断、当决不决是从事临床工作的大忌,要杜绝推脱责任和耍小聪明的行为。

"任何一项事业都不可能一蹴而就,临床医学专业水平的提升更需要一个长期积累的过程,这要求我们有超乎常人的毅力,去迎接各类挑战,去面对我们前进道路上随时会遇到的挫折与失败。有始无终、遇困难后自暴自弃是做好工作最危险的敌人。奉献精神是做好一切工作的基础,通过奉献换来患者和家属的开心微笑是对我们的最大奖赏。我们的牺牲换来的科学技术进步终将造福于人类。要克服自私自利、斤斤计较的不良习气。希望大家认真思考上述这些建议,努力实践,逐渐把自己修炼成一个具有自我完善能力的临床医学家。

"第二是要当充满创造力的临床科学家。医生的天职是救死扶伤、治病救人,掌握良好的技术是为病患提供诊治服务的基本保证,所以医生必须掌握精湛的医疗技术,但仅仅有高超技术尚不足以做好临床医疗工作。严谨的科学思维、杰出的创新能力、不竭的创新灵感、辅之系统的科研训练,可以使一名医生成长为优秀的临床科学家。很多医学技术的进步都是研究型人才创新思维的成果,医疗和科研工作孰轻孰重无须讨论。我们的科室更需要这种两栖型人才,他们既是临床经验丰富的医生,又是充满创造活力的科学家。

"无论医疗工作还是科研工作都是团队奋斗的结果,单枪匹马独闯天下的时代已经一去不复返了,这就要求我们每一名医生都要善于协作,只有这样才能很好地完成临床和科研工作。这就要求我们有一种积极态度、一种互助精神、一种包容意识,确保每个人都能在良好、充满正能量的环境中工作。

"第三是要当抵制知识垄断的临床教育家。临床医学的进步需要一代又一代人的努力,医疗科研水平的提高需要世代的传承,我们都是踩在前人肩膀上前进的。虽然已经有很多青年医生,但我们依然肩负着培养新人的责任,没有一批又一批优秀青年的加入,我们队伍的战斗力就会不足。我们鼓励创新教学意识,提倡从一走上工作岗位就应担负起教育的责任,要毫无保留地、手把手地向新人传授知识和经验。最重要的是要以身作则,为晚生后辈树立一个好榜样,这是非常重要的。"

柳小刚一口气讲完了他的心得,阿明院长和在场的人听了之后都认为严谨实用。阿明院长当即决定让柳小刚就这一话题给医院全体医生护士做一次讲座。秦军川说:"行!"

第三十一章　研究协定

中华人民共和国政府和苏丹共和国政府关于
中国派遣医疗队赴苏丹工作的议定书
（1996 年）
（签订日期 1996 年 10 月 16 日
生效日期 1996 年 10 月 16 日）

根据一九七〇年八月二十二日中华人民共和国政府和苏丹共和国政府签订的文化和科学技术合作协定，为加强两国间在医疗卫生方面的友好合作关系，经友好协商，中华人民共和国政府和苏丹共和国政府达成协议如下：

第一条　应苏丹共和国政府（以下简称苏方）的要求，中华人民共和国政府（以下简称中方）同意派遣由３２人组成的医疗队（包括译员、厨师、技师）赴苏丹工作，抵达日期由双方商定。具体人数、科别见附件。

第二条　中华人民共和国医疗队（以下简称医疗队）的任务是与苏方医务人员密切合作，协助苏方开展医疗工作（不包括承担法律责任的医疗工作），并交流学术经验。维修人员只负责医疗器械的维修工作，维修所需零配件及有关费用由苏方承担。

第三条 医疗队的具体工作地点在恩图曼友谊医院，经医疗队队长和中国驻苏丹使馆经商处同意可临时在其他医院进行学术交流和教学指导工作。

第四条 医疗队工作所需的医疗设备、药品、医用敷料和化学试剂由苏方提供。为保证医疗队工作的正常进行，中方在本协议期内每年向苏方无偿提供 35 万元人民币（包括运杂费）的药品、器械，用于恩图曼友谊医院。

第五条 中方提供的药品、器械，由中方运至苏丹港并负担其费用。苏方应及时负责运抵后的报关、提货手续并支付从苏丹港运至医疗队驻地的运输费。

第六条 医疗队人员赴苏丹的国际旅费由中方负担，由苏丹返回中国的国际旅费，由苏方负担。他们在苏丹工作期间的住房（包括必要的家具、卧具、降温设备、水电）、交通（包括交通工具及其维修、油料、司机）、办公、医疗费和生活费由苏方支付。

医疗队队员的生活费定为三级：

一级：队长、主任医生、主治医生

每人每月 200 美元

二级：医生、翻译

每人每月 180 美元

三级：其他人员

每人每月 160 美元

上述费用的 50％支付美元，另 50％按当日的银行比价折成当地货币支付。

上述费用由苏方按月支付给医疗队，并免除他们应缴纳的直接税款。

上述费用的计算时间为：自医疗队抵达苏丹之日起至离开苏丹之日止。

第七条 苏方同意医疗队队员在工作之余在国立医疗机构行医，并免除他们应缴纳的各种捐税。部分所得收入用于改善他们的工作和生活条件。

第八条 医疗队队员工作期限为两年，工作期间享受中方和苏方规定的假日，每工作期满二十二个月享受两个月的休假，休假期间生活费照发。如医疗队队员工作二十四个月，苏方应支付二十六个月的生活费。

医疗队队员如果工作三年，中间回国探亲一次，或家属赴苏探亲，探亲的往返旅费由中方负担，苏方应为医疗队队员回国或其家属赴苏探亲提供出入境及居留等便利条件。

第九条 医疗队人员应尊重苏丹的法律及人民的风俗习惯。

第十条

1.议定书附件为本议定书不可分割之部分。

2.本议定书如有未尽事宜或执行中发生异议，应由两国政府通过友好协商解决。

第十一条 本议定书自一九九七年医疗队抵达苏丹之日起开始生效，有效期为两年。如苏方要求延长期限，应在本议定书有效期满前6个月通知中方，经协商后另签议定书。

本议定书于一九九六年十月十六日在喀土穆签订，共两份，双方各执一份，每份都用中文和阿拉伯文写成，两种文本具有同等效力。

中方代表 　　　　苏方代表

曹荣桂 　　贾贝里·阿卜杜拉·拉赫曼

这天，苏丹卫生部部长伊德利斯获知，在总统巴布尔连任成功，即将举行庆祝仪式之际，中国将派高级官员来苏丹参加庆典活动，并有中国卫生部高官陪同来苏丹。他决定利用这次机会，向中国卫生部高官谈促进完善中国政府与苏丹政府关于中国派遣医疗队赴苏丹工作的议定书的事。为此，他让秘书把之前的议定书找出来，仔细研读了起来。他觉得随着形势的变化，必须增强中国援苏丹医疗队的中国特色和高科技水准，具体增强些什么项目他却一时拿不准。于是他决定召开一个由中国援苏丹医疗队队长，中国援建的苏丹恩图曼中苏医院、阿布欧舍中苏医院、达马津中苏医院的院长参加的座谈会，商量一下新议定书的修改意见。

接到伊德利斯部长秘书的通知后，秦军川和阿明院长、穆罕默德院长以及达马津院长先后赶到坐落在尼罗河畔、苏丹总统府旁的苏丹卫生部大院。伊德利斯部长让秘书把他们请到二楼的部长会客室，等大家坐定后，伊德利斯部长开门见山地对大家说了自己对修订和完善议定书的想法，并请大家以此为题畅所欲言。

阿明院长第一个发言，他说："部长先生，你的想法正是我们想说的。这些年来，中国政府逐步加大了援苏丹医疗队派遣的工作力度，由原来的30个人增加到40多人，当初有妇科、口腔科、泌尿科、骨科、内科、普外科、理疗科以及B超室、麻醉室'七科二室'，现在还增加了脑外、中药针灸、核磁共振、CT,共 11 个科室了,工作地点也由苏丹首都的喀土穆、中部的阿布欧舍一直到南部的达马津,长达 530 公里,辐射近 600 万人口,占到了苏丹人口的三分之一。在看到这些成果的同时,我们还是需要为我们医院增加脑外科专家、护理团队和像'光明行'眼科这样的团队。"说到这儿,阿明院长用眼睛偷偷地看了秦军川一眼,他怕秦军川说自己先斩后奏,向他提要求了。秦军川觉察到了阿明院长的眼光,他冲阿明院长笑了笑点点头,意思说没事,你尽管说你的。

"阿明院长说得很好,下来谁说说呀?"伊德利斯部长说着把目光投向了穆罕默德老院长。穆罕默德老院长知道伊德利斯部长想听听他的想法,他从口袋里掏出几页纸,戴上老花眼镜,扫视会场后,便一字一板地说道:"中国援苏丹医疗队来苏丹帮助我们 40 多年来,给苏丹人民带来的幸福生活,是有目共睹的。中国有句名言:'朋友越走越亲,关系越处越深。'我想我们如今已和中国援苏丹医疗队队员成了一家人,和中国成了亲密无间的友邦,向中国政府提出加大医疗队派遣力度和医疗援助,我想中国政府会认真考虑的。

"说得具体点,就是给我们阿布欧舍医院多派几名中医,特别是针灸大夫,同时帮我们建一个妇幼保健中心。好了,我暂且说这些。"

还剩下达马津中苏医院的院长赛利兹,他说:"部长先生、医疗队秦队长、各位院长,我们达马津中苏医院是中国和苏丹两国友谊最新的成果,医院建成投入使用以来,已为当地 10 万牧民和邻国埃塞俄比亚以及南苏丹的群众带来了福音,方便了他们看病。通过这几年医疗实践,我们觉得给我们医院 7 名中国医疗专家太少,希望给予增加。"

看着参加会议的人员一个一个地说了自己的意见,伊德利斯部长环视了一下会议室,把目光定格在了秦军川身上。"秦队长,请您谈谈高见。"他指示秘书给秦军川的水杯加水,并用商量的口气恳请秦军川谈谈。

秦军川理解以上各位院长都对中国政府寄予很多期盼,也想帮助他们。可是外事无小事,他不能私自表态,但又不能不说话,那样会伤了大家的心。他鼓起了勇气对伊德利斯部长和几位院长说:"谢谢伊德利斯部长给我这个和大家见面的机会,也让我聆听了大家对中苏友谊和中国援苏丹医疗队的认可。刚才,大家讲的,我都认真听了,也认真记了,我一定尽快把大家的想法上报给中国政府有关部门。请相信中国政府有关部门会认真研究,通过与苏丹政府的协商,解决好的。"秦军川刚说到这儿,伊德利斯部长和众位院长给他鼓起掌来。最后,伊德利斯部长对秦军川说:"那我们共同努力,把中国政府与苏丹政府新的医疗援助协议签好!"秦军川看见伊德利斯部长说这句话时,把拳头握得更紧了。

回到医疗队后,秦军川立即召开队委会,把苏丹卫生部伊德利斯部长主持召开的这个会议的主题传达给队委们,听听大家的意见。队委会一致同意将会议主题以纪要形式,上报中国驻苏丹大使馆和国家卫计委。秦军川说:"好,那我们立即办。"一个月后,中国驻苏丹李大使打电话给秦军川说:"你们医疗队报来的那个文件,国内有消息了。大致意思有两条,一是中国政府和苏丹政府协商决定,中国向苏丹派遣医疗队的协议,双方将根据新的形势和任务,在广泛征求双方意愿的基础上,重新签订。二是中国在加强政府医疗援助苏丹的同时,决定中国扶贫基金会也加大对苏丹的援助工作的力度。主要确定开展的项目,一个是启动援建苏丹妇幼保健系统项目,初步定在阿布欧舍医院建,实现穆罕默德老院长的心愿。预计总投资约200万美元,面积1000平方米,并增派2名志愿者,加强那里的妇幼保健工作。第二个是每年邀请20位苏丹卫生官员和医疗人士,参加中国国际扶贫中心举办的能力建设培训班,主要到中国学习医疗管理、妇幼保健等专业知识,为期10天。同时,每年还向苏丹各援助医院捐赠医疗器械和书籍。具体的协议,我代表中国政府和苏丹政府官员舒卡娅签订。"

　　李大使的话,秦军川越听越热血沸腾,他觉得自己作为一名代表中国政府奋战在援助苏丹一线的工作人员,在祖国政府为苏丹人民健康做出不懈努力的同时,自己更应该尽到一个医疗队长的责任。他连夜召开队委会,针对阿布欧舍医院没有中医针灸科的实际情况,决定从恩图曼友谊医院抽调一名中医大夫前去支援。

　　决定做出一周后,他收到了被派往阿布欧舍医院的针灸大夫杨晓康的来电。他对秦军川讲:"到达阿布欧舍医疗点后的第二天,我就穿着胸前印有鲜艳五星红旗的医疗队队服到医院报到。我们走进医院门诊大楼,逐一认识各个科室的相关医生及护理人员。针灸科是阿布欧舍医院今年新成立的医疗点,在我们寻找针灸科的过程中,医院的副院长正好碰见我们,他简单询问后,将我带到门诊大楼东侧大约50米的原行政楼。因为那时的天气,恰巧是雨季刚过,在跟着副院长行走的过程中,可以感受到些许的凉意,闻到雨后新鲜的泥土气息。原行政楼前有偌大一个花园,里面各式各样盛开的花朵绚丽夺目,在阳光的照射下,鲜花上面的露珠晶莹欲滴,显得十分迷人。这个花园是2011年修建的,在花园正中央,修建有一个巨大的展开的《古兰经》书籍样建筑,花园外围还特意用铁栏杆围着。当我们来到原行政楼前,正在诊室认真粉刷墙壁的工人们看见我们亲切地高声问好。随行副院长说道:'医院给针灸科配置了1个诊室和2个治疗室,男女各1间。'副院长带我们来到仓库,告诉我们,为针灸科配置了10张针灸病床和4张座椅及针灸科所需的部分器材。安排完毕后,副院长看了看我们说:'别急,两天后诊室布置好了,你就可以上班了,还是非常感谢中国医疗队长期以来对医院的支持!'我说:'没有关系,我收拾收拾就上班。'当天我就把诊室布置好了,院方给我安排了3名护士协助针灸科的日常工作,分别是阿米拉、阿廖发和开廖马拉。就这样,针灸科成立了,在我们医护人员的不断努力下,苏中阿布欧舍友谊医院针灸科终于扬帆起航了!

"针灸科刚成立时人们还不了解,来的人基本都是本院的医护人员以及他们的兄弟姐妹们,来体验东方医学的魅力。再后来通过他们一传十、十传百,前来就诊的人渐渐就多起来了,病种也多了。就这样,病人数量由第一天的 3 人次增加到如今的每天 25 人次。每当病人疗程结束,病人的病痛解除后,对我说再见、说谢谢中国医生时,我的心情非常激动。为了使我们的针灸医学在苏丹不断发扬光大,我知道还有很长的路要走,并且道路是坎坷曲折的,但我坚信,前途是光明的!"

第三十二章　苏丹友人

　　"队长，拉比酋长给我们拜年来了！"大年初五，家住热带丛林深处的巴比拉部落酋长来给我们中国医疗队拜年了。

　　部落周围看不到庄稼，到处长满了两三米高的茅草。村民们住的是茅草搭建的房屋，睡的是树枝编织的床铺，没有电，家里找不到现代化生活用品。这是中国赴苏丹医疗队队员们对当时巴比拉村的第一印象。部落里当时正准备建一家初级诊所，因为缺医少药，计划了两年都没着落。了解到这些情况后，中国医疗队决定向巴比拉村伸出援助之手，在首批部署条件非常艰苦的情况下，为巴比拉部落援建了一个小诊所。

　　从那时起，中国医疗队便利用手中的装备和技术为巴比拉部落的人诊治疾病、送医送药、开辟道路、开挖水塘、运输物资、传授种植技术……每批维和部队轮换交接后，帮扶巴比拉村便成为一项重要内容。

　　"秦队长，我们一家老小5口人过来给你们拜年，衷心祝愿全体医疗队队员新年快乐！"拉比酋长抱拳，弯腰向队员作揖，"滴水之恩，当涌泉相报。我家里也没有什么好东西，一大早，我去砍了点香蕉给你们送过来，请你们笑纳！"说完，拉比夫妇把两大串香蕉递到了秦军川的手里。

穆罕默德·丁老人认为自己最高兴的事，就是每天在医院里转一圈，看看每一个中国援苏丹医疗队队员在阿布欧舍医院给同胞看病治病的情景。他认为这是一种享受，一种让他愉悦了40多年的享受。

如今，他已是80多岁的人了，虽然把工作分给了年轻人去干，但是每天看看中国医生这个喜好，他说什么也不愿意与别人分享，他觉得自己越老越珍惜这个不可多得的机会。

他的这一工作习惯，不但自己舒心，也为在阿布欧舍工作的中国大夫及时解决了不少生活上的困难和工作中遇到的难题。

那是一个风暴来袭、黄沙肆虐的上午，刚到阿布欧舍医院针灸科上班两天的杨大夫针灸的一个12岁小男孩，治疗过程中感染了急性疟疾，不幸死亡了。这件事对杨大夫打击挺大，在诊室里他伤心地哭了。

穆罕默德·丁老人知道了，他推开杨大夫诊室的门，劝慰杨大夫说："杨大夫，别伤心，千万别气馁。我们苏丹人对疾病认识严重缺乏，对恶性疟疾的危害就更不了解，再加上普遍的缺医少药，对一些重大疾病治疗更束手无策。好在我们苏丹人信奉伊斯兰教，一切随缘，不会有医疗纠纷。你是安拉派来的天使，我们不会怪罪你的，你放心大胆地看病治病吧，其他事我来处理好了！"

杨大夫十分感谢穆罕默德·丁老人对自己的理解，也让他心里多少好受一些。

从针灸科出来，穆罕默德·丁老人交代医院医务科人员妥善处理此事，不要影响医院的正常工作秩序。

忙完医院内部科室的事，老人转到中国大夫生活的专家楼。他在院子看见，大热的天，供队员们喝水的水缸竟是干的。他上前去拧了拧水龙头，也没有水出来。他又到队员们做饭的厨房，看到中国炊事员正在压面条，他问了声："厨房有水吗？"炊事员说："都好几天没有水了，我压好面后准备去二里地外的尼罗河挑水。"

听到这些，穆罕默德·丁老人感觉这是自己的失误，光重视解决中国大夫在医疗工作上遇到的问题，却没有好好地关心他们的生活，没有及时解决他们生活上遇到的困难。他立即打电话，把医院总务科的人叫到中国大夫的宿舍楼，指派消防车去镇上给医疗队拉水，并亲自带领工作人员对医疗队的供水管道进行抢修，说必须保证医疗队队员吃饭和洗澡的用水。

抢修人员见老人年龄大，劝他回办公室休息，说有事给他汇报。老人说他不走，他要看着队员们吃上中午饭，才放心。老人倔强和坚决的态度，使抢修人员丝毫不敢马虎。40 分钟后，消防车把队员做饭和洗澡用水全部拉回来了，水管抢修人员也找到了断水的原因，是水泵坏了。老人立即派人到阿布欧舍镇上买，并嘱咐他们安装好，通水后向他报告。

在阿布欧舍，不单单是穆罕默德·丁老人视中国医疗队队员如亲人，时常挂念他们生活和工作的难处，在医疗队和队员遇到危难的时刻，当地人总是挺身而出。

秦军川清楚地记得，有一次苏丹刚下过特大暴雨。冯翻译拉了一车物资从大使馆出发，准备送到阿布欧舍医院，但是车开到半路就没法走了。上涨的河水冲断了唯一的公路，他只能看着公路发呆。那时候，由于医院没有电话，就连使馆要传达的事情也由人开车过去转达。而且这是一周一次的补给，如果连这都无法保证了，那边的生活会陷入困境。他也开始学当地人开着车往河的上游绕，心想总会有一处河水浅，车能开过去。

他欣喜地把车开到河中央的时候，车轮陷在了泥里。在他一筹莫展的时候,不知道什么时候来了一群当地人,大家直接就把车抬到了岸上。冯翻译正准备下车感谢的时候,人们已经默默离开了。

"为什么众人会帮着抬车?"秦军川事后和穆罕默德·丁老人说起此事,老人回答说:"因为这是中国医疗队的车啊,大家都认得。"听到老人这么说,秦军川再次感到那种温暖。其实秦军川平时在街上,也时常看到很多当地人主动给中国医疗队的车让道。那不只是对医疗队的尊重,更是对中国政府和中国人的尊重。

对于这些现象,秦军川经常对队员们说:"医疗队无论在哪里,都是中国人的一个缩影,是代表着中国的形象的。我们做事都要认真,尽职尽责。我们是代表中国政府对苏丹进行帮助,苏丹人民受助于我们,他们也对我们很友好。这是一种很深很深的感情,也会继续传承下去。"

在苏丹大地上,不光是老百姓记着中国医疗队的好,许多官员、上层人士也不忘中国医疗队的恩惠善行。

苏丹共和国卫生部办公厅秘书长哈桑博士,患面瘫半年多,症状明显,严重影响着他的对外形象。医疗队雷正权副主任医师耐心细致地运用针灸、拔罐、推拿等传统综合疗法为他治疗3个多月后,基本治愈了这位卫生部官员的面瘫。从此以后,在与苏丹卫生部商谈协议,为医疗队办理相关手续、新队员签证等重要事情时,哈桑秘书长总是热心友好地积极促成,迅速办理。中国医疗队在苏丹的40多年里,先后接待了苏丹共和国总统府各部政要、军界首脑和一些社会名流,让他们亲身感受中国人民的友好和中国专家的高超医术,加深了他们对中国的了解。医疗队队员们热忱的服务、精湛的医术,树立了中国人良好的国际形象,完成了白衣天使和外交大使的光荣使命,得到了苏丹政府和人民的高度评价。

第三十三章　选定婚房

在非洲，苏丹人的传统婚礼以场面豪华、礼仪繁多而闻名，现在已大大简化，但依然要比其他北非阿拉伯国家复杂一些。在苏丹，某个小伙子若对某家的姑娘有意，他的父母也表示赞同，再征求家庭其他成员的意见，在全家看法一致的情况下，便委派代表（一般为女性）带上现金、糖果、香水、化妆品等礼物到姑娘家提亲。如果姑娘家热情款待来人，并高兴地接受所馈赠的礼物，婚事便大体上确定下来了。此后，选择一个吉祥的日子举行订婚仪式。

订婚仪式上，男女双方在证婚人、教长和亲朋好友面前，先诵念《古兰经》开端章，然后抚摸着《古兰经》起誓，要遵循安拉的旨意，忠诚于婚姻大事，夫妻同甘共苦，和睦相处，建立美满幸福的家庭。

在苏丹也盛行送彩礼之风，订婚仪式后，男方家将一箱一箱的东西送到女方家，包括各类点心、糖果、衣物和日用品等，有的简直可以供开一家小商店。

面对沉重的彩礼负担，经济条件好的家庭可以承受，家境贫寒的年轻人只能望"婚"兴叹，有的人不得不打一

169

辈子光棍。 按照苏丹民间传统，订婚仪式之后，男方只
有送足彩礼，双方家庭才能正式商定举行婚礼的具体
日期。

一个难得的比较凉爽的黄昏,恩图曼友谊医院一位护士结婚,秦军川
和队员们应邀去参加婚礼。大家坐定后,新娘邀请自己的好友艾玛护士
为大家唱一首歌。艾玛护士落落大方地走到婚礼庆典台上,对秦军川和
医疗队队员及参加婚礼的客人说:"今天是我好友的婚礼,我给大家唱一
首我自己写的歌,歌名叫《美丽的天使中国来》。"说完,她就唱了起来:

> 黄色的面庞
>
> 洁白的衣裳
>
> 胸前的五星红旗闪金光
>
> 像那吉祥的雄鹰
>
> 飞临非洲大地上
>
> 一个又一个村庄
>
> 为非洲人民除病祛痛
>
> 带来安康，带来安康
>
> 让我们记住
>
> 中国，中国
>
> 大爱无疆
>
> 黄色的面庞
>
> 洁白的衣裳
>
> 胸前的五星红旗闪金光
>
> 像那圣洁的天使

走在非洲大地上

一户又一户人家

为非洲人民送医送药

带来吉祥，带来吉祥

让我们记住

中国，中国

大爱无疆

　　艾玛护士满含深情的歌声赢得了大家一阵又一阵的掌声。秦军川激动得站了起来，他怎么也想不到艾玛护士会写出这么规整而动听的歌词来。陶醉在艾玛歌声中的那一刻，秦军川也想到了艾玛和奥斯曼的婚事。"多么聪慧的姑娘啊！"秦军川心想。艾玛护士和奥斯曼的感情可以说已到了水到渠成的时候，可为什么迟迟不举办婚礼呢？一时还拿捏不准其中的原因，他想自己得找奥斯曼谈一谈，把两个人的婚事促一促。

　　正在秦军川走神的时候，阿明院长端了一份主人为参加婚礼的客人准备的招待餐递给秦军川。秦军川接过一看，有生拌羊肝、烤骆驼肉、油煎鱼块、炸鸡腿以及一桶苏丹"模糊面"。秦军川边吃边和阿明院长聊起艾玛唱的那首歌，他俩说着说着，就把话引到艾玛护士和奥斯曼的婚事上来。他俩觉得作为双方的领导，有义务和责任给双方点把火，促一促举办婚礼的进度，最后商定明天分别去找奥斯曼和艾玛谈谈。

　　第二天，秦军川在奥斯曼忙完帮厨工作之后，把奥斯曼叫到医疗队的菜地里去除草。他们一边在丝瓜地里拔杂草，一边理顺丝瓜藤。秦军川问一头大汗的奥斯曼："你这头傻牛，一天光知道干活，什么时候去犁艾玛护士那块田呀？"奥斯曼正忙着，忽然听秦军川问起他和艾玛护士的婚事，一时慌了神，不知道如何回答秦军川，一个劲儿地冲秦军川傻笑，他越笑头上的汗越多。秦军川一时觉得自己直接问奥斯曼有一些唐突，把个老实人憋得浑身冒汗，无言以对。随手把自己的毛巾递给奥斯曼说："擦擦头上的汗，一句话把你弄成这个窝囊样，以后和艾玛护士过日子，你这个笨牛还不得出尽洋相。"奥斯曼不好意思地说："我只知道你叫我来干活，没有想到你会问我和艾玛的婚事嘛。""咋咧，我不该问你们的婚事吗？"秦军川装作有些生气了。

"应该，应该！"奥斯曼以为自己的话真把秦军川惹恼了，一个劲儿地向秦军川道歉。秦军川寻思着不能真把奥斯曼这个笨牛逼急了，他对奥斯曼说："那好，既然我应该问，也可以问，那你给我说说，你和艾玛谈过什么时候结婚吗？"

"我们，我们……"奥斯曼吞吞吐吐的不知道如何往下说。

秦军川看奥斯曼说这话时，犹犹豫豫还面带难言之色，忙问道："遇到什么难事了还是艾玛护士那边有问题？"

"不是，不是艾玛的事，是我……"奥斯曼说这句话时，明显的底气不足，给人一种心中有事、难以开口的感觉。

"还有啥心事，你对我讲明白，看我能不能帮你。"秦军川从奥斯曼说话的语气中，感到奥斯曼肯定是遇到什么难事，一直不好意思向自己开口，于是，他就追问起奥斯曼来。

奥斯曼看菜地里也没有别人，秦军川又是自己无话不谈的领导和朋友，他从丝瓜架旁闪身出来，咽了口唾液对秦军川说："本来我想等一段时间再对你说，你今天问了，我就只好今天在这儿给你说了。""快说嘛，别婆婆妈妈，你这大笨牛。"秦军川有些等不及了。

奥斯曼看秦军川真急了，忙说："是这样的。我和艾玛也说到结婚的事了，可是我们没有房子。你知道的，我住在医疗队，艾玛住在医院的集体宿舍，我们要办婚礼，总得有一间新房呀。租房，我们又没有足够的钱，因此，这事就一直放着。"

听到奥斯曼说了自己迟迟没有办婚礼是因为没有婚房，秦军川一拍自己的头,后悔自己为什么没有早一点发现这个问题,今天还逼着奥斯曼亲口告诉自己,他觉得自己这个和奥斯曼天天在一起的领导,当得可真不合格、不称职呀。听完奥斯曼的话后,他对奥斯曼说:"别急,奥斯曼,新房的事我想办法帮助你。你千万别着急,好好干自己的工作,我去想想办法,一定帮助你。"

奥斯曼见秦军川把难事揽在自己的肩上,刚想说几句感谢的话,医疗队的队委柳小刚跑过来对菜地里的秦军川喊道:"秦队长,有客人来了。""谁呀?"秦军川问柳小刚。柳小刚立即高声回答道:"是阿布欧舍医院穆罕默德·丁老院长来了,阿明院长陪着呢。""知道了,你先把客人带到我的办公室,倒上水,我洗个手就来。"秦军川边交代柳小刚去招待客人,边用手指了指奥斯曼,奥斯曼明白秦军川是让他回去休息。两人一前一后走出菜地,一个去了水房,一个去了厨房。

穆罕默德·丁老人和阿明院长刚刚在秦军川的办公室坐下,秦军川就赶回来了。他一进办公室连忙向两位院长道歉说:"两位大院长,回来晚了,没有在门口迎接两位,请原谅!"穆罕默德·丁老人先开口了,他习惯性地用右手将了将雪白的胡子,把拐杖往沙发旁一靠,慢条斯理地说:"秦队长,我可是没有提前给你打招呼就来了,搞了你个突然袭击,又没让你在门口接,你道什么歉嘛!""就是,我们是老熟人,如果还讲那些客套的东西,我们就不是一家人了!"阿明院长一边帮穆罕默德·丁老人的腔,一边暗示秦军川别怪罪自己待客不周了,赶紧把自己上好的中国茶拿出来,给他们泡上。

人人都端上一杯秦军川泡的中国龙井茶之后,穆罕默德·丁老人说:"军川队长,今天冒昧来访,有两件事。上次我的中国朋友李文武的儿子李忠院长来看我,时间急促,我想让他给李文武带点纪念品回去,当时光顾着高兴和激动,竟一时想不起来带点什么。这几天我反复想这个问题,终于找到了一张当年我俩的合影照片,我让人翻印了一张,装好镜框,麻烦你让回中国去的医疗队队员或回国开会出差的人帮我捎到中国去,送给李先生。他也80多岁了,这可是我们最好的纪念,所以着急找你来了,这是一件事。第二件事是,听李忠院长讲,他哥李兵在南苏丹救了一位叫奥斯曼的南苏丹牧民,我想李文武儿子救的人,也就是李家在苏丹的朋友,既然是李家的朋友,也就是我穆罕默德·丁的朋友。听说人在你们医疗队,他的工作生活上有什么困难,只要我能帮上忙的,让他尽管对我说。"

穆罕默德·丁老人一口气把自己今天到秦军川这儿要办的事讲完了,如释重负地端起杯子喝起茶来。

秦军川对穆罕默德·丁老人说:"请放心,第一件事我尽快去落实,以最快速度给你带回去,保证完好无损地交给李文武老人,了结你的心愿。至于奥斯曼,他目前在医疗队帮忙,收入虽然不高,但还过得去。目前他个人生活方面确实遇到了一点小困难,我下来和阿明院长商量着想办法解决。""怎么和阿明院长商量解决,不和我商量呢?"穆罕默德·丁老人听秦军川帮助奥斯曼时和阿明院长商量,不和自己商量,有些不高兴地说道。秦军川连忙解释说:"不是,奥斯曼目前工作生活在恩图曼,在我和阿明院长的管辖范围之内,你老人家在150公里以外工作生活,照顾起奥斯曼来有些远,而且确实不方便。""我们的秦队长讲得有道理,您确实有些远。"半天没发言的阿明笑着帮秦军川说。"没有什么不方便的,我在恩图曼有一个屠宰场,那里有住有吃,我时常过来住一住,不是离你们和奥斯曼挺近的嘛!"穆罕默德·丁老人极力说明自己也在可以照顾奥斯曼的范围之内。

秦军川笑着示意阿明院长后,对穆罕默德·丁老人说:"目前,确实有件事,我们得合起来想办法帮帮奥斯曼。""什么事,你就直说吧。"阿明院长和穆罕默德·丁老人异口同声地对秦军川说道。

"是这样的,我和阿明院长一直想帮助奥斯曼早点解决婚姻问题。

现在奥斯曼的女友有了,可是没有办婚礼的新房呀! 我正为这事发愁呢。""对,对!"阿明院长马上附和道,接着又说:"今天一大早,我也和艾玛护士谈了谈,艾玛护士也说是因为房子问题,她和奥斯曼迟迟办不了婚礼。"

"到底是什么原因弄不到婚房呢?"穆罕默德·丁老人有些不解地问道。

"是这样。我们医疗队住的专家楼,基本是一人一间,空的是一间警卫室。目前奥斯曼住着,但是那儿不能当新房呀!"秦军川对两位院长解释道。

阿明院长听秦军川这么一说,连忙把责任揽到自己身上,抱歉地说道:"艾玛护士是我们医院的人,从我们院方和地方的角度来讲,确实应想办法给艾玛解决婚房。但苏丹方面有规定,医院只可以给她工作,不谈住房等福利。况且像艾玛护士的情况,医院有不少人,我怕是解决一个影响到一片……"

"这有啥难的! 你们这些吃公家饭的办事得按规矩来,我这个半官方半民间身份的人,有些事我来办会更好些,也省得让你们为难。"穆罕默德·丁老人一副信心十足的样子,对阿明院长和秦军川说道。

"你老人家有啥好办法解决奥斯曼的难题,就快点说出来,别让我和阿明院长着急嘛。"秦军川像个学生着急向老师问答案似的追问穆罕默德·丁老人。

"活人还能让尿给憋死吗? 你们公家没有房子,为什么不去租房,或者说向我借房呢?"

"对呀,我们怎么没有想到这个办法!"阿明院长和秦军川茅塞顿开,直夸穆罕默德·丁老人的主意好。

穆罕默德·丁老人也被阿明院长和秦军川夸得喜上眉梢了,十分兴奋地对阿明院长和秦军川说:"帮人帮到底。我屠宰场那里有一间 60 平方米的房子,因为是新盖的,还没有人住过,就暂借给奥斯曼当新房。后边有机会了,我们一起帮奥斯曼在恩图曼置办一处房产。"

"我就先代表奥斯曼谢谢穆罕默德老院长了,一会儿让他来当面谢你。"秦军川见自己心头的一块石头被穆罕默德·丁老人给搬走了,感到了一身的轻松。他马上嘱咐炊事员庄红星中午做中国菜,感谢穆罕默德·丁老人和阿明两位院长对中国援苏医疗队工作的支持和对奥斯曼无微不至的关心。

"你呀,你这个秦队长!"穆罕默德·丁老人笑着端起茶杯。一旁的阿明院长笑看着打趣的老人和秦队长……

第三十四章　结婚邀客

　　苏丹民众的婚礼场面豪华、仪式繁多，婚礼一般至少持续两天，主要在女方家中举行。 双方亲朋齐聚一堂，举行盛大的宴会和热闹的庆祝活动。

　　家境富裕者的婚礼连续庆贺 7 天，意在借此炫耀自己的地位和名誉。 经济条件一般的家庭也要庆贺 3 天。

　　在很多地区，参加婚礼的小伙子们要举行骑骆驼比赛。 赛骆驼由女方家庭组织。 吃过早饭后，新娘的众位叔叔和堂兄弟带领小伙子们骑上骆驼直奔沙漠深处，到了一定的距离就折转回来，看谁的骆驼跑得最快。

　　　　穿过死亡之门
　　　　超越年代的陈旧道路到我这里来
　　　　虽则梦想褪色，希望幻灭
　　　　岁月集成的果实腐烂掉
　　　　但我是永恒的真理，你将一再会见我
　　　　在你此岸渡向彼岸的生命航程中

　　　　　　　　　　　　　　　　——泰戈尔

自己将要再一次走进婚礼的殿堂,步入人生的第二个春天,在这个连自己都按捺不住的喜悦时刻,奥斯曼想起了与自己同生死、共命运的兄弟,此刻与自己相隔千里的杜鲁布拉村长,他生命中非常重要的人。

自己的喜事要不要告诉远方的亲人杜鲁布拉村长,奥斯曼犹豫不决。一是他至今没有找到与杜鲁布拉村长的联系方式。二是他怕杜鲁布拉村长一旦知道自己将要结婚,来吧,远隔千里,又有好多的关口要过;不来吧,杜鲁布拉村长的心里肯定不好受。因此,为这个事,奥斯曼又纠结又心烦。

心里有事,干活就会不专心,就会出乱子。他做中午饭切土豆时,不小心把手给切破了,伤得还不轻。艾玛护士过来帮他包扎伤口时,一个劲儿地埋怨奥斯曼越忙的时候越添乱,不知道爱惜自己的身体。对于女友艾玛护士的说道,奥斯曼并没有在意,他一笑了之,可是他那不真实、不是反映心里高兴的笑,一下子让艾玛护士给看穿了,追问他这段时间为什么不太高兴,而且干什么事都心不在焉。

奥斯曼认为自己也没有必要对女友艾玛隐瞒什么,便告诉了艾玛自己的心事。艾玛知道后,她也为难了。因为奥斯曼无数次在自己面前说过他与杜鲁布拉村长的生死交往和传奇故事,她虽与杜鲁布拉村长没有见过面,但她从奥斯曼那里清楚地知道,杜鲁布拉村长是奥斯曼人生交往中很重要的一个人物,而且是一个品德高尚、见义勇为、无私奉献的大好人。自己和奥斯曼的婚事又是奥斯曼人生中最大的事件之一,按照南苏丹的风俗和奥斯曼与杜鲁布拉村长的交情,同时也是对杜鲁布拉村长的尊重,反复思考后她觉得奥斯曼应该把自己结婚的事,郑重地告知给杜鲁布拉村长。

想到这儿,艾玛护士对奥斯曼说:"傻大牛,我认为咱俩的婚礼应该邀请杜鲁布拉村长。他来与不来,咱们都要把喜事告诉他!"

奥斯曼见女友艾玛在这件事上坚持诚心邀请的立场,他高兴地同意了,但对该如何与杜鲁布拉村长联系,又面露难色。艾玛护士用手拍了一下奥斯曼的肩头说:"你真是一头傻大牛,这事咱们去找军川队长,他肯定有办法。""我咋就把这个茬忘了呢? 早知道,我早就找他了,为这个事害得我心里憋屈不说,还把手给切了,真的!"奥斯曼说着,用那只完好无损的左手拉着艾玛找秦军川去了。

他俩来到秦军川办公室时,秦军川正在接电话,见他俩进来了,示意他俩先坐下。原来,早上9点多,喀土穆东部有大风暴,因为能见度低,正在公路上行驶的一辆卡车与一辆客车相撞,两车损毁,20多位乘客伤势严重,急需抢救。秦军川与阿明院长通话安排恩图曼友谊医院班副院长和医疗队队委柳小刚,带着所有救护车,赶往出事地点,他和阿明院长坐镇医院指挥,并协调医院做好抢救工作。经过3个小时的忙碌,送到恩图曼友谊医院的8位重伤员和7位四肢骨折伤者,全部得到救治。看着伤员病情稳定了,秦军川告别了阿明院长后立即向中国驻苏丹大使馆汇报整个救治情况。

奥斯曼和艾玛护士见秦军川忙得不可开交,两人决定先回去,等秦军川不忙了再来说他们的事。刚要起身告辞,秦军川示意他们坐下,再等一下。秦军川没有让奥斯曼和艾玛护士走,因为他看出来了,这两个人一块儿来找自己,肯定是有什么解决不了的事,要他拿主意或者帮忙,他再忙也不能让这两个朋友白跑一趟,于是留住了他们。

秦军川和李大使说到最后,奥斯曼和艾玛护士听到秦军川对李大使说:"奥斯曼有事要办,可能要动用那2万镑救助金。"李大使在电话那边说:"只要是奥斯曼本人同意,我们随时解决。"

"那就谢谢李大使了。"秦军川说这话时,刚才还一脸凝重的表情,显得轻松了许多。

放下电话,秦军川对奥斯曼说:"你这头傻牛,我忙着打电话,你也不给艾玛倒水。"

没等奥斯曼开口,艾玛护士连忙解释说:"他手伤了,倒不成,我不渴。"

秦军川看了一眼奥斯曼受伤的手,忙说:"对不起,冤枉你这个傻牛了。你俩到我这儿来,肯定是有什么事吧?"秦军川在把一杯倒好的水递给艾玛,另一杯给奥斯曼放到茶几上的同时,询问起了他们的来意。

"是这样,秦队长,我和奥斯曼想把我俩结婚的事,告知一下杜鲁布拉村长,可没有他的联系方式和地址,过来想请你帮忙的。"艾玛护士心直口快地对秦军川说道。

"是这样呀,这个忙我能帮上。"说着,秦军川从自己的手机里查到了中国援南苏丹维和部队步兵营刘政委的手机,他当着奥斯曼和艾玛的面,向刘政委说明情况,请他帮忙联系杜鲁布拉村长,联系好以后,约定时间让奥斯曼和杜鲁布拉村长通电话。刘政委在手机上满口答应帮助奥斯曼,并交代秦军川转达他对奥斯曼和艾玛护士的祝贺。

听着秦军川队长为自己安排好了一切,奥斯曼和艾玛护士站起来,一个劲儿地对秦军川说感谢。秦军川说:"你们两个还拿我当外人啊?"说完,笑着把他俩送出了办公室。

第三十五章　众人帮忙

> 幸福奔流的尼罗河
>
> 浪涛汹涌
>
> 抵达干渴的心灵
>
> 润荒漠
>
> 救穷人
>
> ——苏丹谚语

　　正在秦军川等待中国援南苏丹维和部队步兵营刘政委关于杜鲁布拉村长的消息时，他从电视新闻中获知：

　　本月1日，南苏丹安全局势趋于紧张。在位于西赤道州的瓦乌市，政府军和反政府武装连续多天发生激烈交火，造成大量难民拥入联合国营地寻求庇护；在首都朱巴，经济状况持续恶化，频繁出现抢劫联合国和非政府组织工作人员及枪杀外国商人事件；在联合国驻南苏丹特派团部队司令部组织的一次联合巡逻中，民事人员在距朱巴100公里的卡亚检查站遭到政府军的警告和扣押。

　　本月2日下午5时，中国维和步兵营作战值班室电话骤然响起，联合作战中心通报，3名非政府组织工作人员在1号难民营附近遭到袭击，命令中国维和步兵营前往救援。王营长、刘政委带领应急指挥组、外部巡逻队和野战救护车迅速出发。赶到现场后，官兵们立即展开战斗队形，但只找到了被损坏的车辆，不见人的踪影。经扩大搜索范围，才将躲在草丛里的工作人员接到步战车里，随后送至安全区域。

本月3日，在卡卓卡季位于首都朱巴以南140公里处，发生多起武装冲突，给当地平民造成极大安全威胁。由于该地区目前没有部署维和部队，联合国亟须一支可靠力量前往摸清安全态势，为下一步行动决策提供有效信息支撑，并为正在推进的联合国人道主义救援提供武装保护，显示联合国存在，增强当地民众保持和平稳定的信心。

面对前所未有的危险，中国维和步兵营再次担起重任，王营长和刘政委再次带领96名官兵按令出征。途中，长巡分队遭到政府军检查站多次阻挠，指挥官根据联合国协定据理力争，最终得到放行。傍晚时分，天降暴雨，道路泥泞不堪，官兵们只得在一处废弃村落宿营。晚上8时许，不远处突然传来枪响，子弹从营地侧上方嗖嗖飞过。"有情况！"官兵们按照应急预案迅速反应，子弹全部上膛做好了战斗准备。据哨兵观察报告，在宿营点西北侧三四百米远处有3名武装分子边走边朝营地偏右方向射击了5发子弹。按照联合国交战规则，长巡分队立即向其喊话，表明联合国部队身份和立场，并向其发出再向维和部队开枪就还击的警告，对方再没有轻举妄动，迅速转身离开。

虽然遭遇到突发事件，但王营长和刘政委带领的中国官兵们没有退缩，天刚亮，长巡分队便启程向更深入、更危险的目标地域进发。任务结束后，联南苏丹团南战区作战处长琥珀专门发来邮件，对王营长和刘政委带领的中国营的出色表现提出表扬。

难怪刘政委迟迟没有回信，原来是这样呀。秦军川不免为刘政委他们以及杜鲁布拉村长的安危担起心来。

说来也怪，东边不亮西边亮。秦军川没有等到刘政委的回信，却等来了穆罕默德·丁老人打来的电话，给他说奥斯曼的婚房已经让人腾出来了，让他有空带奥斯曼去看看行不行。

奥斯曼焦急地等着杜鲁布拉村长，秦军川正想着怎样缓解他的情绪，穆罕默德·丁老人送来了可以让奥斯曼高兴的消息。

秦军川拿起桌上的电话，没有打给奥斯曼，先拨给了阿明院长。电话里秦军川把穆罕默德·丁老人为奥斯曼准备好婚房，让他们过去看看的事告诉了阿明院长，希望他叫上艾玛护士，下午和自己与奥斯曼去看看。阿明院长听完秦军川电话里送来的喜讯，立即表态说，下午3点钟集合，一起去穆罕默德·丁老人的屠宰场，给奥斯曼和艾玛护士看新房。

阿明院长还真守时，果然下午3点钟开车来到医疗队大门口，秦军川和奥斯曼在院里早就看见了阿明的车和车上坐着的艾玛护士。秦军川和奥斯曼加快了脚步，小跑着赶到阿明的车前。阿明院长看人一到就迅速打开了车门，秦军川和奥斯曼一前一后坐了上去，阿明院长一踩车的油门，汽车嗖的一声蹿了出去。

为了方便找到穆罕默德·丁老人的屠宰场，阿明院长早早地做好了准备工作，他放下秦军川的电话后，专门打电话给穆罕默德·丁老人，问清了屠宰场的位置和行车路线。所以，他一出医院大门就直接向恩图曼农业区，也就是老城开去。

车上，奥斯曼的心思都放到自己的婚房上，一时忘了问秦军川刘政委来没来电话的事。秦军川也把话题往婚房上说，以免奥斯曼或艾玛问起刘政委回话的事，自己不好回答。

阿明院长是一个老苏丹，对恩图曼的交通、道路、地形、地貌十分熟悉,三拐两拐的20分钟就来到穆罕默德·丁老人的屠宰场。老人早早地等在场门口,见阿明院长的车到了,忙让工人打开了场子的大门。

阿明院长把车停在穆罕默德·丁老人面前,秦军川先下了车,向老人介绍了随后下车的奥斯曼和艾玛护士。老人是第一次见奥斯曼和艾玛护士,热情地和他们拥抱,说道:"我的壮实的小伙子,还有漂亮的姑娘!真是一对有缘的大雁,同林的鸟儿。"秦军川看阿明院长停好车过来了,就对激动的老人、奥斯曼和艾玛说:"尊敬的老院长,看完房,您再和您骄傲的牛犊、鸟儿亲热吧。大热天的,咱们先去看婚房吧。"

穆罕默德·丁老人用拐杖指着场子西北角的一栋楼顶还露着一截钢筋的水泥房,对秦军川、阿明院长、奥斯曼和艾玛护士说:"房子就在那一栋楼里。"

秦军川一行人在穆罕默德·丁老人的带领下,走进了房子。房子不是很大,有60多平方米,装饰得很简单,只刷了白墙,通了水电,其他装饰没有,地板还是毛坯地。秦军川和阿明院长看了看后,对穆罕默德·丁老人说:"不错、不错,让你老人家操心了。"奥斯曼和艾玛护士看了也很满意,说自己再收拾收拾完全可以当婚房用。

从楼房里出来,穆罕默德·丁老人把秦军川他们让进自己在场子里住的足有100多平方米的大房间。老人让人给秦军川他们端上芒果、红柚和香蕉,并亲自给秦军川、阿明院长、奥斯曼和艾玛倒上苏丹红沏的茶水。

大家坐定后,老人对奥斯曼和艾玛护士说:"你们的婚事,秦队长、阿明院长都很重视,作为朋友我也只能帮你们这点忙了。你们看了之后,哪里还需要收拾的,请对我讲,我一定尽量满足你们的要求。"

奥斯曼和艾玛护士站起来,一再感谢穆罕默德·丁老人,连忙对老人说:"房子非常不错,已经收拾得很好,下一步我俩再添置些东西就行了。"

穆罕默德·丁老人见奥斯曼和艾玛护士对房子很满意,他也十分高兴地说:"那好,房子的事就这样。办婚礼那天的歌舞、司仪我给你们来请,这方面的开销,你们就不用管了,我来承担。"

奥斯曼和艾玛护士刚刚坐下来,又听穆罕默德·丁老人帮自己又请歌舞又请司仪的,再一次站起来,向老人表示谢意。

阿明院长见穆罕默德·丁老人,一个远在150公里以外的阿布欧舍医院的院长都表态为奥斯曼和艾玛的婚礼解决实质性的问题了,也有些坐不住了,当着秦军川、穆罕默德·丁老人以及奥斯曼、艾玛的面,他说:"艾玛护士是我们医院里的人,她的婚礼理应得到我们院方的支持和帮助。我以院长的身份表态,婚礼那天的车队、婚宴由我们医院来承担。"奥斯曼和艾玛护士刚想站起来表示谢意时,被阿明院长制止了。

见穆罕默德·丁老人、阿明院长对奥斯曼和艾玛护士的婚礼都有了明确的态度,秦军川也表态说:"奥斯曼现在在我们医疗队帮工,那就是我们医疗队的人,也就是说我们医疗队是奥斯曼的家人,因此,我们上上下下对奥斯曼和艾玛护士的婚事很重视。从公来说,我已向中国驻苏丹大使馆申请回来了奥斯曼的2万镑补偿金,同时我们医疗队也力所能及地给他们一些补助;从私来讲,我们医疗队队员包括我在内,为奥斯曼和艾玛护士的婚礼准备了一些礼盒和礼品,以表示我们的祝贺。"

秦军川刚刚说完,阿明院长半开玩笑半认真地说:"我们今天可是开了一个国际性的会议,对于奥斯曼和艾玛护士的婚事,中国和苏丹两国友人都表态了,而且达成一致性的意见。看来我们奥斯曼和艾玛护士的婚礼,可以写入我们恩图曼友谊医院和中国援苏丹医疗队的历史了。"

　　穆罕默德·丁老人听阿明院长这么一讲,有些生气了,他瞪了一眼阿明院长说:"你说的不对,怎么把我们医院落下了? 应该是奥斯曼和艾玛护士的婚礼,是中苏两国友人共同努力,共同促成的结果,应该写进中苏友好阿布欧舍医院、恩图曼医院和中国援苏丹医疗队,乃至中苏两国友谊的史册!"

　　在场的所有人哈哈大笑,都说穆罕默德·丁老人说得既全面,又有水平,不愧是一位终生促进中国和苏丹友好的"老人家"!

第三十六章　三八义诊

"真诚感谢你们再次为我们部落民众查体看病……"
1月25日下午，巴比拉部落酋长拉比握着中国医疗队队长秦军川的手紧紧不放，感谢医护人员为部落民众义诊。

每当中国医护人员来义诊，当地民众就穿上节日的盛装，自发来到村口欢迎中国医生的到来。医疗队队员在一天中，会为部落民众诊治眼科、外伤、牙科、妇科等方面的疾病。

义诊完毕，当地民众以欢快的土著舞蹈欢送中国医生，酋长拉比恋恋不舍地一直把中国医疗队队长秦军川和医疗队队员送到路口。

三八国际妇女节快要到了，秦军川接到中国驻苏丹大使馆的通知，要求中国援苏丹医疗队集中力量，在苏丹首都喀土穆搞一次"情系非洲大地，关注妇女健康"的义诊活动。

世界卫生组织驻苏丹代表玛丽女士也打来电话对秦军川说："由于受安全形势不稳定和贫困、通货膨胀等经济原因影响，再加上战乱后南苏丹、叙利亚、也门等国外难民的拥入，给本来就缺医少药的苏丹医疗工作带来了巨大的压力。很多疾病，特别是广大妇女的妇科疾病，不能及时及早发现,导致了很多女同胞面临死亡或残疾。我希望秦队长带领中国援苏丹医疗队搞好这次义诊活动,凸显以中国医生为代表的世界人民对非洲妇女权益的重视,为联合国和中国在苏丹树立良好的形象。"

中国驻苏丹大使馆的通知和世界卫生组织驻苏丹总代表玛丽女士的电话,让秦军川掂量出这次活动的分量,这可是一次具有深远政治意义和体现国际人道主义的大活动,必须高度重视,亲自抓好落实。放下电话,他马上安排队委柳小刚电话通知3个医疗点的医疗队队员,全部返回恩图曼友谊医院,由队委章宝峰带车把他们接回,全力以赴投入到义诊活动中去。

义诊当天,秦军川亲自带队,将40名医疗队队员分成妇科、儿科、外科、眼科等8个科室,现场开展义诊活动。在义诊现场,义诊桌和就诊位上座无虚席,中国医疗队队员在当地翻译的帮助下,热情地为闻讯先赶来的百名就诊患者和咨询人员检查、服务。奥斯曼也在拥挤的人群里发放妇女健康常识宣传单,嘴里重复着他似懂非懂的"预防很重要,治疗要抓紧……"医疗队队员们则根据每个患者的病情向她们讲解治疗和预防常识,并发放和赠送部分常用药品,对患病较重的予以及时收治。在喀土穆高达40多摄氏度的气温下,医疗队队员冒着高温有条不紊地坚持着接诊。

快到中午12点时,中国驻苏丹大使馆李大使和苏丹总统巴希尔的夫人、苏丹总统助理贾兹、萨纳德慈善基金会董事局主席薇达德·巴比克一行中苏政要和友好人士来到义诊现场。中国驻苏丹大使馆李大使、苏丹总统夫人、总统助理贾兹先生,将中国政府向喀土穆州残障妇女捐赠的300辆轮椅和250对拐杖,移交给就诊的女患者和相关慈善部门。

贾兹先生代表苏丹政府感谢中方长期以来对苏丹人民的帮助,对苏丹妇女儿童健康的关注,他称这次义诊和捐赠活动体现了中苏人民间的传统友谊,苏丹人民是永远不会忘记的。按照活动安排,李大使让秦军川代表中方讲话。秦军川说道:"向苏丹人民、非洲人民提供健康服务是我们中国援苏丹医疗队的神圣使命,治病救人更是我们医疗队和医疗队队员的责任。此次义诊,我们共接诊病人 370 人次,发放药品价值 3 万余元,发放宣传材料 2 万份,收治病人 42 人。下一步,我们将会继续努力,力所能及地为苏丹人民、非洲人民提供更多的帮助和救治。"整个义诊现场,不分肤色的群众,对秦军川的讲话报以热烈的掌声。

义诊宣传活动即将结束时,李大使走到秦军川跟前说:"有一个任务,你带上柳小刚和我去一趟苏丹陆军医院,这里的工作交给队委章宝峰。"秦军川说:"好的,我这就去安排,一会儿我和柳小刚到你的车前会合。"

"好吧,你们快一点。"李大使说完陪着苏方政要和友人离场,秦军川去叫柳小刚和司机穆沙。

秦军川的车紧跟着李大使的车,行驶了半个小时,来到了苏丹陆军总医院。下车时,秦军川看见一位苏丹陆军军官和李大使打招呼,等秦军川和柳小刚走过来,李大使说:"这位苏丹陆军将军带你们去给一位夫人看病,我在院长办公室等你们。"

说完,李大使被苏丹陆军总医院一位副院长陪着走了。秦军川和柳小刚随着那位陆军将军来到一间高级的单间病房。上楼梯时,这位苏丹陆军将军对秦军川和柳小刚用英语说:"腰椎骨折了,越来越严重,请中国医疗队的大夫来看看。"

秦军川说:"谢谢将军对我们医疗队的信任,我们会尽力的。"

很快,秦军川和柳小刚被引到患者的床前。柳小刚在苏丹陆军总医院军医的陪同下,对这名 41 岁的女患者进行了检查。检查完之后,柳小刚给在场的人讲了自己的诊断意见。他认定是下肢深静脉血栓,也称肺栓塞。"怎么会是血栓呢？不是腰椎骨折吗？"那位苏丹陆军将军有些不解。秦军川见他有不同看法，提议有必要和苏方陆军军医会诊一下，并请李大使和苏丹相关领导临场参与，大家再确诊。秦军川之所以会说出这样的提议，因为外事无小事，不可轻率而为。

苏丹军方和患者家属同意了秦军川的提议，大家一起和李大使与苏丹陆军医院的副院长来到医院的会客室。柳小刚对大家讲了自己的诊断理由，说："患者因腰椎骨折一直处于卧床状态，引起了下肢肿胀，伴有胸闷不适。我观看了患者的超声检查报告，见患者下肢深静脉血栓已形成，再看患者 CTA 检查所见，左下肺动脉部分分支内有栓子。因此，我诊断患者有肺栓塞存在。"

苏丹陆军军医听完柳小刚的诊断，他们又查看了患者的检查报告，同意了柳小刚的诊断。那位陆军将军见中苏大夫都同意了中国医疗队柳小刚的诊断，他有些着急地问："怎么治疗呢？还请中国医疗队一定帮忙。"

李大使忙安慰那位苏丹将军说："别着急，我们一定会尽全力为你夫人治疗的。柳小刚，你说说你的治疗意见吧。"

"我认为必须对患者进行手术，为患者置入下腔脉滤器，预防大块血栓脱离造成严重肺栓塞。"苏丹陆军医院的大夫对柳小刚的治疗方案进行了认真的讨论，并就有关问题向柳小刚进行深入咨询。最后，苏方同意了柳小刚的治疗方案，一致邀请由柳小刚担任主治医生。

李大使看了秦军川和柳小刚一眼，说："你们下来和苏丹陆军医院的大夫再研究一下，拿出切实可行的方案，保证手术的成功。"

"请大使放心，我们会认真做好治疗工作的。"秦军川表态道。

第二天，在苏丹陆军医院的支持下，柳小刚亲自主刀，为患者进行了手术。他为女患者置入下腔静脉滤器，预防大块血栓脱离造成严重肺栓塞。手术中，柳小刚从女患者右侧股静脉穿刺置入，到达下腔静脉后，放置了下腔静脉滤器,第一次手术完成。两周后,血脉急性期已过,且在抗凝情况下,血栓脱离概率降低后,柳小刚对女患者进行了第二次手术,又经女患者右侧静脉取出了滤器。滤器取出后,又给女患者继续口服抗凝剂治疗,两周后患者康复出院。苏丹将军逢人就说:"中国医生行,中国医生行!"

第三十七章 村长受伤

人民网喀土穆 4 月 18 日电：4 月 13 日 23 点 30 分左右，劳累了一天的值班医生李明阳躺下不久，就听到一阵急促的敲门声。 李医生噌地从床上跃了起来，推门一看，一位瘦高的黑人被两个人用木板抬着，浑身是血，情况紧急。

按照联合国的规定，中国维和医疗队作为联合国的二级医院，主要是为出国的中国官兵、维和警察、联合国官员、联合国雇员以及为联合国服务的志愿者提供医疗保障，而当地群众不属于中国维和医疗队保障范围。 患者病情十分危急，而且将近午夜，瓦乌市区实行宵禁，怎么办？

李医生一边安排护士孟翠静给患者检查，一边向队长汇报情况。

"救人要紧！"张队长的答复干净利落，"立即组织相关人员进行救治。"

刘政委终于打来了电话，秦军川一接通就急不可耐地问刘政委："老弟，你还好吗？咋这么久没有回电话呢？"

"对不起，对不起，老兄！"刘政委在电话那边一个劲儿地道歉。

"别客气了兄弟，你没事就好，这几天把我们着急死了！天天看电视，看南苏丹的局势，生怕你们那里出什么事。"秦军川缓了一下语气说道。刘政委也在电话那边放慢了语速，压低了一下自己的嗓子说："队长老兄，近日来，我们确实遇到了几次麻烦。我们长巡分队在西赤道州丛林深处的一处临时军事行动营地，遭到数十名携带各种武器的当地武装分子的包围，给我们官兵带来很大的安全威胁。我们也积极调整兵力防御，一面做好随时反击的准备，一面向武装分子喊话。在这种剑拔弩张的情况下，我们官兵弹上膛、炮开栓地坚持了四天四夜，逼退了武装袭击分子。刚度过这次安全风险，准备和你联系时，接到南苏丹政府的求援电话，请求我们为任务区周边的几个村落的1500多居民解决饮水问题。

"我不得不又放下电话，带着官兵赶到任务区周围的几个村落。发现由于战事频发，给当地居民生活带来极大不便，加上霍乱疫情的暴发，几个村落的上千名居民出现了饮水困难问题。他们就向南苏丹政府请愿，要求解决饮水问题和物资短缺问题，南苏丹政府又向联合国驻南苏丹有关组织求救，于是联合国联军司令把解决这一问题的任务交给了我们。我们接到任务后，在自身用水十分紧张的情况下，抽调专门力量，运送和净化饮用水20余吨，几天日夜兼程，加班加点，第一时间送到任务区周围的几个村落300多户居民家中。在给莫塔村村长杜鲁布拉送水时，我把奥斯曼要结婚的事以及约他通话的事告诉了他，他说忙完手中的事，就来我这儿。"说到这儿，刘政委停住了。

秦军川见刘政委暂停了说话，他接过刘政委的话尾说道："政委老弟，看情况这阵子把你忙坏了，你们要保重自己的身体，因为你是部队的主心骨和火车头，你可一定要在完成任务的同时，把自己的身体和安全工作维护好呀！另外，关于杜鲁布拉村长和奥斯曼通电话的事，等条件成熟了再说,也不急在这一会儿。"

刘政委没有接秦军川的话茬,在电话中犹犹豫豫,吞吞吐吐地说:"队长老兄,有个事,我不知道现在对你讲好还是不讲好。"

秦军川一听刘政委说话语气变得有些沉重起来,心里咯噔一下,觉得有什么不好的事发生了,讲还是不讲给他,刘政委在犹豫着。他没有催促刘政委,而是在电话这边耐心地等着。

刘政委在电话那边沉默了一会儿,脑子飞快地转着:讲吧,怎么开口?不讲吧,又不行……他实在是憋不住了,对秦军川说:"今天上午10时,我接到莫塔村村民的报告,杜鲁布拉村长去瓦乌卖牛的路上,不小心踩到路边的地雷,被炸成重伤,正在我们医疗队抢救呢!"刘政委说着声音有些沙哑了。

电话这边的秦军川听着听着,也大吃一惊,脑袋瞬间一片空白,不知道该对刘政委说什么,只觉得眼睛一热泪水流了下来,拿电话的手不由得颤抖起来。他极力控制住自己的情绪,双手握住电话对刘政委说:"老弟,杜鲁布拉村长的生命你要尽全力抢救,他可是咱们中国人的好朋友。我想他去瓦乌卖牛,肯定是想给奥斯曼置办结婚礼品。抢救杜鲁布拉村长,你需要医生、需要药品随时打电话!"

"放心,队长老兄,我会尽全力抢救杜鲁布拉村长,有啥事我再和你打电话联系。我挂电话了。"刘政委说完放下电话,向部队卫生室跑去。

秦军川慢慢地放下电话,他脑子里反复在想要不要把杜鲁布拉村长受伤的事告诉给奥斯曼。告诉吧,怕奥斯曼受不了,他本来刚刚好转的忧郁症会不会再犯? 不告诉吧,奥斯曼知道后会埋怨自己一辈子的。

他不知不觉地走到自己办公室的后窗前,往菜地方向看去,奥斯曼正在给刚刚长出来的菜苗浇水。平时看到奥斯曼像个大笨牛一样的干活动作,秦军川会感到好笑、好玩,会和奥斯曼开个玩笑,逗他高兴,让他快乐。

而今天,秦军川再看奥斯曼那笨头笨脑的样子,他觉得十分的可怜,有一种让人看了想哭的感觉。

秦军川知道,这时的奥斯曼正沉浸在即将当新郎的喜悦之中,他还天天盼着和自己的好友杜鲁布拉村长通电话,把自己的喜讯告诉杜鲁布拉村长这个他生命中最好的朋友。总之,此时此刻的奥斯曼处于一种喜悦、兴奋的幸福之中,如果这个时候告诉奥斯曼杜鲁布拉村长的事,那会让奥斯曼的精神崩溃的。秦军川决定,还是等一等,等刘政委把杜鲁布拉村长抢救的情况告诉自己之后,再考虑要不要告诉奥斯曼杜鲁布拉村长受伤的消息。

想到这儿,秦军川在办公室的洗脸盆里洗了一把脸,用毛巾擦干后,换了一双鞋,来到菜地蹲在奥斯曼的身边问奥斯曼:"和艾玛护士把婚房收拾得怎么样了?"奥斯曼没有思索随口对秦军川说:"那些事,全由艾玛做主,我不管,只管力气活。"秦军川笑了笑说:"你真是大笨牛。那买东西的钱够用吗?""够用、够用。艾玛说省着点花,有多少钱办多少事,尽量不给你们添麻烦。"说到这儿,秦军川见奥斯曼是一脸的喜悦、一脸的幸福。

"艾玛可是一个既会过日子又懂道理的女人,你奥斯曼能娶这样的姑娘当新娘,可是你天大的福呀!不过也不要难为艾玛,钱不够了就来我这儿领你的补助金。"秦军川边夸艾玛护士,边向奥斯曼交代有困难可以动用他的补助金。

"不能用补助金。艾玛说了,那是中国政府给我的光荣金,是不能花的。它就像国徽上的金子,只准看,不能用的。"奥斯曼一本正经地否定了秦军川让他动用补助金的事。

"好吧,听你的。"在动不动用奥斯曼补助金的问题上,他尊重了艾玛和奥斯曼的决定。艾玛和奥斯曼做出的决定,让秦军川感到一种舒心、一种荣誉和亲切。

　　和奥斯曼的交谈,让秦军川暂时忘记了杜鲁布拉村长的事,他问奥斯曼:"中午给队员做什么饭?""肉包子。"奥斯曼回答道。"走,我们一起剁馅子去。"秦军川说着,拉起奥斯曼刚刚放下水管子的手,两人一起向医疗队的厨房走去……

第三十八章　火场救援

　　人民网喀土穆10月24日电：苏丹首都喀土穆南郊雅尔穆克军事工业区一座化工厂4日凌晨发生大火，随后引起爆炸，火光冲天，但迄今无伤亡报道。

　　苏丹军方发言人萨瓦里米今天在一份声明中说，火灾发生后，国家高官包括国防部长、内政部长、警察和安全部门高官迅即赶赴现场了解情况，指挥救灾，火情很快得到控制。

　　目前正在对起火和爆炸的原因进行深入调查，对人员和物资造成的伤亡和损失情况也在调查之中。

　　喀土穆州州长阿卜杜拉赫曼·哈德尔对记者说，火源来自工厂仓库区内部，而非外部。他说，消防部门已经迅速控制了火情，大火给周围的建筑造成了毁坏。

　　正当秦军川为杜鲁布拉村长的生死担心之际，艾玛护士又出事了，弄得他本已焦虑不安的心情如油煎一般。告诉他艾玛护士出事的人是阿明院长。他焦急地对秦军川说："今天，喀土穆北郊的一家属于军方的化工厂要进行一项新项目试验，希望院方派医疗急救组负责应急救援工作。我根据需要派艾玛护士参加了医疗救援组。5分钟前，医疗组报告，试验中发生了火灾,实验楼被火引着,艾玛护士和一名参与试验的人员目前找不到了,希望咱们带领医疗队应急小组赶赴现场参加救援并寻找艾玛护士!"

秦军川听完,答应阿明院长,立即启动医疗队应急工作机制。10分钟后,秦军川带领医疗队应急小组人员来到医疗门诊大楼前,与阿明院长会合,分别乘两辆急救车赶往出事地点。

通往出事化工厂的道路已经实行了交通管制,路上军警在维持秩序,救护车一路畅通,30多分钟后秦军川和阿明院长来到了火灾现场。发生火灾的大楼前停了五六辆消防车,刺鼻的烟火味和焦煳味扑面而来,被烧伤的、被烟熏伤的轻重伤员,被救护车紧急拉走了。消防队员还在楼里寻找伤员和清查火灾隐患。随秦军川和阿明院长来的中苏医疗急救人员,积极参与到紧张的救援工作中。秦军川和阿明院长一边指挥一边询问第一批来的医疗救援人员有关艾玛护士的消息,留在现场的急救医生对阿明院长说:"当时试验开始后,有一个人的手受伤了,我让艾玛护士带着去处置。她走了不久,试验现场突然爆炸起火了,我们就紧急救援。从现场撤离出来后,检查人员时发现少了艾玛护士和那位伤员。我们即刻把这一情况告知了消防人员,让他们在发生火灾的大楼帮助寻找。目前还没有找到。"

听了现场医生的汇报,阿明院长焦急地在现场走来走去,秦军川对中苏医疗救援人员说,迅速把急重伤员拉回医院救治,轻伤的先现场处理。见中苏医疗救援人员分头忙去了,秦军川对阿明院长说:"别着急,我们再等等看,目前受伤的人群中,不是还没有发现艾玛护士嘛,咱们去找消防人员问问。"阿明院长同意了秦军川的意见,他俩来到现场的消防指挥官面前,了解火灾的救援情况。消防指挥官对他俩说:"五层楼的火都灭了,目前正在清理现场。""每间房子都检查了吗? 卫生间、水房检查了吗?"秦军川提醒消防指挥官。"你考虑的对呀!"指挥官夸了秦军川一句后,用对讲机指示消防人员检查时不要忘了水房、卫生间和杂物间一些容易被忽视的地方。

没多长时间,秦军川和阿明院长从消防指挥官那儿得知,整栋五层楼的所有地方都检查了,没发现有人。"那地下室呢?"秦军川又向指挥官提示了一声。"马上检查一下地下室!""地下室一个通道被一些杂物堵住了。"消防人员报告道。"马上打开!"指挥官向部下下达了命令。"门打开了,有两个人。"听到有两个人,秦军川和阿明院长紧张的心这才平静了下来。他俩和指挥官的目光对视了一下,目不转睛地注视着大楼出口。几分钟后,艾玛护士和那位手受伤的人员毫发无损地走了出来。秦军川和阿明一起迎了上去,艾玛护士跑了过来,抱着他俩大哭了起来。

秦军川和阿明院长没有问艾玛护士一句话,静静地看着两肩战栗的艾玛哭着。他俩明白,这哭声是生战胜死的歌唱,是重生的喜悦,只有在亲人面前,人才会有这酣畅淋漓的哭声和眼泪!

消防指挥官把和艾玛护士一起从地下室救出的工作人员领到一边,询问他们是怎么回事。那位工作人员说,他从试验室出来去包扎手伤,走到楼层安全通道旁的卫生间时,去上卫生间,艾玛护士在外边等他。当他完事出来,火已经烧起来了,浓烟已封住了大门。艾玛护士镇定地说,火烟都往上蹿,他们就顺安全通道,下到地下室的供水房。火灭了,想出来时,从楼上冲下来的杂物,把地下室的门堵住了,消防人员打开了门,他和艾玛护士才安全出来的。听了这个工作人员的解释,消防指挥官说艾玛护士的防火知识救了你,快去谢谢人家。这时艾玛护士也从逃生后的激动中冷静下来:"别说了,快去包扎吧!"说着,拉起他往急救车走去。望着艾玛护士的背影,秦军川和阿明院长不约而同地笑了。火灾现场的清理工作有序地进行着。受伤人员的救治工作怎么样?想到这儿,秦军川和阿明院长坐最后一辆救援车急忙赶回医院。他俩看到在医院急救室和手术室里,队委柳小刚和医院班副院长组织医务人员,已给拉回来的5名轻重伤员分别处置完毕。柳小刚告诉秦军川："5个伤员中有一个很重的，面部烧伤百分之九十，咱们没有抢救烧伤病人的药物和敷料，怎么办？苏丹方面要求尽全力救活这个伤者！"秦军川说："苏丹朋友都看着咱们，想尽一切办法救治！你立即和中国驻南苏丹维和部队步兵营的军医联系一下，他们在这方面有经验。""好的！我去做准备。"

一个小时后，在柳小刚的组织下，妇科大夫杨静静开始进行创面处理，眼科杨大夫和耳鼻喉科金大夫观察患者有无眼部和呼吸道烧伤，麻醉科刘大夫为患者进行深静脉穿刺并设置中心静脉压监测，队委章宝峰随时和中国驻南苏丹维和部队军医保持联系——一场没有专业大夫参与的烧伤手术紧张地开始了。

烧伤手术在中国医疗队队员的共同努力下，很成功。阿明院长和在场的苏方人员都很感动。因为双方在工作中已经很熟悉了，没有过多的客套话需要说，手术室外大家紧紧地握手、拥抱在一起，表达着彼此救死扶伤成功后的喜悦。

秦军川对阿明院长说："手术成功了，但烧伤护理很关键，就怕感染。"阿明院长说："手术你们做得很出色，护理我们来。我们一定和你们手术一样，精益求精，确保万无一失。"秦军川说："那我们先撤了，你们上！"阿明院长举起手，在空中做了一OK的手势，那个手势漂亮地定格在了空中……

第三十九章　有苦难言

　　黎明的达马津，穆斯林们虔诚地做起了每天的晨礼。

　　在医院周围的道路上，总能看到悠闲的人们开始坐在茶摊旁喝早茶。妇女们拿着扫帚扫着各家的院落，乡村的路上三五成群的小男孩们踢着一个早已泄气、干瘪的破足球玩。女孩们头顶着水桶三三两两地去邻村的水井旁汲水，碰见我们这些中国医生会热情主动地打招呼："萨迪嘎，哒抹木（您好）！"

　　人常说：天要下雨，娘要嫁人，该去的去，该来的总会来的。秦军川一直想知道，也怕知道的有关杜鲁布拉村长的消息终于传了过来。

　　这次，中国驻南苏丹维和部队刘政委没有打电话告知秦军川杜鲁布拉村长的详细情况，而是采用一种官方的较为正式的传真电报抄报给中国援苏丹医疗队秦军川队长。

　　拿到传真电报，秦军川迅速地阅读起来："军川队长，得知杜鲁布拉村长遭地雷炸伤后，我第一时间带领医务人员奔了过去。到达现场一看，杜鲁布拉村长右侧臀部已基本没有了，右侧骨盆塌陷，身上伤口根本数不过来，出血不止。我立即指示医务人员进行止血、清创缝合。在仅剩一支利多卡因，没有双氧水、只有盐水，没有丝线、只有肠线的情况下，我们全力进行了抢救。临床大夫口头通知病危,但表示决不放弃,奋力抢救。杜鲁布拉村长在短暂的清醒时,用微弱的声音还喊着奥斯曼、奥斯曼……以上情况特告知军川队长。至于奥斯曼能否来见杜鲁布拉村长一面,请速告知。”

秦军川读到这儿,心揪了起来,他为杜鲁布拉村长的生命而担心、而痛苦。他强忍悲痛,做出决定:必须把杜鲁布拉村长的情况告诉奥斯曼,同时准备送奥斯曼去南苏丹看望杜鲁布拉村长。

时间已是上午11点多了,他起身要去厨房喊正在帮忙做饭的奥斯曼时,突然意识到不能让奥斯曼一个人去见杜鲁布拉村长,必须有一个人陪着去。自己陪着去吧,手续繁杂,一时办不下来。他一闪念想到了艾玛护士,她陪奥斯曼去最合适不过了。于是,他疾步径直向阿明院长的办公室走去。

进到阿明院长办公室,秦军川就把杜鲁布拉村长受伤的情况,以及自己想让艾玛陪奥斯曼去看杜鲁布拉村长的想法一五一十地讲给了阿明院长。阿明院长觉得秦军川让艾玛陪奥斯曼去南苏丹看杜鲁布拉村长,这个安排很周到,是一个可行的好办法。他对秦军川说:“这样吧,事情紧急,你回去安排奥斯曼的事。艾玛的工作我来做,咱们争取让他们尽快出发去南苏丹看杜鲁布拉村长。”“那好,我这就回去做奥斯曼的工作,再把队里的事情安排一下。”

秦军川从阿明院长的办公室回到自己的办公室,立即喊来了队委章宝峰和柳小刚,把中国驻南苏丹维和部队刘政委发给他的有关杜鲁布拉村长的情况告诉给了他俩,想听听他俩的意见。

“这事是不是向中国驻苏丹大使馆李大使汇报一下,他是我们的上级,看看李大使的意见。”队委章宝峰提醒了秦军川一句。

“宝峰说得对,我这就向李大使汇报。”秦军川边说边拿起桌上的电话,要通了李大使,把刘政委的来电和杜鲁布拉村长受伤以及杜鲁布拉村长与奥斯曼的关系,仔细讲给了李大使。李大使认真听完了秦军川的汇报,沉默片刻之后,对秦军川说:"第一,把杜鲁布拉村长受伤的情况,尽快而委婉地告诉奥斯曼,防止他知情后情绪失控,又出现异常情况。第二,奥斯曼是咱们中国人民的好朋友,他要去看他生死相依的朋友,我们应尽最大努力帮助,让他在这艰难的时刻,体会到中国政府、中国医疗队的温暖。第三,可以考虑把奥斯曼送到达马津咱们的医疗点,让他从那儿去南苏丹更快些。具体情况,请你们医疗队根据实际情况决定,有什么需要大使馆支持、协调解决的,你们尽管提。"

在场的秦军川和两个队委章宝峰、柳小刚都听见了李大使电话中的指示,章宝峰说:"既然李大使都给了我们明确的指示,我们就按李大使的指示办。""同意。具体方案请队长定。"柳小刚也表明了自己的意见。

秦军川见两个队委对奥斯曼回南苏丹看望杜鲁布拉村长一事发表了自己的意见,他说:"好,我们这就算是一个紧急的队委会,一会儿让柳丽护士把会议内容做个会议纪要。我决定这么办:为了赶时间,我亲自带车把奥斯曼送到达马津医疗队分队;有关杜鲁布拉村长的消息,我到了达马津再告诉奥斯曼,给咱们留出时间做好准备工作;队里的工作暂时由章宝峰负责,柳小刚协助。"听完秦军川的安排,他俩表态道:"请队长放心,队里的工作我们会安排好的。奥斯曼是我们医疗队的一员啊,他的事,也牵着大家的心呀!"

有了两个队委的全力配合,秦军川对做好奥斯曼的工作和安排好他去看杜鲁布拉村长更有信心了。他把奥斯曼叫到办公室说:"奥斯曼,你把手里的工作放一放,回去把你的衣服和出门的东西收拾好,半个小时后和我去一趟达马津!""我和你去?"奥斯曼一脸茫然。"对,就是你和我去!"秦军川肯定地补了一句。

奥斯曼心里犯嘀咕,但他还是像一个听话的士兵、一只服从牧羊人的羊羔似的,回房间去收拾东西了。秦军川也在办公室收拾自己的行装,并把奥斯曼的护照、身份资料准备齐全。正忙碌着,阿明院长的电话打过来了,他对秦军川说:"艾玛的工作做好了,她愿意去,问什么时候走,我说我问一下你,一会儿再告诉她。这会儿她回宿舍收拾东西去了。"

"谢谢阿明院长的支持。请你告诉艾玛,我亲自送她和奥斯曼到达马津。一小时后我到医院门诊楼前接她,要她把自己的身份证和护照带上,具体手续我们到达马津边检站再办。"秦军川一边打开电话免提与阿明院长对话,一边整理自己的行李。

"好的,我和艾玛这边你放心,一会儿医院门诊楼见。"阿明说着挂断了电话。

秦军川带着车,拉上奥斯曼后,在医院门诊楼前接上艾玛护士,与阿明院长和自己的两个队委简短地说了几句话后,上车对司机穆沙说:"出城,去达马津。"

秦军川让自己去达马津,奥斯曼想来想去,还挺高兴,觉得一定有事可干。可当他看到自己的女友艾玛也上了车,便有些迷糊了。她怎么也去达马津呢?事前也没有听秦军川说她也去。

秦军川知道阿明院长已把去达马津的目的告诉了艾玛,艾玛一上车就盯着秦军川的眼睛,好像在问自己该和秦军川说些什么,和奥斯曼聊些什么。秦军川看了艾玛护士一眼,用手指了指手机,艾玛护士知道秦军川让她看手机,她背着奥斯曼打开手机,秦军川发了一条信息对她说:"一切等到了达马津再告诉奥斯曼,切记,切记!"

看完秦军川发给自己的短信,艾玛明白了秦军川不想让奥斯曼过早知道杜鲁布拉村长受伤的事,这是在为奥斯曼着想。他晚知道一会儿,他的心情会多好一会儿,他面临的感情考验会来得晚一会儿,让这个大傻牛,在这个世上多快乐几分几秒!

第四十章　清晨送别

　　红日冉冉，白云悠悠；朝霞如火，清风拂拂。远处的一排排圆锥形茅草屋，草垫编织成的篱笆墙，墙边挺拔的绿树、娇艳的红花，蹬着前腿、伸着懒腰、打着哈欠的小狗，踱步蹒跚的小鸡，勾勒出达马津惬意的晨景。这一切不由得使身在国外工作的华人回味起"采菊东篱下，悠然见南山"的田园意境，祖国的山山水水足以让他们动情忘怀。他们身负祖国的重托，此刻置身其中，不容有什么杂念，只能忘我工作，为苏丹兄弟服务，为祖国争光……

　　忽然，耳边传来呼啸的警笛声，循声望去，公路上疾驶而过驾着重机枪的吉普车、装甲车，满载荷枪实弹的军警的卡车，瞬间又把人从遐想中拽入现实。

　　车到达马津医疗队分队专家楼时已是黄昏。慢慢滑落的夕阳，把一望无际的埃塞草原照耀得血红血红，连绿色的草儿、树木也不例外，仿佛要把它一天中的最后一抹余晖洒向大地，染红高天。

　　秦军川没有心情去欣赏达马津灿烂的晚霞，在下车的一刹那，他还在考虑究竟该如何开口向奥斯曼说明杜鲁布拉村长受伤的事。一路上他想了十几、甚至是几十个告诉奥斯曼的方式方法,始终没有一个让自己觉得说给奥斯曼后能让他情绪不产生大的波动和不安。

医疗队达马津分队刘兵分队长来帮秦军川拿行李时,秦军川丝毫没有觉察到有人已从他手中拿走了行李。还是艾玛护士叫了他一声,他才回过神来,自己已经到了达马津。

简单地吃过晚餐,分队长刘兵把秦军川带到自己宿办合一的房间,告诉他奥斯曼和艾玛护士去南苏丹的过关手续,已经在达马津警察局办好了,明天一大早就可以从达马津边防站过关去南苏丹首都朱巴了。秦军川对刘兵说:"刘队,这事你办得好,我现在最担心的是另一件事。"

"什么事? 我刚见你时,就看你心不在焉,心事重重的。"刘兵十分谨慎地问秦军川。他不知道秦军川在担心什么,生怕自己问错了,引得秦军川不高兴。

秦军川看刘兵和自己说话有些吞吞吐吐,不像往常那样快人快语,感觉到是自己的态度引起刘兵的误解,他立即平缓了语气对刘兵说:"是这样。到现在我还没有告诉奥斯曼杜鲁布拉村长受伤的事和要他去南苏丹的安排。我一时还真不知道该如何对奥斯曼讲,一是怕他伤心,二是怕他的身体受不了。"

"实情还得讲,你不讲清楚,他怎么肯回南苏丹去?"刘兵也替秦军川着急起来。

两人在房间里沉默了许久,谁也不说话,一直低着头,只听见钟表的秒针嚓嚓地走着……

这时,艾玛突然推门进来。她对秦军川说:"秦队,你一路上沉默不语,把我难受坏了,讲话也不是,不讲也不是。你不知道我是个'百灵鸟'性格吗? 我知道你在担心什么,杜鲁布拉村长的事我来告诉奥斯曼,不用你讲。我想在我陪他去朱巴的路上,找个合适的时机,再告诉他。让他晚知道一会儿,就多快乐一会儿。"对于艾玛护士的意见,秦军川觉得有点自己在推脱责任的感觉，把难题交给了艾玛，他有点于心不忍，可是再没有什么好办法。他点了点头，问了艾玛一句："那我们用什么理由，让奥斯曼和你去南苏丹朱巴呢？"

艾玛护士说："这好办。我就说达马津距奥斯曼老家很近了，我们也快结婚了，我想去他的老家和自己的家乡看看，并见见杜鲁布拉村长。你看这样行不？"听完艾玛护士的话，秦军川一拍双手说："行，这个办法行，还是我们的'百灵鸟'聪明。"

艾玛护士见秦军川夸自己，一路上憋闷的心情一阵风似的没了，脸上露出轻松和喜悦。秦军川见艾玛护士不计较自己一路上不说不笑，给她闷气的事情了，就对艾玛护士说："那动员奥斯曼回家的事你现在去做工作，一定要保证明天早上按时出发。"艾玛护士学着他们苏丹军人的样子，向秦军川敬了一个标准的英式军礼，转身跑出了房间。

艾玛护士可真有办法。第二天一大早，她就和穿着一新的奥斯曼来见秦军川。秦军川知道这个时候自己不能和奥斯曼多说什么，得抓紧时间送奥斯曼和艾玛过边防检查站。他对刘兵分队长和司机穆沙说："还不快把艾玛和奥斯曼的行李放上车，我们快点走，迟一会儿到边检站就晚了，他们还赶大客车呢。"

说着，秦军川把艾玛护士和奥斯曼让上穆沙的车，让他俩坐，然后对刘兵说："把你的车开上，我坐你的车。"安排完这些，他对穆沙交代说："你的车跟我们车走，不要超车。"秦军川之所以这样安排，一是这个时候他不想和奥斯曼在一起，看见奥斯曼他心里难受；二是他觉得只有和奥斯曼不在一辆车上，自己的心理压力才会没有那么大。这几天，他的心一直被杜鲁布拉村长受伤的事压着，压得他有些喘不过气来，特别是和奥斯曼在一起的时候。车子开了半个多小时，秦军川他们顺利地来到达马津与南苏丹交界的边检站。奥斯曼和艾玛护士顺利地通过了安检。看着奥斯曼和艾玛即将踏上南苏丹的土地，秦军川的眼泪忍不住了，他不敢去看奥斯曼和艾玛护士的背影,他转身躲在了车后……

突然奥斯曼像把什么东西掉了似的,从边检站南苏丹一方冲了过来,在车后找到秦军川,一把抱住秦军川号啕大哭起来,这哭声就像非洲的雄狮在吼叫。秦军川努力地克制住自己的感情,他紧紧拉住奥斯曼说:"你这头大笨牛,不就是回趟家,几天就回来了,还像个小孩子一样地哭几声。快去追艾玛,你们的行李多,她会拿不动的!"奥斯曼用手擦了擦眼泪,什么话也没说,听话地转身迈步走向了南苏丹一方。

医疗队达马津分队刘兵分队长看秦军川送走奥斯曼和艾玛护士后,心情一点也没有变得轻松,他觉得队长的心情更加沉重了。他觉得必须给队长找一个事来干,借此分分心,减轻一些心理压力。于是他对秦军川说:"队长,今天我们安排了一个体检活动,你去看看不?"秦军川说:"奥斯曼的事办完了,下午该工作了。好吧,你们组织的体检我去。"

秦军川知道,达马津地处非洲苏丹南部,由于偏远,经济落后,加之蚊虫肆虐,疾病多发,很多人得不到最基本的医疗保障。医疗队时常深入边远乡村进行义诊活动,行医送药,为贫困病人解除痛苦。这天中午,秦军川和刘兵带医疗队队员来到黑吉热村乡村小学,这里是中国医疗队达马津分队本次义诊的地点。由于当地卫生部门提前告知民众,中国医疗队队员医术高超,且不收取任何费用,因此村民们成群结队慕名前来,有的病人甚至天不亮就赶来排队等候,期盼着来自中国的医生们。

秦军川在现场看到,义诊点划分为登记处、候诊区、就诊区。在作为临时诊室的小学教室里,前来看病的人络绎不绝。他们先向护士讲述病情,进行分诊,再拿着病历到相关医生那里检查、诊断、开处方、拿药,所有的环节都是免费的,这对于家境贫穷的当地农民来说无异于雪中送炭。

医疗队队员们在40摄氏度的高温下,为村民进行健康检查和医学科普知识宣传。几乎所有的医生都是刚看完一个病人,叮嘱完有关事项,立即对下一个病人进行检查。在义诊过程中,队员们发现当地村民患糖尿病、角膜炎、甲状腺肿大、盆腔炎、腰腿痛等疾病的概率很高，便对症下药，并给予正规的诊疗建议和健康指导。

在骨科诊室门口，秦军川看到一名十三四岁的小女孩靠坐在墙角，双手紧紧抱着小腿，表情痛苦。普外科医生杨占祥走了过去，他蹲下身子为小女孩做了仔细检查，发现她小腿有两个正在化脓的伤口，经询问，知道小女孩的伤口感染已经一年多了，因生活贫困没有得到及时正规的治疗。杨占祥随即对伤口进行了消毒、敷药、包扎处理，又给了她抗感染药品并叮嘱她按时服用。

在另一个教室，一名30岁的妇女已瘫倒多时，中医针灸科医生赵锋刚经过检查，考虑到她是陈旧性腰扭伤，对症进行了针灸治疗，娴熟地运用提、插、捻、转等手法，留针半小时后患者疼痛完全消失，可以站立起来。在场的人们连声称赞："太神奇了，中国神医，真了不起！"有的村民看着银针笑着对赵锋刚示意，想摸摸那治病的银针。赵大夫满足了他们的要求，他们拿着针，连连摇头，嘴里重复着："神奇、神奇！"

52岁的穆罕默德告诉秦军川，他是家里干活的主力，但近来他的右手莫名肿痛，无法伸直，干活非常吃力。他想去医院看病，却苦于没有钱，只能拖着。听闻中国医疗队前来义诊，他一大早从20公里以外赶来。秦军川遇见他时，他正在排队取药，谈起为他看病的医生时，他说："中国人对我来说并不陌生，我的父亲就接受过他们的帮助。他们是非常好的医生，这也是我来这里的原因。"

刘兵告诉秦军川，为提高义诊的效率，尽量兼顾病患，这次义诊规模为历次最大，几乎出动了医疗队分队所有的骨干，专业涵盖内科、儿科、妇科、普外、泌尿、神经外科、骨科、口腔、耳鼻喉、眼科、针灸，甚至还搬来了B超、心电图等设备。当地农村地区、边远地区缺医少药的情况还是比较普遍的，大多数病人因为贫困，没有办法到大医院、私立医院看病及做检查，很多疾病没有得到及早治疗，最后发展到比较严重的阶段。

当地前来观摩的苏丹医护人员,也无不对中国同行的敬业精神和专业技能感到叹服。哈巴卜是一名当地外科医生,他对秦军川竖起大拇指说:"我们这里缺医少药,不少病人因得不到及时治疗而死亡。中国朋友真了不起,他们利用休息时间到乡村为村民提供只有在首都才有的医疗服务,我们不仅从他们那儿学到先进的医疗技术,他们的工作精神也值得我们学习。"

由于来看病的人太多,医疗队的医生们从早上9点开诊,就一直没有休息。义诊当天,为了在有限的时间里多接诊病人,最大限度地惠及当地民众,医生们中午顾不得用餐,满负荷连续工作,累计诊治患者623名。许多病人和家属由于语言不通,都用拥抱和亲吻中国医生的方式来表达朴素而真挚的感激之情。

刘兵看到,在这忙碌的氛围中,秦军川的脸上有了笑容,说话也变得不那么沉重了,时不时地还笑声朗朗。

第四十一章 探讨援非

2011年7月16日，由中国石油天然气集团公司资助，中国扶贫基金会和苏丹合作伙伴比尔特瓦苏慈善组织合作援建的苏中阿布欧舍友谊医院竣工典礼在苏丹杰济拉州阿布欧舍镇隆重举行。竣工典礼的举行标志着中国首个民间组织跨出国门实施的公益项目取得圆满成功。

苏丹卫生部部长萨迪克·加斯姆拉、杰济拉州州长祖贝尔·巴希尔·塔哈、人道主义政府官员、NGO领导人、中苏友好人士、中国扶贫基金会赴苏代表团、中国驻苏丹大使馆、中石油尼罗河公司，其他在苏中资企业、中国援苏医疗队代表，以及中苏两国媒体朋友和阿布欧舍当地群众共千余人参加了竣工典礼活动。阿布欧舍的学校还组织了男女学生参加的方阵表演，为典礼献上苏丹特色的庆典舞蹈。

典礼仪式上，杰济拉州州长祖贝尔·巴希尔·塔哈发表了讲话，表示对中方援助医院的衷心感谢，他同时希望中国扶贫基金会能够继续在杰济拉州、在苏丹进行更多的项目援助，以帮助更多的苏丹人民。苏丹卫生部部长萨迪克·加斯姆拉、中国驻苏丹全权特命大使李成文、中国石油尼罗河公司副总裁卢宏、国务院扶贫办规划财务司司长蒋晓华、中国扶贫基金会副会长兼秘书长王行最等人也发表了讲话。随后，杰济拉州州长为中国驻苏丹全权特命大使李成文和中国石油尼罗河公司、中国扶贫基金会、比尔特瓦苏慈善组织授予了奖章。州长还邀请李成文大使、卢宏副总裁、陈开枝副会长跳起了苏丹舞蹈。

典礼结束后，代表团全体成员及其他与会人员一同参加了当地居民自发组织的答谢宴会，品尝了居民们亲手制作的苏丹地方风味美食。

在达马津医疗分队一天的忙上忙下，秦军川是真的累了，他一睡倒就是整整一天一夜。分队长刘兵告诉所有人员都不要去惊扰秦军川。他知道，此时此刻的秦军川，无论是体力还是脑力，都需要一次充分的睡眠来补充。

一天一夜的睡眠，醒来后秦军川又及时地吃了顿饱饭，他的精神头一下子就恢复了。他一缓过神来，问刘兵的第一句话就是奥斯曼、艾玛有没有消息，中国驻南苏丹维和部队的刘政委来电话没有。刘兵连连摇头，他失望极了，无奈地把目光移向窗外那油绿而高大的猴面包树，自言自语地说："他俩该到了，电话也该来了。"

吱的开门声把秦军川的注意力从窗外的大树吸引回房门口。中医大夫赵锋刚进来了，他对秦军川和刘兵说："我在医院值班，有两个称自己是中国扶贫基金会的人要见你俩。"

秦军川一听是国内来人，忙对赵锋刚大夫说："快，快把人请进来。"

"我这就去。"赵大夫答应着转身走了。

不一会儿，赵大夫带着一高一矮两个学生模样的人走了进来。秦军川和刘兵起身相迎，秦军川说："欢迎两位来自国内的朋友。我来介绍一下，我叫秦军川，是援苏丹医疗队的队长；这位叫刘兵，是援苏丹医疗队达马津分队的队长。"两位年轻人听了秦军川的介绍后，大个子的开口对秦军川说："我叫徐凡。"然后指着身旁矮一点的同事说："他叫郭铁流。我俩是国家扶贫基金会的工作人员，来苏丹是搞医学和医疗援助项目调查的，刚从法希尔过来。"秦军川一听徐凡和郭铁流两人从法希尔过来吃惊不小，他知道那里的社会秩序比较乱，属于安全形势十分危险的地带，不免被他俩的胆量和勇敢所感动。他们坐定后，秦军川问道："你们去法希尔干什么？"

徐凡说："去那里一家中国人开的小医院看看。"

"情况怎么样？"秦军川问道。

徐凡说："不怎么样。这家医院我先后去过两次。第一次去是去年，那时我刚到苏丹喀土穆。在与一位苏丹的华人朋友聊天时，他说，如果现在有一笔钱在苏丹投资，他的第一建议就是开医院，其次才是工程设备租赁。之所以这样建议是因为开医院利润高。举例说吧，最基本的消毒用高锰酸钾药水，在法希尔是论滴卖，滴一滴收一镑。你说，这种现状……"

秦军川和刘兵几乎同时噢了一声，让他继续讲下去。

"我们去了法希尔，得知有一家中国人的医院即将开业，就慕名前去拜访了他们。我们很顺利地见到这个医院的所有工作人员，其中有几个中年人，他们是主治医生，还有几个很害羞的小姑娘，是护士。据他们老板介绍，他家是做医药生意的，前些年挣了些钱，可是现在国内的医药生意越来越不好做了，听人说在苏丹开医院前景好，所以过来碰碰运气。他们通过关系认识了一个苏丹人，据说可以帮助他协调苏丹的政府官员，于是就一起合作开了这家医院。老板介绍，他们在苏丹的第一家医院是在临近苏丹南部的一个城镇，医院的投资为二三百万人民币。第一家医院已经开了一年，本来生意一直都很好，能发展，但是被中间人骗了，被卷走了50万苏丹镑,现在正在打官司。老板垂头丧气地说,据说那个苏丹人是惯骗,专门骗在苏丹做生意的中国人,如果这个官司赢不了,那一年就是白干了。

"我问他医生都是从哪里请的,他说当地人看的比较多的都是常见疾病,比如感冒、痢疾之类,他们一般都是从国内老家县城雇请一些有行医经验的医生,治这些病是没问题的。我们注意到,他的医院就在法希尔综合医院的对面,那家医院我们刚刚考察过,其医疗水平和设备条件在当地都是最好的,很多邻州的人都专程过来看病。我问不怕竞争吗。这个老板并不太在乎,说这里要看病的人非常多,对他的医院效益影响不会太大,而且他们医院小,可以价格竞争。这次是我第二次来,又见到了那个老板,他说在法希尔的医院最后没有开成,是因为手续不全。这一次让他赔了不少,他说这是人生难忘的一课。"徐凡说到这儿显得没有信心了。

"那么你俩接下来怎么安排调查工作?"秦军川问徐凡和郭铁流。徐凡说:"我俩把调研的情况报告给了国内,国内让我们调查一下中国医疗队援助苏丹的情况,我俩就奔达马津来了,正巧碰上了秦队长你。"徐凡话语中对见到秦军川流露出了很大的收获感。

秦军川看了不远万里来到苏丹调研的中国扶贫基金会的徐凡和郭铁流一眼,先是对两位年轻人深入一线的作风赞赏了一番,然后语重心长地说:"来苏丹这两年,我也边工作边对苏丹的医疗情况进行一些调查研究。为了不让你们再冒险,今天不妨说给你俩听听,看对你们的调研有没有帮助。"

"那就先谢谢秦队了,我们求之不得呢。"徐凡和郭铁流一时来了精神,催促着秦军川讲下去。

秦军川说:"这两年,结合援外工作,我大大小小走访了苏丹20家各类医院,感到苏丹医疗工作存在几个主要问题。一是缺医。苏丹沿袭英美体系的医生培养制度。喀土穆大学曾经是非洲排名第一的大学,其最著名的院系是医学院,不少医学专科的学生还能获得前往英美留学的机会。在苏丹,医科学生毕业后要成为一名正式的专科医生,需要经历不同阶段的实践,这个过程往往要花很多年的时间。因此,在苏丹真正持有行医执照的医生并不多,但能拿到执照的一般都具有过硬的技术。因此这些医生的待遇也相当高,比如在恩图曼友谊医院的本地医生,月收入最少可达8000镑。不过可惜的是,由于多年的南北内战,苏丹的很多优秀医生外流,也使得原本就少而陈旧的医疗设施被破坏殆尽。近年来,苏丹政府也在积极采取一些措施,改善民众的医疗条件,并制定了一系列的医疗保障措施,包括剖宫产术、5岁以下儿童就医和外伤急救实行免费、分娩实行低收费等。苏丹卫生部官员也反复讲,他们有一个计划,想建一个'每5公里一个医疗点'的国家医疗系统,但同时也坦陈,由于资金和资源的缺乏,现实和目标还有相当大的差距。

"二是少药。苏丹的医疗体系实行的是医药分开的制度。一般公立医院都是政府财政来负担医院运营和工作人员工资,药品则由医院自负盈亏。因此只有足够大的医院才有一定的药品储备,为了减少资金占用,普通医院则很少储备药品,尤其是一些特殊药物。如果有一例马上要进行的手术需要用到某种特殊药品,往往要临时外出购买。对方也向我们介绍说,医院的药品主要靠自主经营和外部捐赠。

"苏丹的医疗领域是接受国际捐赠最多的领域,据了解,一些医院四处都贴着不同机构标识的医疗广告,有的来自本国慈善机构,有的来自阿拉伯国家,也有来自西方非政府组织和联合国相关机构的。从我所知道的情况来看,捐赠的物品一般都能物尽其用,对于他们来说,这些捐赠多多益善,怎么多也满足不了当地的需求。

"我们曾去过喀土穆两家社区医院,缺医少药所造成的区别非常明显。第一家看上去房屋非常陈旧,屋内光线昏暗,据说这是一个私人援助的医疗点,交给政府管理,到现在还能接收一些化验试剂之类的捐赠,每天大概能有 25 例的门诊量。而另外一家医疗点,是州政府新建的,看上去建筑和设备都很新,由州财政负担基本运营,但是药品匮乏,连基本的化验都做不了,这个医疗点的日均门诊量仅为 4 例左右。这样的医疗点在法希尔有 15 家,主要接诊普通的感冒、肺炎和肠道疾病患者,同时也负责一些产前检查、营养咨询等工作。

"至于难民营的医疗点,完全依靠外界援助。我们参观的几个医疗点,都是由沙特阿拉伯援建,药品则一直靠西方的一些机构援助。但是自从这些机构被苏丹政府驱逐出境之后,医疗点就陷入严重的缺医少药的困境了。这些越来越成为一个突出的社会问题。我们与苏丹的合作机构已经开展了不少这方面的援助项目。他们也向我们提出,目前他们非常需要肛瘘尿瘘手术人才,亟须这方面的援助和培训。

"我们在苏丹医院经常遇到这样的事情:一边是痛苦难挨的待产孕妇和心急如焚的中国医生;另一边则是'镇定自若'的病人家属和慢腾腾的苏丹护工。化验单怎么等也等不来,需要什么药都没有,只能临时去买。没有化验单可以凭医生经验做一些基本判断,可是没有药,再着急的手术也只能干等!况且,待产时间过长,致使胎儿挤压产道时间过长,常常导致产道撕裂,当然容易引发肛瘘尿瘘了!

"三是陋习问题。目前,苏丹有些地方还流传着古老的割礼习俗。因此在给一些年龄稍大的妇女看病时,经常看到这一习俗留下的恶果:有些妇女的生殖器官肿大得几乎跟男人的一样,正常的行走都很艰难,更别说劳动和日常生活。不过,现在情况有所好转,我几次去社区医院时,看到墙上贴着一系列形象生动的卫生宣传漫画,其中一幅的主题就是关于'反割礼'的内容。看到这些时,我心里稍稍感到一点释然。以前,在外人面前,当地人对'割礼'是讳莫如深的,现在至少能公开张贴出来宣传了。""噢,这也是一种进步!"徐凡慨叹地望着一言不发的郭铁流。

"对,这进步也是艰难的呀!在苏丹的医院里还有一个现象是我们之前没有预料到的：医生和行政工作人员的比例在我们看来非常失衡。比如恩图曼我去过的社区医疗点，没有正式医生，只有2个护士、7个信息员（登记、检查孕产妇），但却有25～30个行政后勤人员。这里遵循的作息制度是每周五、六休假，平时每天只出诊半天，每周有两个下午到社区巡诊，也就是所说的上门服务。我去的时候正好是下午，医疗点非常冷清，只有一个村民在院子里诵读《古兰经》。再说阿布欧舍妇幼保健院，与其他医院相比，实力强、规模大，因此工作人员的规模也相当大。据我在医院人事处了解，这个医院有6个专业大夫，即有执照的大夫，298个实习生大夫，分为三个班，实行倒班制。每个班有领班，完成一整套医务工作。另有111名护士和264名行政工作人员。就是在我们阿布欧舍医院，没有正式的医生，完全靠9个中国医生在支撑这个医院的日常门诊，但是这个医院有110多个工作人员负责后勤。其他医院的情况也差不多，后勤工作人员和医生的比例大概保持在10比1，甚至更高。""真需要'精兵简政'了！"半晌一声不吭的郭铁流突然冒出了这句话。

秦军川笑着说："真该了。多少年来，咱们国家对外援助中，最有影响力的举措便是对非洲国家的卫生医疗援助。从1963年开始一直到今天，在非洲国家中有口皆碑。对苏丹的医疗队援助，是从1971年开始的，根据中央一省对一国的指示，赴苏丹的援非医生主要由陕西省派遣，迄今已向苏丹派遣了32批次共1000多名医护人员。目前在苏丹的这批援非医疗队是第32批，科室涉及妇产科、骨科、外科、麻醉科、内科、五官科、耳鼻喉科、中医针灸科，医生都是从省市级较高水平的人民医院、妇幼保健院、口腔医院选的骨干。其中由于针灸在当地非常受欢迎，还在总统府设了门诊点，每周对外开放两天，主要为政府高级官员服务。这批援外医生一共42人（包括翻译、司机和厨师），分别在喀土穆友谊医院、阿布欧舍医院、达马津工作，其中在喀土穆友谊医院26人，阿布欧舍医院10人，达马津6人。""秦队长，喝口水，歇会儿再讲吧！"刘兵递上一杯水，劝秦军川道。

秦军川接过杯子,喝了几口,转身对两位客人笑了笑,说道:"你看,我讲起来,就没个完了。嗨,你们说,还与阿布欧舍医院的中国医生一起生活了几天。你俩知道吗,这医院的前身是英殖民者的一个农场,所以场地相对开阔,院子里有一些比较粗壮的大树,病人和陪伴的家属就常常坐在树荫下候诊。之前的马厩改成了住院病房,条件极其简陋,如果不是有几个正在输液的病人,谁能想象这里就是医院病房!幸亏这样的马厩有好几个,所以能够将男病房和女病房分开。在伊斯兰国家,这些场所是必须男女分开的。医生的诊室大多是之前那些低矮的办公室改建的,几乎没有任何消毒条件。屋顶低矮,窗户也很小,房间的光线很暗。

"就是在这样艰苦的条件下,我们的医生毫无怨言、尽力尽心,为苏丹民众服务,结成友谊,谱写了一个又一个救死扶伤的感人故事。去年8月26日深夜,我们新的一批医疗队队员刚刚抵达驻地,凌晨4点,还没睡好到苏丹后的第一个囫囵觉,妇产科邱大夫就被当地人叫起来接诊。病人是一个体态肥胖、因疟疾而发高烧的孕妇,情况已经非常紧急。麻醉师吴大夫也一起赶到手术室。孕妇和胎儿都危在旦夕,可是此刻要什么药,护士都回答'吗非'(没有),化验单也迟迟不来。着急时也有出奇事。吴大夫突然想起自己房间里还有些麻醉药和升压药,这些药物还是上一批医疗队队员留在他宿舍桌上的。真是天助人也!产妇难产,邱大夫仔细做了术前检查就开始了手术。在国内毫无'助产'经验的麻醉师也加入催产行列。就这样,一个多小时之后,手术有惊无险地顺利完成。新生儿因窒息而全身青紫,需要立即用气管导管疏导,但是根本找不到婴儿用的气管导管。吴大夫不容分说,献上了他的'非洲第一吻'——大嘴对小嘴,亲自给小孩做人工呼吸。终于,母子平安。半个月后,母子俩在家人的陪伴下,送给邱大夫一张母子合影,并郑重地告诉邱大夫,孩子的名字叫'扫大高'(音),就是阿拉伯语中'友谊'的意思。"秦军川讲到这儿,大家都笑了起来。

"这样的故事并非特例，在援非医疗队里屡见不鲜。本来根据援外安排，在恩图曼友谊医院建成后，中国援非医疗队应该从阿布欧舍医院撤离出来，但是由于当地群众不断向苏丹卫生部表达他们的强烈需求，中国援非医疗队又在撤出两年后重新回到阿布欧舍医院。当地人为表达对中国医疗队的谢意，很多父母都给自己的孩子取了中国医生的名字。走在路边，成群的小孩看到我们就嘻嘻哈哈地向我们围过来，并叽叽喳喳要跟我们合影。无论男女老少，都能熟练地用汉语对我们热情洋溢地打招呼说'您好'。

"当然，在取得成绩的同时，我们援外医疗队的工作也面临着困局。我想，有着兼济天下传统的中华民族，有着扶危济困、救死扶伤担当的中华民族，会坚守承诺，一如既往地援助非洲国家的兄弟朋友的。我们年轻的一代人会舍小家，为国家荣誉，舍个人利益，担起民族大义，把自己的医术献给异国的兄弟朋友。"

"秦队，你讲的真好，有理有据，对我们完成调研任务起到了极大的帮助作用。"两位年轻人一个劲儿地向秦军川表示感谢。秦军川笑着对他俩说："好了，我讲的对你们有用就行，有什么需要你们随时向我和刘分队说，我们医疗队会全力支持的。"秦军川嘱咐刘兵安排好两位年轻人的食宿，送他们出了办公室。

第四十二章　队长走了

2012 年 1 月 26 日 21 时，援苏丹医疗队报告，当地时间 11：30（北京时间 16：30）左右，医疗队前往苏丹港巡诊返回途中，在距苏丹阿特巴拉市 50 公里（距首都喀土穆 350 余公里）处发生车祸。现场简单处理后，队长秦军川同司机穆沙乘车返回恩图曼医疗队。

天有不测风云，人有旦夕祸福。

做了一辈子善事的秦军川，被死神叫走了。走时没有一点痛苦的声响，直到司机穆沙把他拉回恩图曼医疗队专家楼前，叫他下车时，才知道他不知道什么时候已经走了……

秦军川，你走了，没有从自己的家乡走，而是走在了异国他乡，走在了非洲大地，走在了尼罗河畔的苏丹！人们在从车上抬下他冰冷的遗体时，感觉他的灵魂，不知搭乘哪架回中国的飞机，或者是骑在哪只东飞的仙鹤身上，或许是踩着洁白的云朵，总之，他的魂魄正在以人们能想到的方式，向着远隔千山万水的祖国、向着生他养他的家乡飞去……

秦军川呀，阿明院长是你在苏丹结交的最好的朋友，他按照伊斯兰风俗，边给你遗体包裹着洁白的纱布，边哭着说："军川呀，你一到苏丹，别人按职务叫你秦队长，而我一直叫你军川。你叫我阿明院长，在我的强烈要求下,你才去掉了'院长'两个字,叫我阿明。人家都说咱俩是一胞生一黄一黑两只俊骆驼,关系好得胜过亲兄弟!从你到我们恩图曼医院工作的第一天起,我就知道你是个工作狂,不像我们苏丹人早上9点上班,下午3点下班,从不加班,工作生活慢悠悠的。你早上7点起床,忙到晚上十一二点才睡觉,医疗队和医院的事,你大小不分,齐抓共管,天天累得腰都直不起来。所以,我时常说你会被累死的。胡大呀,安拉呀!我的真主安拉被你累死累活的精神感动了,把你提前带走了。

"不过,我们的主安拉说过,早去他那儿早超生,早离开苦难的人世间,在天堂里享清福。你走了,认识你的苏丹朋友会为你祈祷的!

"不过作为朋友嘛,军川你有点不够意思!连一声告别的话都没有给我说,你是不是觉得我们很熟,关系很好,说走就匆匆去了,和我不做告别,是想留点念想给我吗?!我可不原谅你这一点。你我认识这么久,唯一的一次吵架你还记得吗?那是我们一起去洪水滔天的灾区救灾,你把自己的食物给了苏丹儿童,忍饥挨饿还骗我说肚子不饿。直到你饿昏了,我当场对你发火了,还说了过头话。你清醒后批评我不该当着那么多苏丹群众的面发火,人家还以为中国医生和苏丹医生吵架呢,影响不好。当时我还不理解你的好意,过后一想确实有个影响问题。但是,无论如何,我不愿意你因为大爱行为而在苏丹丢了性命。

"这次去达马津送奥斯曼和艾玛护士,我不应该让你一个人去,我当时脑子蒙了,怎么就没有坚持和你一块儿去!我就知道你心里放心不下奥斯曼和艾玛护士;关心达马津群众健康,组织了几次体检;不分昼夜处理医疗分队和达马津中苏医院的事……总之,你走之前,体力和脑力都没消停过。不发心脏病才怪呢!"

穆罕默德·丁老人知道秦军川走了的消息后,不顾年迈,破了自己从不赶夜路的忌讳,让人在月光下开车4个小时,赶到恩图曼医院。一生只跪安拉真神和父母的他,第一次跪在了一个年龄小于他的异国朋友的遗体前。当老人听说喀土穆没有火化条件时，他又一次打破教规，向中国大使馆申请将秦军川在阿布欧舍火化，并拨出专门的土地，建英雄陵园，供当地群众纪念！老人当场对和自己一起来的族人讲，不准用杂木火化军川队长，必须用高贵的非洲黑木，只有这样的神木才配烧英雄的遗体，才配送英雄的灵魂上天。

在秦军川的追悼会上，苏丹总统助理贾兹说："今天，各位朋友怀着无比沉痛的心情来到这里，送别为中苏、中非友谊和苏丹人民健康英勇献身的秦军川队长，表达我们无尽的怀念和哀悼。

"1971年4月2日，中国政府向我们苏丹派来了第一支援外医疗队。40多年来，你们克服困难，共向苏丹派出了30多支医疗队近千名像秦军川一样的医疗队队员。目前，仍有42名医疗队队员工作在苏丹。你们作为中苏友谊的使者，远赴非洲，尽心竭力，救死扶伤，向苏丹人民提供医疗服务，赢得苏丹政府和人民群众的信赖和支持，增进了中国和苏丹人民之间的传统友谊。

"许多医疗队队员在苏丹留下了可歌可泣的感人故事。有的队员连续10余年在苏丹工作，有的队员带病坚持工作，有的队员临危不惧，把一腔热血献给了苏丹人民，就像你们的秦军川队长。还有的队员在苏丹人民最困难的时候无私奉献，有的把毕生所学，毫不保留地传授给苏丹医务人员，你们与苏丹医务人员和患者在工作中建立了深厚的感情，构建起两国间牢固的友好关系。你们的名字和功绩，以及你们用生命诠释了的伟大的国际主义精神，将永远铭记在中苏两国人民的心中。秦军川队长，所有医疗队队员们，你们舍小家为国家，在贫瘠的非洲大地上，在物质极其匮乏的苏丹，你们不惧高温酷暑，不怕蚊虫叮咬，忍受着肆虐的传染病，以满腔的激情、坚韧不拔的毅力挑战生命极限，谱写了一曲撼人心魄、气壮山河的英雄史诗。你们的精神是国际主义精神、英雄主义精神、集体主义精神和团结友爱精神'四位一体'的有机结合，是中国援外史和苏丹历史上的一笔宝贵财富。你们的先辈们当年和你们现在播下的友谊种子,已经生根发芽,开花结果,现出勃勃生机。希望你们新一代的援非援苏的中国医生,继承秦队长的遗志,用自己精湛的技术、高尚的职业道德全心全意为非洲和苏丹人民的健康服务,继续做友谊的传递者,忠实地履行'民间大使'的职责,展示中国医生的形象,展示中国人民和中国国家的形象,将中苏、中非之间的深厚友谊传承下去。军川队长,我们苏丹人民不会忘记你,我相信苏丹从国家领导人到普通群众都会前来为你们扫墓、祭奠。今天,我们苏丹各界人士来送别你,就是要让我们的子孙记住你,记住你这位为促进中苏、中非友谊献出生命的英雄。埋骨何须桑梓地,英灵永存人世间。安息吧,英雄的军川烈士!"

几日后的古城西安迎来了春节后最寒冷的一天。上午10时,中国共产党优秀党员、援苏丹医疗队队长秦军川同志的追悼大会在西安三兆殡仪馆隆重举行。

肃穆庄严的告别大厅,哀乐低回,鲜花簇拥着秦军川同志的骨灰和遗像。四面八方赶来的秦军川同志生前的领导、同事、亲友,胸戴白花,含泪向秦军川同志作最后的告别。

看着鲜花丛中秦军川同志那英俊、潇洒而又十分安详的遗像,人们不敢相信这一切都是真的。透过早已被泪水模糊了的双眼,人们仿佛看到了一个英姿飒爽的秦军川瞬间从黑纱相框中走了出来……

哀婉的乐声中,秦军川的好友、卫生厅办公室葛主任的祭文让人们泪流满面。葛主任在祭文中说道:"我和秦军川同志共事是从2000年开始,当时我俩都在厅机关工作。2003年下半年,我当了办公室主任后,就和秦军川成了一对工作上很好的同志、生活上的好友。2005年军川同志去了省某医院任院长,我们一直保持着密切的联系。

"第一次与秦军川同志共事是在1995年的深秋。那时我在厅机关卫防处任主任科员,厅里要拍摄一部反映改革开放以来全省卫生事业改革发展成果的电视专题片,我负责撰稿工作,军川同志负责提供疾病预防控制方面的素材,在厅北二楼会议室里,我俩整整待了一个星期。从那时我便发现他工作认真、作风严谨、为人谦虚,给我留下了非常深刻的印象。不久,在一次厅党组会上,会议还未正式开始,刘爱梅厅长说:'有个事先议一下,厅机关秦军川同志提出想去基层锻炼,省委组织部也同意他去某县任副县长,这是个好事情,我看就让他去吧。'此后,偶尔看见他开着一辆北京213吉普车回来休假,老远就给我打招呼,跑过来握手,问问厅里的情况,很是热情。听说他在两年的副县长岗位上干得很出色,厅领导非常认可。

"秦军川同志有着很强的事业心和工作责任心。在厅机关工作期间,努力勤奋,先后改造装修了厅机关会议室、厅领导办公室,翻修了厅机关食堂,新建了厅机关锅炉房并完成了锅炉煤改气工程,拆掉了厅机关家属院破旧不堪的自行车棚,在原基础上新建了二层门面房,又新建了两处自行车棚,改造翻修了原机关车库和部分家属院平房,扩大了厅机关院子,新修了单面三层东办公楼和两层西办公楼,硬化绿化了厅机关和家属院地面,对所有厅机关办公楼的装修进行了设计、论证,先后多次调整机关住房,更新机关公务用车,在改善厅机关干部职工生活福利方面也做了积极努力。所有这些工作中,军川同志都是为节约每一分钱着想,先调研考察,再预算论证,精心设计、认真组织,表现出了很强的组织协调能力。

"秦军川同志为人谦虚、作风扎实、处事干练,有很强的凝聚力。他分管机关行政事务、后勤、基建和机关财务工作,凡重要事项、重大开支总要事先反复征求意见,请示厅领导。对集体研究决定的事项,尽职尽责抓好落实。后勤管理是个花钱和得罪人的工作,为了筹措资金、节约经费,军川同志想了不少办法,他多次对我说,咱不怕丢人,也不怕得罪人,只要能给机关筹到资金、节约经费,就是好事。为此,军川经常为争取资金向有关部门诉难处,软缠硬磨,并结交了不少财务规划方面的朋友。为加强机关后勤建设,军川同志还主持制定和完善了一系列机关财务、资产管理的制度,有的至今仍在执行。

"秦军川关心同志,团结同志。在厅机关,哪位同志有病了或家里有什么困难,只要他知道了,总要亲自问候并带上东西慰问。有时我发现某个同志没来上班,问到军川时他总是一笑,说老兄放心,某某最近有病了或家中有事,先回去了,事情有他顶着呢。每每听到这些,总让我从心底被军川同志豁达、宽厚的为人所感动。开始共事时,我经常发现秦军川批评同志从来不留情面的,但被批评的同志却从不对他发火,也不计较。后来在一次谈心时军川对我说:'老兄呀,咱对同志好要从心里好,但原则一定要坚持,你不批评他,他就不在乎,那是害了人家! 他会想明白的。'时间长了,我发现不论是被军川批评过的或是表扬过的同志,对军川都一如既往地尊重,都和军川成了贴心朋友。这就是军川同志的人格魅力所在,是我永远学习的榜样。

"几天前的一个下午,我的手机响了,接通后未来得及应答,电话里就传来了'老兄好,我是秦军川呀'这非常熟悉而又亲切的声音,我是又惊又喜。电话是从苏丹打来的国际长途,秦军川向我说明出国前应酬太多未和我告别的原因,接着秦军川告诉我中央首长和卫生部领导要来苏丹看望医疗队,自己写了个汇报稿想让我帮助修改。秦军川还是那样的谦虚,我满口答应了并嘱将汇报稿发到我的邮箱。秦军川说自己没有邮箱,从QQ发过来,并说自己的QQ名是关中樵夫。我说:'咋这么巧合的,我是关中香客,咱俩一个是砍柴的,一个是烧香的,都是关中平民呀。'

"三天后,秦军川同志再次打来国际长途电话,说中央首长和卫生部张茅书记看望医疗队的消息发到我QQ里了,让帮助修改一下,还有医疗队学习贯彻中央六中全会精神的稿件,希望在卫生信息上刊用。接着又在QQ里留言,让我转告刘少明厅长放心,自己一定把医疗队带好。这是农历腊月二十八,我们最后一次联系。春节就要到了,远隔万里,秦军川仍然惦记着组织、领导和朋友,仍然在忘我地工作,表现出一位优秀共产党员强烈的事业心和责任感。可谁会想到,这竟然成了兄弟间永别的遗言,留给我的只是那无尽的哀思!

"军川好兄弟,愿你一路走好……"

在哀乐声中,参加追悼会的人,不时擦着难以抑制的泪水,缓步低头走出悼念厅。

啊!天落雪了,天落雪了!

人群中,不知谁说了声:"是啊,老天爷和我们一起悼念军川呢!"

雪越下越大,如同片片纸钱,在天空飞旋着,飞旋着……

> 噩耗惊悉痛断肠,
> 顿时两眼泪茫茫。
> 壮怀未报人先去,
> 热血忠魂洒异乡。
> 世间古来谁无死,
> 哭君万里为国殇。
> 今生虽去英名在,
> 冥界关中万炷香。

第四十三章　北望英魂

　　4月1日，时值清明前夕，中国驻苏丹大使李成文率领苏丹中国投资企业商会、部分中资矿业企业负责人、援苏丹项目部和援苏丹医疗队代表等多人，来到苏杰吉拉州阿布欧舍镇中国援苏烈士陵园举行清明祭扫活动，向埋葬在这里的尤仲镒、王华路、李永志、潘冰及所有在苏牺牲的中国援外专家表达深切怀念和崇高敬意。驻苏丹使馆经商参赞周春林等人陪同参加了祭扫活动。

　　奥斯曼和艾玛踏上南苏丹的草原，走上了回老家朱巴的路。坐在慢得像牛步一样的公共汽车上，艾玛看了看奥斯曼，只见他没有一点归心似箭的喜悦，也没有和秦军川队长在一起时那种无忧无虑、喜形于色的精气神。奥斯曼情绪的这一反常变化，把艾玛本来想在路上找个机会对他讲述杜鲁布拉村长遭遇的计划给打乱了，她竟不知道该在何时何地对奥斯曼说杜鲁布拉村长受伤的事。艾玛无奈地想，走一步看一步吧。

　　车开出尼罗州地界不远，就遇到了南苏丹政府军和警察设立的边检站。他们命令车停下来，要对车上的人逐个检查。当检查到奥斯曼和艾玛时，值勤的军人和警察听奥斯曼和艾玛说话是南苏丹口音，却拿的是苏丹护照，有些奇怪，但是没有为难他俩，只是给他俩照了相，就放行了。

　　汽车重新开动了,奥斯曼对艾玛开口说话了,他说:"艾玛,我都发愁你到了朱巴,我的家都没了,族人也被战火驱赶得四散逃走,不知道让你住哪儿,只能又得麻烦杜鲁布拉村长了。"当艾玛听到奥斯曼主动和她提到了杜鲁布拉村长,一时间六神无主了,不知道此时此地该不该给他讲明让人牵肠揪心的事。正在艾玛犹豫的时候,一群南苏丹部落武装分子挡住了公共汽车,把汽车连人一起押回部落驻地,搜抢所有人的财物,并把他们关了起来。艾玛哪见过这阵势,吓得躲在奥斯曼的身后发抖。奥斯曼见过这样的场面,他知道部落的人和武装分子不会伤人命,只抢钱财。不出意外,他们抢了钱财分给族人后,就会放走被抢人员和车辆,然后在这些人报警之前逃走。果真,这些部落武装分子没有把每个人的钱物抢完,留下一些保证每个人有口吃的到朱巴。奥斯曼知道这叫"义抢"。

　　奥斯曼和艾玛与被抢的人们重新坐上了公共汽车,可是车行不到20里地就没有油了。司机告诉大家,说是部落武装分子怕他们开车去向政府军和警察求救,放了他们车里的汽油,只留够他们开出部落地界的油料。没有办法,所有人只好弃车步行,盼着司机弄来油再赶上他们。这些变故,使原来两天就能赶到朱巴的行程,不知道会延迟几天。

　　奥斯曼倒没有着急,可是艾玛心里装着杜鲁布拉村长的事,她的情绪变得十分着急和激动起来。她想,此时再不给奥斯曼讲明杜鲁布拉村长受重伤的事,不早点赶到朱巴,也许就见不上杜鲁布拉村长了。于是,她把奥斯曼拉到一旁,把杜鲁布拉村长受伤和秦军川安排他俩回南苏丹的事,一五一十地告诉了奥斯曼。让她没有想到的是,奥斯曼一句话也没说,提起剩下的行李,像被人追赶似的,拉着艾玛迈开大步,向朱巴方向疾行。奥斯曼一路上见车就挡,想着有辆车快点把他和艾玛带到朱巴,带到杜鲁布拉村长家里。

　　他们行走的路偏僻又危险,车本来就不多,两人苦苦求过好几辆车,都因为拿不出钱物而被拒绝。奥斯曼和艾玛急着往朱巴赶,身上的干粮

228

又不多，加上天气闷热，几个小时后两人都累得倒在路旁的树下，失望地抱在一起哭了起来。

正如中国民间所说的"天无绝人之路"，奥斯曼和艾玛绝望之时，中国驻南苏丹维和部队长巡分队给瓦乌的营部送给养路过这里，看到路边蓬头垢面、疲惫不堪的奥斯曼和艾玛流泪招手，立即停下车上前询问他们遇到了什么难事。奥斯曼认得这些和救他的李营长一样的中国军人，他立即像遇到救星一样，把自己和艾玛如何被抢，又为什么急着赶往朱巴和瓦乌的事讲给问他的中国军人听。听了奥斯曼的诉说，中国驻南苏丹维和部队长巡分队的刘连长对奥斯曼说："我给你们一些吃的、喝的，你等等别的车。我们有规定，在执行任务时车辆不得随意带人。"

"我，我认识和你们一样的李营长、李营长！"奥斯曼一急，脱口而出说他认识中国驻南苏丹维和部队的李营长，"我还在中国援苏丹医疗队干活呢！队长秦军川让我回南苏丹看望受伤的好友杜鲁布拉村长的。"在一旁的艾玛也说话了："我们秦军川队长叫我们到了朱巴或瓦乌后，遇到了难事找你们的刘政委。"刘连长听奥斯曼和艾玛这么一说，他相信这一切都是真的，奥斯曼说的杜鲁布拉村长他也认识。为了慎重起见，刘连长用随身带的卫星电话，要通了刘政委，向他报告了路途上遇见奥斯曼和艾玛的经过。刘政委立即指示刘连长克服一切困难，尽快把奥斯曼和艾玛带到瓦乌营部来……

"上车吧，朋友！"刘连长将奥斯曼两人安排到车上。"艾玛、艾玛，这是主的安排，我们路上会遇见亲人的！"奥斯曼喃喃连声，眼眶充满了泪水。

有了奥斯曼和艾玛的消息，刘政委赶忙拨通了援苏丹医疗队达马津分队队长刘兵的电话，说他要和秦军川通话。刘政委知道秦军川一直焦急地等待着奥斯曼和艾玛的消息，他已经打了三次电话过来了。

刘兵听见屋里的电话响，立即从屋外跑进来，一把拿起电话。当听到刘政委问讯后，马上回答说："秦队长在达马津待了一天半，忙了一天半，下午1点离开这里回喀土穆了。现在已经快6点，估计快到恩图曼总队了。"刘政委说："那好吧，我联系他。"刘政委拨了秦军川的手机，手机通着，却没有人接。他一连拨了三遍，同样是通着无人接听。"怎么回事，这老兄又忙到哪儿去了？"他又拨了秦军川办公室的座机，接电话的是队委柳小刚。刘政委问柳小刚："我是中国驻南苏丹维和部队刘政委，你们秦队长回来了吗？"柳小刚失声说道："刘政委呀，我们秦队长走了……""什么什么，走了？去哪儿了？"刘政委有些着急了。

"队长他，他，去世了……""秦军川，他去世了！去世了？！"在刘政委咆哮似的声音之后，柳小刚只听见电话那头传来不断的嘀嘀嘀声……一天后，奥斯曼和艾玛赶到了瓦乌。刘政委强忍失去好友秦军川的悲痛，没把他去世的噩耗告知奥斯曼和艾玛，安排人把他俩送到杜鲁布拉村长住的医疗队的诊所。

昏迷中的杜鲁布拉村长听到奥斯曼的呼唤，竟奇迹般地醒了过来。他挣扎着，抓住奥斯曼的手，说道："奥斯曼，我的兄弟，真主送你来到我这儿，太感谢他了……"一阵喘息之后，他指着艾玛说："她是你漂亮的未婚妻吧？我、我怕不能参加你们的婚礼了……"奥斯曼忍着欲滴的泪水，紧握着杜鲁布拉村长的手说："我善良的老兄，你、你会好起来的！""奥斯曼，我最好的兄弟……"杜鲁布拉村长用尽力气想拥抱奥斯曼时，却倒在了奥斯曼的怀里。在场的人看着他微笑着离开了人间。

在料理杜鲁布拉村长丧事时，他的子女发现了他枕下的遗书，上写着："……那间宽敞的草屋，还有两头牛、十只羊送给我的至亲好友奥斯曼。"奥斯曼和艾玛此时已泣不成声……一事连着一事，让刘政委身心疲惫。军川队长不幸去世的事该如何说给奥斯曼这对即将结婚的夫妇，让他又一次犯难了。"唉，说吧，就这样说给他俩听！"

奥斯曼、艾玛听了秦军川逝世的经过，双双向着阿布欧舍的方向跪了下去。奥斯曼呼天抢地地喊着："神明的主啊,你是在惩罚我吗? 你是在惩罚我吗?!"他一把拉起艾玛:"走,回阿布欧舍,回去、回去!"

刘政委含泪劝着激动不安的奥斯曼:"这样走怎么行?"

第二天,奥斯曼和艾玛告别杜鲁布拉村长的家人,往苏丹赶。可是南苏丹边防检查站以奥斯曼和艾玛虽然有苏丹护照,但奥斯曼是南苏丹警察一直寻找的失踪人员、艾玛生于南苏丹为由,不准他俩出境。无奈之下,他俩朝喀土穆方向边哭边喊秦军川的名字,并发誓一定要设法回到苏丹,送别中国医疗队秦军川队长——他俩心中和真神一样神圣的恩人!

……

几年后,人们发现在那个有秦军川衣冠冢的阿布欧舍中国烈士陵园,多了一间草屋,草屋里住着一对夫妻,他们依照当地风俗,准时为中国援苏丹医疗队队长秦军川和中国援苏丹的烈士们祈祷扫墓……

人们都说那对夫妻是南苏丹人奥斯曼和艾玛。

附录

陕西省援外医疗队队员名单（32 批）

医疗队名称	人数	队长	队员					
第1批援苏丹医疗队（1971年派出）	20	邢芳元	李　全 刘忠人 晏克那	叶复来 叶保生 黄克勤	陈松旺 周志杰 侯振福	张志民 陈积祥 张荣华	范庚修 黄步义 赵累义	徐素琴 蒙秋锁	徐志锐 程洪生
第2批援苏丹医疗队（1972年派出）	19	孟　毅	徐海贤 白秦生 高方艳	李迎山 曾进光 王梅英	刘又天 王治远 姚信东	吴培云 陈克勤 阎宏海	王　岚 王新明	朱秀平 王福金	杨光明 吴志钧
第3批援苏丹医疗队（1973年派出）	20	郑来祖	许文惠 徐忠信 吴巧云	张效骞 马光弟 陈开来	何克强 申倬彬 赵家麒	王伟中 焦新民 张群朝	张明慧 韩祥庭 寻廷章	刘捷频 乔济民	周亚丽 王建明
第4批援苏丹医疗队（1974年派出）	22	刘来全	刘绍诰 马玉美 马自立	侯新民 董金泉 马玉芝	任自荣 耿立德 郭宝华	商凤楼 刘善清 胡毅之	吴霭如 李　明 朱治轩	杨熙玲 张永福 徐凤生	褚锦文 刘根军 沈可信
第5批援苏丹医疗队（1975年派出）	18	原青均	程准权 刘效恭 刘书翰	党明森 罗正容 徐　玲	叶民刚 石广礼 高贤彬	王怀玺 何天恩	石景森 吴修斌	何文宪 于世云	傅汉涛 章逢润
第6批援苏丹医疗队（1976年派出）	19	张仁堂	崔长琮 蔡　玺 杨子华	张桂芳 金嘉瑜 惠如镛	姜振周 丁金榜 吴金安	王林祥 杜进宝 成兆乾	沙庆敏 贾永祥	金纯福 宁永新	袁仁美 吴菊娥
第7批援苏丹医疗队（1977年派出）	22	张武翔	刘秀彦 雍　平 雷金柱	高　慧 王霭青 王海常	侯立业 王敏扬 徐顺全	王秋艳 时万潮 苏克杰	潘舜英 马天光 杨胜华	夏恩菊 张毓博 郭文广	王菊仙 房克让 徐振鸿
第8批援苏丹医疗队（1978年派出）	29	左明成	周志杰 方敬斗 饶岱珍 殷克敬	张天路 王德仁 兰文波 李建斌	印龙生 孟绍菁 董桂英 罗玉霜	王育本 胡堪锦 杨应乾 田保绪	段生明 王广勤 张道楔 黄运发	贾天成 王天义 李元令 寻廷章	秦兆寅 李韶华 李金玺 徐凤生
第9批援苏丹医疗队（1979年派出）	31	侯新民	乔锡鸿 杜慧文 韩笃仁 刘学敏 刘伯田	冯学亮 刘冠东 李振富 谢雅琴 郑玉才	张德桓 李晚霞 陈复华 梁　晖	陈植忠 孙毅贞 安秉钧 张效英	喻宙光 李玉玲 蔡盛海 杨立华	宋蔚青 尤兰茹 李云璋 陈振英	杨志学 周明忠 马祥庆 蒋玉金

232

续一

医疗队名称	人数	队长	队员						
第10批援苏丹医疗队（1980年派出）	29	吴光俊	刘治全 张宏恩 张郁馨 曹艳琴	王育鸾 张治华 严廉清 唐友德	周雅芳 赵洪勋 刘友莲 张秀兰	王大喜 欧寿堂 黎 民 乔作让	倪秉振 李公正 杨德昌 陈林堂	邵幼福 马维邦 张瑞among 张庆海	王恒学 刘兆南 蔡信诚 王军劳
第11批援苏丹医疗队（1981年派出）	28	邵文武	李润民 祭定华 王建刚 马玉芝	夏景福 李金鑫 段贵喜 李新民	侯维勤 张大宝 李德强 冯育德	卜志英 王文鸾 陈秀馥 薛东鑫	陈声芬 李芙蓉 田凤英 郭随余	仲继志 王增录 王崇德 李纪全	吴世华 谢秩芋 白永权
第12批援苏丹医疗队（1982年派出）	14	杨文儒	章逢润 石 平	李笃山 李绍华	林芝荣 王遂尚	戴信刚 贾桂英	刘建华 李庚年	李增光 沈可信	忽京伟
第13批援苏丹医疗队（1983年派出）	28	姚安晋	赵仲蓉 喻宙光 孙慈炎 杨云峰	刘文超 刘维昭 陆居谦 杨立华	丁 信 林国华 刘田福 张澍先	侯抗日 姚凯南 穆文新 刘伯田	黎庶熙 崔守信 陈宗敏 姜天信	赵恒毅 高兴鹏 张南云 李云龙	张一亥 雍 平 崔庆亮
第14批援苏丹医疗队（1984年派出）	18	屈异阴	冯洛莹 李冠军 赵静哲	王文茂 雷文炳 吴菊娥	石砳磊 杨映忠 刘天云	刘裕胜 李焕斌	何树尧 高效增	重硕文 郑信民	秦 川 张雅文
第15批援苏丹医疗队（1985年派出）	27	陈恩澎	马凤起 际大惠 芦德生 陈冀萍	赵志章 王蕴真 王淑贤 李志明	龚 均 郭绒霞 罗炽光 郑玉才	李俊堂 张 权 张智信 张万义	丁丽轩 王永文 马兴民 吴正银	郗玉娥 徐文杰 宋秋兰	李淑芳 傅建章 王延令
第16批援苏丹医疗队（1986年派出）	10	丁 澄	王无忌 康生庆	沙绍宁 林绮娟	杨邦俊	秦志端	周和琴	赵文清	杜登岭
第17批援苏丹医疗队（1987年派出）	20	周锡全	朱秀蓉 刘学敏 郑广源	李宗武 杨光明 陈 超	封英群 司玉英 李建华	万成茂 陈复华 王建刚	肖竹哉 郑允洋 王攀曹	贺桂莲 傅永民	牛彩兰 王荫楠
第18批援苏丹医疗队（1989年派出）	30	李江峰	吴玉娥 王来璋 刘桂莲 白康宁 阎武民	刘清珍 张文华 王凤中 姚敬芹	王玉珍 李易男 李文德 孙仲簏	唐立善 刘 瑾 王筱琴 张文军	张绳武 邓大平 苏俊英 刘金平	张来成 郑 成 张春景 冯育德	张恨坡 何三虎 赵毓凤 王好印

续二

医疗队名称	人数	队长	队员						
援苏丹医疗队心脏外科专家组（1989年派出）	3	黄庆恒	叶平安	曹克宏					
第19批援苏丹医疗队（1990年派出	30	王长林	李俱贤 侯东祥 任百超 胡晓贤 井同定	任喜民 邱慧兰 王龙洲 李玲秋	常正云 刘有余 王建刚 徐金凤	吴映云 李桂林 郭秀英 武耀	赵瑞国 刘树强 陆居谦 屈礼锋	万成茂 张翠英 石慧文 陈振英	张天宝 郭绒霞 任炜 白宝宽
第20批援苏丹医疗队（1992年派出）	30	廖达江	郑凯玲 郭永生 刘铁民 刘重生 陈答民	梁石 黄芳霞 王从毅 李兴华	潘巧玲 黄西戎 李加耘 曹平	赵菊萍 周胜利 裴秋梅 任英玉	马鸿基 常荣芬 赵锦梅 何宁	李吾成 张建成 董岚 贾海宁	师蔚 赵新京 孙兴旺 陆军
第21批援苏丹医疗队（1994年派出）	30	王文远	刘文超 吴忠民 熊全臣 吴淑珍 丁来昌	程训明 王民 杨颖琦 张秀兰	柏春梅 聂晓莉 阮建平 孔朝辉	王安启 杨华 吴举民 乔宝安	曹克宏 杨树英 庞晓宏 王永利	牛学渊 倪黎明 孟兆瑞 问建中	崔灵君 尤兰茹 赵建安 李建平
第22批援苏丹医疗队（1996年派出）	30	王云亭	于祥义 任百超 张远 田莲珍 赵建安	阎凯光 雷春灵 刘宁娜 王惠娥	薛利文 巩创社 陈宁 闫利英	李正仪 王金堂 刘鹏斌 王明珠	郭世文 刘宗智 石稳庄 白保宽	叶尔强 张争昌 王萌 井同定	许书俊 孙玉霞 陈志刚 张小军
第23批援苏丹医疗队（1998年派出）	32	骆裕民	王惠芳 张越 康全清 江婵娟 尚宁宽	马伟民 张仲林 吴静 马列婷 闫武民	王居邠 吴世学 康安静 郭惠琴 焦俊涛	余振南 曹平 王国恩 姚爱萍	王振汉 隽宁侠 赵新京 张艾莉	吕纪方 章复坤 孟兆瑞 冯育德	刘耀庭 王雪绒 傅永民 介建英
第24批援苏丹医疗队（1999年派出）	36	贾永安	郭广炎 王朝阳 刘思伟 方安明 郭晓英	刘作功 李军 杨淑梅 岳宝安 李汉学	默建平 金辽沙 李家伟 邹荣莉 谢浩	李瑞祥 杨志尚 张少强 李润武 何静	蔺小贤 曹军 李有才 姚美丽 赵建安	王月玲 冯朝辉 盖毅文 周璞 王忍安	毛云英 张宏 崔刚 孟洁珠 蒋明奉

234

续三

医疗队名称	人数	队长	队员						
第25批援苏丹医疗队（2001年派出）	36	张义长	王粉荣 贾文琳 梁志文 隋永杰 武卉	柏春梅 邢兰英 杨颖琦 赵秀云 胡森科	陈玺 吴宣林 张仁汉 宋晓彬 张阳	袁景孝 刘志刚 弓立群 秦民惠 肖蓉	苏清华 熊全臣 潘小民 乔宝安 马群	杜双宽 吴惠琴 刘敏 郝伟 穆党顺	田恒 章复坤 封亚铃 王秋叶 代勋儒
第26批援苏丹医疗队（2003年派出）	36	张争昌	马小平 李占盈 燕晓智 鲁明芳 张慧玲	杜苏丰 刘静 刘云齐 刘陈学 栾焕斌	刘丽玉 王涛 范小玉 常海宁 张志峰	贾宗良 张贵林 焦惠民 吴秉英 冯育德	王高卓 张长明 王林古 周兴社 张小军	程志霞 任宝明 雷正权 丁丽 胡海军	李晓燕 武雯 杨远东 马玉琴 李明会
第27批援苏丹医疗队（2005年派出）	36	默建平	陈宽瑞 刑军卫 杨颖霞 程武军 赵惠萍	李管群 李长利 康积成 魏仁忠 谢浩	杨茂盛 韩村显 王红斌 杨军 周璞	刘昱 赵潼宝 王宁宁 魏格玲 蒋西军	郭栓民 赵志锋 肖全成 闫玉红 吴继光	武昌学 王鹏 高征 武翙纶 樊军立	宋小娟 李觉慧 崔晓岗 李惠丽 陈剑虎
第28批援苏丹医疗队（2007年派出）	36	张宪生	汪令胜 李金凤 孔令菊 黄一琳 马玉琴	李颖 刘静 刘晓战 张学敏 李文慧	于永亮 张长明 杨颖琦 姜永宏 王岗	姜永红 张仁汉 陈馨 鲁明芳 尹烈博	成华娥 袁景孝 张福会 乔国宏 吴继光	唐映利 张武军 段竹联 陈军 胡海军	梁增庆 马东 任日旺 高玉梅 代勋儒
第29批援苏丹医疗队（2009年派出）	36	李润武	赵新民 梁增庆 杨小丽 刘西娟 高庆丽	胡再厚 田恒 杨建军 董雪芹 吴满利	潘小民 贺海宁 杨焕芳 肖全成 张阳	刘昱 李颖 武翙纶 康世平 赵婉丽	周东升 姜海 许大湖 王宁宁 张小军	赵金安 姬海鹏 李四季 崔新更 张建龙	邱洪涛 马建军 吴献伟 张勇 王晓刚
第30批援苏丹医疗队（2011年派出）	37	潘冰 穆效斌	丁桃英 周亮 张武军 刘龙娟 白巧玲	于永亮 孔令菊 宋嘉言 王辉 李四平	刘昱 伊恩晖 常海宁 宁怀慎 冯育德	柯俊 赵全胜 刘陈学 李毅 尹烈博	李金凤 吴忠民 薛月梅 巨超龙 成海龙	杨焕芳 许拥军 屈红 秦有学 陈剑虎	凤让军 韩克实 柯长山 崔新更 公冶金燕

续四

医疗队名称	人数	队长	队员						
第31批援苏丹医疗队（2013年派出）	43	杨天庆 王永利	汪令盛	武翙纶	刘　强	王　毅	李旭东	胡长生	郭栓民
			王小刚	沈兰兰	谢　军	吕　健	杨永明	郭建强	杜向东
			张　冰	乔　凯	冯建明	宋红霞	武玉亭	张武军	闫玉红
			段艾武	苏月梅	苏　伟	胡晓明	刘　梅	金光裕	王延辉
			曹荣禄	赵锋刚	秦有学	杨晓波	刘迎丽	翁　蔚	李西平
			冯育德	艾　龙	李富生	赵　军	代勋儒	李颜军	

后　记

　　我的第一部长篇纪实小说《大爱漫苏丹》一书2016年9月出版以来，得到了各级组织的肯定和读者们的好评，先后被陕西省政府列入出版资金精品项目，入围陕西省委宣传部2017年"讲好陕西故事"电影电视剧备选题材，还被国家卫计委和一些省市卫计单位、院校作为"两学一做"教材，广泛使用和征订，发行量突破万册以上。在长篇纪实小说《大爱漫苏丹》一书取得初步成功之后，为了更加全面深入地记录我国援外医疗工作历史，讴歌广大医疗援外工作者，我产生了创作第二部援外医疗长篇纪实小说《非洲兄弟》的冲动，我认为这是一个作家义不容辞的责任。

　　　　　　　　　　　　　　　　一

　　在非洲，在苏丹担任中国援苏丹医疗队队长的一年多时间里，近400个日日夜夜，我每时每刻都被我国援非洲医疗队的大爱无疆精神，每一个医疗队队员舍小家为国家的无私奉献精神感动着。

　　1963年，我们国家刚刚从三年困难时期中开始复苏，苏联继续从我国撤走经济和技术援助，西方国家还对我国实行严格的经济封锁。我国全民医疗水平还很低，尚无力量建立全民医疗保险，人民群众缺医少药。就是在这种内外交困之际，非洲国家阿尔及利亚争取民族独立的战争胜利了，他们一放下枪炮，就向中国政府，向毛泽东主席、周恩来总理提出了为他们派遣医疗队的请求。

毛泽东主席、周恩来总理站在时代的潮头，放眼世界，毅然接受阿尔及利亚的请求，从北京、上海、武汉等地抽调最优秀的医生，组成中国医疗队，赶赴万里之外的阿尔及利亚。

人派去了，受援国阿尔及利亚政府和人民满意不满意？日理万机的周恩来总理，时刻记挂着中国援阿尔及利亚医疗队的工作情况。1963 年 12 月 25 日，他利用访问阿尔及利亚的机会，接见了医疗队代表，并委派陈毅副总理兼外长专题听取医疗队的工作汇报。忙完外事工作后，周总理不顾感冒发烧，坚持来到医疗队看望正在工作中的队员，并意味深长地对队员们说："你们是中国有史以来派到国外工作的第一批医疗队，既光荣，任务又十分艰巨，而且面临的许多困难基本上要靠你们自己来克服。中央相信你们一定能战胜困难，为阿尔及利亚人民群众防病治病做出贡献。"临别前，周总理和陈毅副总理叮嘱队员们一定要学习发扬白求恩精神，更好地工作，把阿尔及利亚人民的健康当作中国人民的健康一样对待。

50 年风云变幻，中国政府和中国人民援助非洲的医疗工作没有停顿，这项工作成为中非人民友谊的桥梁，得到了中非领导的高度关注。2013 年 3 月 30 日上午，中国国家主席习近平对刚果共和国进行国事访问，访问期间他来到中刚友好医院竣工剪彩仪式现场，亲自慰问来自天津的中国援刚果医疗队。

习主席深情地对医疗队队员说："你们不远万里来到刚果，用精湛的医术和高尚的医德，为刚果人民提供很好的医疗服务，得到刚果政府和人民的称赞，为祖国赢得了荣誉。我代表党和人民感谢你们，你们辛苦了！50 年来，你们用行动造就了一种崇高的中国医疗队精神，这就是'不畏艰苦、甘于奉献、救死扶伤、大爱无疆'。这种精神不仅是激励一代又一代医疗队队员不懈奋斗的强大精神动力，也是中华民族精神的生动写照。

希望医疗队继续发扬国际主义和人道主义精神,为帮助非洲改善医疗条件做出新的更大贡献。"

了解老一辈无产阶级革命家对医疗援非工作的殷切希望和关心支持,学习习主席提出的"不畏艰苦、甘于奉献、救死扶伤、大爱无疆"的中国医疗队精神,更加坚定了我干好援外工作、写好援外小说的决心。

二

追根溯源。在查阅各种文件资料、走访赴非洲多个医疗队和队员的过程中,我了解到,50多年来,我国已先后向非洲51个国家和地区派遣了约2万名医生,救治了数以亿计的非洲病人,为非洲培训了数以万计的医护人员。迄今为止,在非洲的43个国家和地区,仍有中国医疗队在工作。

1971年4月2日,按照国家的统一部署,陕西省代表中国政府向苏丹派出了第一支援外医疗队。时光飞逝,岁月留痕,中国援苏丹医疗队已走过46年不平凡的光辉历程。46个春夏秋冬,陕西省克服本省的困难,共向苏丹派出了33批医疗队近千名医疗队队员。目前,仍有42名医疗队队员工作在苏丹。回眸46年的历史,一批又一批陕西援苏丹医疗队队员践行习近平总书记提出的"不畏艰苦、甘于奉献、救死扶伤、大爱无疆"的医疗队精神,作为中苏友谊的使者,远赴非洲,尽心竭力,救死扶伤,向苏丹人民提供医疗服务,赢得苏丹政府和人民群众的信赖和支持,增进了中国和苏丹人民之间的传统友谊。中国援助苏丹医疗队也得到了历届党和国家领导人的高度重视和亲切关怀。前国家主席胡锦涛访问苏丹期间,派专人到医疗队驻地看望队员,中央政治局前常委李长春、国家副主席李源潮等中央领导也到援苏丹医疗队看望队员,观看医疗队历史图片展,听取医疗队工作汇报,对中国援苏丹医疗队的工作成就和队员做出的成绩给予了高度评价。

46年间,中国援苏丹医疗队在苏丹留下了很多可歌可泣的感人事迹。有的队员连续 10 余年在苏丹工作,有的队员带病坚持工作,有的队员临危不惧,把一腔热血献给了苏丹人民,有的在苏丹人民困难的时候无私奉献,有的把毕生所学毫不保留地传授给苏丹医务人员,他们与苏丹医务人员和患者在工作中建立了深厚的感情,打下了两国间牢固友好关系的基础。

当我停下脚步,跳出苏丹,放眼非洲大地,从撒哈拉沙漠到维多利亚大瀑布,从乞力马扎罗火山到几内亚海湾,从尼罗河畔到东非大裂谷,从刚果河畔到赞比西河域,从广袤的非洲大草原到茂密的丛林深处,中国医疗队像珍珠般散落在非洲的大地上。他们兢兢业业、无私无畏,为受援国人民健康和卫生事业的发展努力地工作,在万里之外给眼前黑暗的非洲病人带来光明……这些不正是我创作的沃土和源泉吗?

三

为了写好《非洲兄弟》一书,真实记录我国医疗援非历史,弘扬可歌可泣的中国医疗队队员们的无私奉献精神,我主动报名参加中国援苏丹医疗队并被组织任命为队长。来到非洲,我看到中国医疗队的足迹遍布受援国的城镇和乡村,无论是在田间地头,还是在高原荒漠,都留下了他们的身影。在药品器械十分缺乏、工作环境极其简陋的条件下,他们仍然以满腔的热情和高超的医术,随时随地为受援国人民服务,挽救了无数生命垂危的病人。他们还通过言传身教,通过各种专题讲座、技术培训、业务交流,毫无保留地向当地医务人员传授医学知识,培养了一支"永不离开的医疗队"。

以我们陕西省援苏丹医疗队为例,46 年来,陕西省共派出了 33 批医疗队,近 1000 名医疗队队员。援外医疗队队员们,远离亲人,面对酷暑、疾病甚至战乱的威胁,牢记祖国重托,克服重重困难,无怨无悔地把爱心献给苏丹大地,将汗水洒在援非医疗事业上,以实际行动践行了"不畏艰苦、甘于奉献、救死扶伤、大爱无疆"的中国医疗队精神,树立了良好的陕西医生形象,为祖国赢得了荣誉,为陕西增添了光彩。援苏丹医疗队先后3次被国家授予"援外医疗工作先进集体"称号,有15人被评为全国援外医疗工作先进个人,还有1人成为革命烈士。

非洲大多数国家属热带地区,蚊虫麇集,卫生条件很差,热带病、传染病肆虐,疟疾、登革热、血吸虫病、丝虫病、钩虫病、性病、艾滋病等各种疾病严重威胁着当地民众的健康,医疗队队员的工作就是面对这些疾病。医院的病人大都是上述疾病的晚期病人,医院又缺乏有效的防护措施,遭受疾病感染的潜在威胁很大,医疗队的工作环境由此可见一斑。但医疗队队员并没有因此而退缩,他们待病人如亲人,不避不弃,诊疗手术精益求精、尽职尽责。在马里,一位医疗队队员在为一名艾滋病人做手术时,病人的血突然喷出,溅进了她的眼睛,在及时做了处理后,她仍然坚持为这位病人做完手术。术后她交代给同事:如果我染上艾滋病,我就不回国了,死后葬在马里。

据了解,半数以上的援外医疗队队员在援助非洲期间染过疟疾,有的甚至反复多次发病。

在50多年的援外医疗历程中,因战乱、意外和疾病所致,全国有50位优秀医疗队队员,为发扬国际主义精神、进行人道主义救援,献出了宝贵的生命,且大都安葬在远离祖国和亲人的异域。

四

从20世纪中叶延续到今天,非洲许多国家仍在贫困中,多数人民生活贫困、物资匮乏、缺医少药、面临多种疾病威胁。我看到了手术室里飞着苍蝇,病房里到处是蚊虫,队员做手术使用着原始器具。正是在这样一种环境下,中国医疗队队员凭着坚韧不拔的毅力和良好的职业道德,过了工作关、语言关、生活关和疾病关,为成千上万的非洲病人服务,他们用劳动、汗水甚至生命,换来广大非洲人民的健康、信任和高度赞扬。

20世纪七八十年代,在受援国的医院里,中国医疗队发扬自力更生和艰苦奋斗的精神,凭借丰富的临床工作经验,和当地的医护人员一道,自己动手制作必要的设备和器械,如无影灯、手术床、临床检查设备、简单的手术器械、高压消毒锅、自制临床用液体等,中西医结合、因地制宜开展临床救治工作。进入新世纪后,中国医疗队更是凭借现代医疗技术和手段,引进了超声乳化白内障复明、心脏搭桥、内窥镜微创和关节置换手术等先进医疗技术,为受援国病人提供更为优质的医疗服务。巨大肿瘤摘除、断肢再接、难产孕妇和烧伤面积达80%以上的病人等无数疑难病症得到成功救治,中国医生对职业高度的要求,对病人负责的态度及精湛的医术,得到受援国医务人员普遍的赞扬和尊敬,对受援国卫生事业的发展和人民健康产生了深远的影响。

50多年来,中国援非医疗队有962人获得受援国总统颁发的总统勋章或骑士勋章。中国医生用高超的医术,热情的服务,治愈了成千上万的危重病人,挽救了无数的生命,他们获得了"中国医生"的光荣尊称。即使在非洲一些边远的地区,那里的人民对遥远的东方是那样的陌生,但他们对中国医疗队的医生却伸出大拇指,夸中国医生好。有很多被治愈的病人送来蔬菜水果、自己饲养的鸡和羊,以表达对救命恩人的感谢,都被中国医疗队队员一一谢绝。受援国人民的信任和尊重就是最好的回报,中国医疗队为中非友谊履行了自己神圣的职责。

中国医疗队最大的困难莫过语言学习,医疗队多数专家被选入医疗队时,已过不惑之年,学习和掌握外语,特别是一些小的语种如法语、葡萄牙语、阿拉伯语等确实困难。中国医疗队抵达受援国之后,工作中他们向受援国医护人员学习,回到驻地自己学习,医疗队的翻译则成为外语老师,辅导大家学习,有的医疗队还请来外教讲语言课。语言关的突破成为队员们逐步实现与当地医院的医务人员开展医学交流的最好契机,他们定期举办临床讲学,认真组织教材,手把手地教学,为受援国培训出一批批医护人员。非洲受援国的卫生部门官员常常讲着一句相同的话——中国医疗队使我们的医务人员提高了医学理论水平，为我们培养了一批批不走的医疗队，我们感谢全体中国医生！

中国医疗队队员与受援国医务人员同呼吸共命运，相互学习，并肩工作，结下了战友情、同志情，建立了深厚的友谊。

亲历了中国援非医疗队和医疗队队员在非洲大地血与火、生与死、苦与乐的重重考验，为非洲人民驱病魔、保健康；感受了广大援非医疗队队员以国家利益为重，为国家争得荣誉，舍小家为国家、舍亲人为病人的仁爱情怀和全心全意为非洲人民舍生忘死、奋不顾身的大爱情怀，我无数次被感动了，我能不拿起笔来讴歌他们吗?!

杨天庆

2017.4.12 于咸阳古渡